통념에 반反하다

이동하 지음

보고사
BOGOSA

책머리에

직장에서 정년퇴임을 하고 난 후 3년이라는 시간이 흘렀다. 지난번의 책『현대소설과 도시사회』를 낸 때로부터는 4년의 세월이 경과한 셈이다. 그만한 세월이 지나가는 동안 조금씩 쓴 글들과, 예전에 쓰긴 했지만 이미 내놓은 책 속에 미처 넣지 못했던 글들을 모아 보니, 다시 한 권의 책을 묶을 만한 분량이 되었다.

이번에 한 권의 책으로 묶이는 글들은 일정한 기획에 입각하여 집필한 것이 아니고 그때그때 생각이 떠오르는 대로 적어본 것이어서 체계가 부족하다. 그나마 기독교소설을 다룬 글들을 따로 모은 제2부와 한국의 역사에 관련된 생각을 기술한 글들로 이루어져 있는 제4부는 각각 일정한 주제를 가진 셈이니 어느 정도 통일성을 확보한 것이라고 할 수도 있겠지만, 제1부와 제3부의 경우는 그만큼의 통일성도 없이 자유로운—어떻게 보면 산만한—모습을 하고 있는 것이 사실이다. 단지 제1부에는 한국 현대소설을 대상으로 해서 쓴 글들을 모아 놓았고 제3부에는 그 외의 글들을 모아 놓았다는 정도의 차이가 있을 뿐인 것이다.

하지만 나로서는 제1부의 첫 번째 글에서부터 제4부의 마지막 글에 이르기까지 뚜렷하게 일관되는 정신이 존재한다고 말하고 싶다. 그것은 다수가 추종하는 통념에 얽매이지 않고, 통념을 무반성적으로 따르지 않고, 통념에 도전하는 질문을 계속하며, 궁극으로는 통념에 반(反)하는 길로 나아가기를 주저하지 않는 정신이다.

　이러한 정신에 바탕을 두고 나온 글들이 실제로 얼마만한 성취를 이루었는가는 물론 내가 판단할 사항이 아닐 것이다. 다만 나로서는 이 책에 실린 글들이 오늘의 세상 속에서 자유로운 사유와 삶의 공간을 조금이라도 넓히는 방향으로 기여할 수 있기를 소망할 따름이다.

2023년 11월

이동하

목차

책머리에 / 3

제1부 · 소설, 이야기, 역사

북한의 토지개혁에 대한 냉정한 관찰 • 11
―이선희의 「창」

서문에 감동하고 본문에 실망하다 • 19
―최인훈의 『광장』

『광장』을 논하려는 사람이 반드시 읽어야 할 두 번째 책 • 28
―유중원의 『최인훈의 『광장』 다시 읽기』

『광장』 속 이명준과 정선생의 대화 장면 • 32

재일 한인의 역사와 우리의 문제 • 41
―손창섭의 『유맹』

노비로 살아가기를 거부한 사람들 • 47

물방앗간에서 벌어진 사건과 그 이후의 일들 • 62
―이효석의 「메밀꽃 필 무렵」

제2부 · 현대소설 속의 기독교

독립투사의 길과 메시아의 길 • 77
―김동리의 『사반의 십자가』

신을 믿지 않게 된 목사가 선택한 삶의 방식 • 84
―김은국의 『순교자』

정의에 굶주린 인간이 선택한 배신자의 행로 • 95
―백도기의 『가롯 유다에 대한 증언』

기독교 문제에 대한 탐구와 좌파 진영에 대한 비판 • 109
―이문열의 『호모 엑세쿠탄스』

기독교 교회는 「사도신경」을 계속해서 고수할 것인가 • 115
―최원영의 『예수의 할아버지』

죽음과 박해의 땅으로 되돌아가기 • 120
―그레이엄 그린의 『권력과 영광』

연민의 마음에서 자살로 나아간 사람 • 126
―그레이엄 그린의 『사건의 핵심』

제3부 • 자유와 제도 그리고 문학

복음서의 예수와 『구약성서』의 야웨 • 135

'반항'의 정신과 국가 테러리즘의 현실 • 157
―알베르 카뮈의 『반항하는 인간』

정신치료의 세계, 소설로 재탄생하다 • 164
―어빈 얄롬의 『쇼펜하우어, 집단심리치료』

자유주의 시장경제 체제에 대한 부당한 공격을 논박한다 • 170
―로버트 P. 머피의 『정치의 자본주의 비틀기』

제사를 폐지하자 • 176

제4부 • 한국사의 빛과 그늘

조선시대의 노예제도에 대한 몇 가지 생각 • 199

조선 사람들이여, 깨어나라 • 211
—이승만의 『독립정신』

이승만을 어떻게 볼 것인가 • 220

21세기에 다시 생각해 보는 박정희와 '10월유신' • 237

김재익과 관련된 세 가지 단상 • 276

제1부

소설, 이야기, 역사

북한의 토지개혁에 대한 냉정한 관찰

—이선희의 「창」

이선희가 1946년 6월 26일부터 7월 20일까지에 걸쳐 『서울신문』에 연재한 단편소설 「창(窓)」은 그해 3월에 시행되었던 북한의 토지개혁을 소재로 삼고 있는 작품이다.

일제시대, 함경도의 어느 시골에 형제가 살았다. 그들은 가난한 소작농의 자식으로 태어나 온갖 고생을 겪으며 자랐다. 하지만 형제 가운데 위인 김사백은 다행히 총기가 있어 공부에 매진한 끝에 명성학원이라는 사립학교의 교사가 될 수 있었다. 그리고 근검절약하며 밤낮으로 부업에 매달려 돈을 모은 결과 일천 오백 평의 논을 가진 소지주가 되었다. 한편 동생인 김사연은 "천지가 개벽을 하기 전에는 김사연의 이 소작은 한평생 면할 길이 있을 리 없고 한평생 손바닥만한 남의 땅을 소작해서 연명하는 것이 그 아버지의 사주팔자였던 것과 마찬가지로 또 젊은 김사연의 사주팔자도 되었다"[1]고 할 사람이다.

---

1   오태호 편, 『이선희 소설 선집』(현대문학, 2009), p.355.

이런 그들이 사는 마을에 해방이 온다. 그리고 소련군이 들어오더니 토지개혁의 열풍이 불어닥친다. 김사백은 당황하고 분노한다. 그는 젊었을 때 가난을 증오한 나머지 사회주의니 공산주의니 하는 것에 매혹되었던 적도 있지만 그것은 한낱 관념에 불과했고, 그의 실제적인 삶은 어디까지나 자기 소유의 땅을 갖는 것을 목표로 해서 땀흘려 온 삶이었으며 마침내 그 목표를 성취한 삶이었다. 그런데 지금 와서 '무상몰수, 무상분배'로 토지개혁이 시행된다니, 그리하여 자기는 자기의 땅을 몽땅 빼앗기고 쫓겨나야만 한다니 도대체 이게 무슨 날벼락인가? 반면에 김사연은 날개가 돋친 듯 기운이 난다. 그의 집은 토지개혁을 반기는 동네 사람들의 집합소가 된다. 거기서 그들은 '농민정치독본'을 가지고서 야학을 하고 토론을 벌인다. 결국 토지개혁은 실제로 강행되고, 김사백은 광란에 사로잡혀 자살을 하고 만다. 형의 죽음 앞에 김사연도 마음이 무거워지지 않을 수 없다.

위와 같은 경개를 가지고 있는 이선희의 「창」을 읽으면서 우리는 새삼스럽게 1946년 봄 북한에서 시행되었던 토지개혁의 역사를 돌이켜보게 된다. 북한에서는 1946년 3월 5일 북조선임시인민위원회의 이름으로 토지개혁법령이 공포되었다. 그 핵심적인 내용은 5정보 이상의 모든 사유지를 지주로부터 무상으로 몰수하고, 소작인들에게 무상으로 분배하는 것이었다. 이 작업은 3월 10일부터 시작되어 불과 20일만에 전광석화와 같은 속도로 완료되었다.

그러나 모든 농지를 빈농(貧農)과 고농(雇農)들에게 무상으로 돌려주는 것이라고 선전된 북한의 이 토지개혁은 실제로는 빈농과 고농들에게 토지를 돌려주는 것이 아니었다. 그들은 임시인민위원회로부터 토지소유권의 증명서를 받았지만 그것은 실효성이 없는 가짜 서류였다. 이영훈의 『대한민국 역사』에서 이 부분에 대한 설명을 들어 보기로 하자.

　　농민들은 분배된 토지를 남에게 매도하거나 임대할 수 없었다. 무상으로 분배받은 것은 어디까지나 경작권에 불과했으며 온전한 소유권은 아니었다. 그렇지만 이 같은 사실은 당초 정확히 알려지지 않았다. 농민들은 그들이 토지의 소유권까지 갖게 된 것으로 착각하고 환호하였다.[2]

　　남정욱의 『편견에 도전하는 한국현대사』에서는 이 주제에 대해 좀더 상세한 설명을 제공하고 있다. 중요한 내용이기 때문에 조금 길게 인용한다.

　　북한 정권이 농민들에게 준 것은 소유권이 아니라 경작권이었다. 북한에서는 토지개혁을 실시한 뒤 그 결과로 나타난 토지를 네 가지로 구분했다. 자작지(自作地), 분여지(分與地), 개간지(開墾地) 그리고 마지막이 부동토지(不動土地: 경작권지)다. 개간지라고 하는 것은 새로 개척한 토지이기 때문에 분배대상에서 제외됐다.

2　이영훈, 『대한민국 역사』(기파랑, 2013), p.82.

중요한 것은 토지의 대부분을 차지하는 자작지와 분여지다. 자작지는 애초부터 농사짓는 농민들이 가지고 있던 땅이다. 전체 토지의 절반 정도다. 뺏었다 줬다 할 필요 없이 그냥 인정한 것인데 실은 뺏은 게 있다. 국가에서 허락하는 경우에만 자신의 가족이나 다른 농민에게 팔 수 있도록 매매 권리를 제한했다. 애초에는 아무에게나 마음대로 팔 수 있던 땅이 이제 허락을 받아야 팔 수 있는 땅이 된 것이다.

몰수해서 나눠준 분여지는 어떨까. 분여지는 어떠한 경우에도 매매할 수 없었다. 저당, 양도, 상속도 절대 불가다. 그 땅에서 농사만 지을 수 있었다. 당사자가 죽으면? 자식에게 안 간다. 국가에 귀속된다. 잠시는 공짜 땅이 생겨서 좋았지만 알고 보니 매매나 양도가 불가인 토지에서 정부가 주인인 소작농 노릇을 하는 꼴이 된 셈이다. 팔거나 빌려줄 수도 없는 토지가 무슨 소용인가. 그런 식이라면 조선시대의 농민들도 모두 소유권을 가지고 있었다 해야 할 것이다.[3]

그뿐만이 아니었다. 주대환은 『주대환의 시민을 위한 한국현대사』에서 다음과 같은 말을 하고 있다. "최근에 와서 연구를 더 깊이 해본 결과 농지를 분배받은 북한 농민들이 세금으로 소출의 40퍼센트를 국가에 냈다고 하니 농민들의 입장에서 보면 거의 지주가 개인에서 국가로 바뀐 정도라는 비판도 있지요."[4] '무상몰수, 무상분

3   남정욱, 『편견에 도전하는 한국현대사』(시대정신, 2014), pp.70~71.
4   주대환, 『주대환의 시민을 위한 한국현대사』(나무나무, 2017), p.333.

배'라 떠들면서 실제로는 이런 식으로 진행된 토지개혁이라면, 그것은 엄밀하게 말해 북조선임시인민위원회라는 이름의 권력집단이 농민들을 대상으로 해서 펼친 일대 사기극(詐欺劇) 이외의 다른 것이 아니다.

그런데 이처럼 거대한 사기극의 성격을 지닌 북한의 토지개혁이 시행된 지 얼마가 지난 후, 바로 이 토지개혁을 다룬 당대 유명 작가의 소설들이 연이어 나오기 시작했다. 이기영의 단편 「개벽」(1946)과 장편 『땅』(1948~1949), 최명익의 단편 「맥령(麥嶺)」(1947), 이태준의 장편 『농토』(1948) 등이 그 대표적인 예들인데, 이 작품들은 한결같이 북한의 토지개혁에 대한 '감격'과 '찬양'의 언어로 가득차 있다.

이러한 작품들을 읽으면서 우리는, 그 작품을 쓴 작가들이 저 거대한 사기극의 공범(共犯)이었는지, 아니면 당시의 순진한 농민들과 마찬가지로 '착각'에 입각하여 '환호'를 보낸 우중(愚衆)이었는지를 새삼 물어보게 된다. 과연 그들은 어느 쪽이었던 것일까?

만약 그들이 '공범'이었다면, 그들이 소설 창작이라는 이름으로 저질렀던 짓은 문학의 명예를 여지없이 실추시킨 행위였다고 말하지 않을 수 없다. 그렇지 않고, 그들 모두가 착각에 사로잡힌 '우중'에 불과했던 것이라면? 실상은 아마도 이쪽이었을 가능성이 높다고 생각되지만, 그런 경우에도 역시 그들은 문학의 명예를 바닥으로 실추시킨 행위를 저지른 셈이라고 말하지 않을 수 없다.

그런 작품들에 비하면 위에서 그 경개를 정리해 본 이선희의 「창」은 감격도, 찬양도 없이, 그렇다고 굳이 부정적인 시각을 내보이지도 않은 채, 냉정하게 토지개혁의 실상을 관찰하고, 그것과 관련하여 '욕망'의 개념을 중심으로 한 인간 본성의 문제를 제기하고 있다는 점에서, 급(級)이 다르다는 느낌을 갖게 한다. 물론 「창」은 어디까지나 소품에 불과하며 소설로서의 미학적 완성도도 높은 편이 아니다. 뿐만 아니라 이 작품을 쓴 이선희가 결국 월북의 길을 선택하고 말았다는 사실도 우리는 외면할 수 없다. 그렇기는 하지만, 적어도 이 작품에서 우리가 읽을 수 있는 정신의 세계는 「개벽」이니, 『땅』이니, 「맥령」이니, 또 『농토』니 하는 등속의 것들과 혼동될 수 없는 면모를 분명히 지니고 있다.

[덧붙이는 글]

'무상몰수, 무상분배'라는 사기성 구호를 앞세우고 진행되었던 북한의 토지개혁을 전폭적으로 긍정하고 또 지지하는 입장에서 써진 작품이 그 일로부터 한참 더 세월이 흐른 다음인 1980년대의 한국 소설계에 등장한 것, 그 작품이 많이 읽히고 환영받은 것, 그리하여 수많은 독자들의 인식을 심각하게 오도(誤導)한 것은, 우리들로 하여금 많은 것을 생각하지 않을 수 없도록 만든 사건이다. 그 작품은 조정래의 장편 『태백산맥』이다. 조정래는 이 소설에서, 북한의 토지개혁에 대한 전폭적 긍정과 지지의 뜻을 피력하는 한편, 그보다 훨씬 공정하고 합리적인 방식으로 이루어졌던 대한민국의 토지개혁에 대한 악의적 중상(中傷)과 전면적인 사실 왜곡의 작업을 집요하게 전개하였다. 『태백산맥』에서 대한민국에 대한 중상과 역사적 사실에 대한 왜곡은 자못 다양한 측면에서 이루어지고 있거니와, 토지개혁과 관련된 내용도 그중의 한 자리를 차지하고 있는 것이다.

그 후, 『태백산맥』에 나타난, 토지개혁 문제를 바라보는 조정래의 뒤틀린 관점에 대한 상세한 비판적 검토가, 김종오의 이름으로 출간된 『소설 『태백산맥』 그 현장을 찾아서』(종소리, 1992)라는 책의 제1부 제2장 「공산혁명이 역사의 순리였나」에서 이루어진 바 있다.

『소설 『태백산맥』 그 현장을 찾아서』는 『태백산맥』의 역사 왜곡을 종합적으로 검토한 책으로서 자못 중요한 의의를 갖는 터이지만 오래전에 절판되었기 때문에 일반 독자들로서는 구하기가 어렵다. 나는 이 점을 안타깝게 생각하여, 이 책의 내용을 일반 독자들에게 소개하는 글을 두 편이나 쓴 바가 있다. 그 글들은 모두 나의 책 『한국문학과 인간해방의 정신』(푸른사상, 2003)에 실려 있다.[5] 하지만 나의 이 책 역시 지금은 망각된 존재가 되고 말았으니, 나의 노력은 별다른 결실을 거두지 못하고 만 셈이다.[6]

2021년에 이르러 미래사에서 한국 현대사 연구자인 조남현의

---

[5] 그중 한 편인 「조정래의 『태백산맥』이 역사를 왜곡했다는 주장」은 총 93쪽에 이르는 긴 글이다.

[6] 『태백산맥』에서 다양한 방식으로 집요하게 이루어진 조정래의 한국 현대사 왜곡을 지적하고 비판한 또 한 사람의 논자로는 조우석이 있다. 그는 『좌파 문화권력 3인방―백낙청·리영희·조정래 비판』(백년동안, 2019)의 제3부 「조정래, 남로당에 사로잡힌 영혼」에서 이러한 작업을 수행하고 있다.

저서 『거짓의 역사와 위선의 한국 사회』가 출간되었는데, 이 책의 제4장 「반동의 소설 『태백산맥』」을 보면, 『소설 『태백산맥』 그 현장을 찾아서』 전체의 내용이 잘 요약되어 있다. 『거짓의 역사와 위선의 한국 사회』 속에서 조남현이 말하고 있는 바에 따르면, 『소설 『태백산맥』 그 현장을 찾아서』의 초고는 원래 조남현 자신이 쓴 것이라고 한다.

서문에 감동하고 본문에 실망하다

—최인훈의 『광장』

1. 『광장』과의 첫 만남

최인훈의 장편소설 『광장』을 내가 처음 읽은 것은 1973년의 일이었다. 내가 대학교 1학년 학생이었던 그해의 여름에 민음사에서 『광장』의 네 번째 판본[1]이 출간되어 나왔고 나는 그것을 사서 읽었던 것이다.

민음사판 『광장』을 처음 사서 읽었던 당시, 나는 『광장』이라는 소설에 대해서도, 그 작자인 최인훈에 대해서도, 아무런 사전 지식을 갖고 있지 않았다. 문자 그대로 백지인 상태에서 나는 『광장』 읽기에 임하였던 것이다. 바로 그러했기 때문에 어떻게 보면 가장 '순수'하고 '공정'한 『광장』 읽기가 가능했던 것이 아닐까 하고 나는

---

1 『광장』의 첫 번째 판본은 『새벽』 1960년 11월호에 실린 것이고, 두 번째 판본은 그 이듬해 정향사에서 단행본으로 출간된 것이며, 세 번째 판본은 1968년에 신구문화사에서 출간된 『현대한국문학전집』의 제16권으로 나온 것이다. 새로운 판본을 낼 때마다 최인훈은 소설의 텍스트를 상당한 정도로 수정하였다. 그리고 신구문화사판이 나온 지 5년이 지난 시점에서 최인훈은 또 다시 상당한 정도의 수정을 가한 새로운 판본을 민음사를 통해 간행하였던 것이다.

지금도 생각한다.

　내가 『광장』을 사서 그 첫 페이지를 열자 「이명준의 진혼(鎭魂)을 위하여」라는 부제가 붙은 작가의 서문이 나왔다. 그 서문의 일부를 아래에 인용해 보기로 한다.

　　나는 12년 전, 이명준이란 잠수부를 상상의 공방(工房)에서 제작해서, 삶의 바다 속에 내려보냈다. 그는 '이데올로기'와 '사랑'이라는 심해의 숨은 바위에 걸려 다시는 떠오르지 않았다.

　　(…) 그러나 슬프다. 그런들 한 번 간 사람에게야 무슨 쓸모가 있겠는가.

　　그저 마음을 달래볼 수 있는 한 가지 길은, 지금 내가 가지고 있고, 잘 쓰기만 하면 숱한 잠수 벗들에게 유익할 수 있는 심해정보의 쌓임이 이명준에게서 비롯되었고, 그는 안내 없는 바다에 내려간 용사였음을 다짐하는 일이다.

　　12년 전에 내가 『광장』을 쓴 것도 바로 용사의 기념비였고, 묘비명의 뜻이었다. 그 세월이 지난 지금, 나는 이 비명(碑銘)에 보탤 것도 깎을 것도 없다.

　　다만 바람먼지에 얼마쯤 파묻힌 비면(碑面)의 때를 씻어내는 일을 하였다.

　　이명준 나의 친구여. 그제나 이제나 다름없는 나의 우정을 받아주기를 그리고 고이 잠들라.[2]

　그다음 페이지에는 작가가 1961년 정향사에서 『광장』을 처음 단행본으로 낼 때 거기에 붙인 서문이 다시 수록되어 있었다. 그 서문의 마지막 부분은 다음과 같은 문장들로 이루어져 있었다.

이명준의 경우도 마찬가지다.

그는 어떻게 밀실을 버리고 광장으로 나왔는가. 그는 어떻게 광장에서 패하고 밀실로 물러났는가.

나는 그를 두둔할 생각은 없으며 다만 그가 '열심히 살고 싶어 한' 사람이란 것만은 말할 수 있다. 그가 풍문(風聞)에 만족치 않고 늘 현장(現場)에 있으려고 한 태도다.

바로 이 때문에 나는 그의 이야기를 전하고 싶어진 것이다.[3]

소설의 본문에 들어가기 전, 위에 인용된 부분만 보아도 선명하게 확인될 수 있는 바와 같이 장중하기 이를 데 없는 언어로 엮어진 서문들을 먼저 만났을 때, 순진한 대학교 1학년 학생 독자의 마음이 얼마나 진한 감동과 기대로 설레었을 것인지는 누구라도 쉽게 짐작할 수 있을 터이다. 나는 그런 감동과 기대 속에서 『광장』의 본문을 읽기 시작하였다. 특히 나의 기대는 작가가 각별한 '우정'과 '애도의 마음'을 표시하였던 이명준이라는 젊은이를 한시바삐 만나고 그의 뜻깊은 이야기를 듣고 싶다는 데에 집중되었다.

그런데… 정작 『광장』의 본문을 읽어 나가는 과정은, 나에게

---

2 최인훈, 『광장』(민음사, 1973), 페이지 없음.
3 위의 책, 페이지 없음.

있어서는, 실망의 연속이었다. 나는 실망했고, 또 실망했다. 계속되는 실망의 과정을 거치는 동안 이명준에 대한 나의 감정은 점점 더 나빠지기만 해서, 나중에는 '경멸감'이라는 한마디로 요약되는 것이 가장 적절한 상태가 되어버렸다.

그리고 또 한 가지, 내가 『광장』을 읽어가면서 지속적으로 느낀 것은, 기법적인 면에서 작가의 실력이 별로 우수한 편이 아니라는 것이었다. 쉽게 말해서, 상당히 서투르게 써진 소설을 읽고 있다는 느낌이 나의 마음속에서는 내내 떠나지 않았다.

이렇게 해서, 『광장』이라는 소설과 나의 첫 만남은 아주 재미없는 것이 되고 말았다.

재미없는 만남의 시간만 제공해준 소설을 오래 기억할 필요는 없을 것이다. 나는 얼마 안 가서 『광장』을 잊었다.

2. 『광장』과의 두 번째 만남

그런데, 이로부터 3년이 흐른 후, 내가 4학년이 되던 해에, 문학과지성사에서 『최인훈전집』이 나오기 시작했다. 그 제1권이 『광장/구운몽』이었다. 이것이 『광장』의 다섯 번째 판본을 이루는 것인데, 작가가 이 다섯 번째 판본을 내면서 상당히 큰 규모의 개작을 다시 시도하였다는 사실을 나는 알게 되었다. 그리고 이 다섯 번째 판본의 말미에는 김현의 해설이 실려 있었다. 그 해설은 다음과 같은 문장으로 시작되고 있었다.

정치사적인 측면에서 보자면 1960년은 학생들의 해이었지만, 소설 사적인 측면에서 보자면 그것은 『광장』의 해이었다고 할 수 있다. 그것을 『새벽』 잡지에서 처음 읽었을 때의 감동을 나는 잊을 수가 없다. (…) 그를 단번에 문단의 총아로 만든 『광장』에 대해서 그는 남다른 애정을 갖고 있는 듯하다. 그것을 그는 벌써 다섯 번째로 고쳐 쓰고 있는 것이다.[4]

김현이 『광장』에 대해 위와 같은 말을 했다는 사실을 알고 나는 대단히 놀랐다. 내가 그때까지 읽은 김현의 모든 평문에 대해 예외 없이 동의하고 있었던 것은 물론 아니지만, 분명 김현은 내가 당대의 다른 어떤 비평가보다 더 높은 정도로 존경하고 신뢰하는 마음을 가지고 읽어 온 비평가였기 때문이다.[5] 그렇다면 3년 전에 대실망으로 끝났던 나의 『광장』 읽기가 잘못되었던 것일까?

이런 의문을 해결하는 길은 이번에 새로 나온 전집판 『광장』을 처음부터 끝까지 읽는 것밖에 없었다. 나는 그렇게 했다. 그런데 결과는 나의 3년 전의 『광장』 읽기가 틀린 것이 아니었다는

---

4 김현, 「사랑의 재확인」, 최인훈, 『문학과지성 소설 명작선 1: 광장/구운몽』(문학과지성사, 1996), p.313. 내가 지금 가지고 있는 『최인훈전집』 속의 『광장』 텍스트가 『문학과지성 소설 명작선 1』의 것이어서 여기로부터 인용하였다.

5 사실은 민음사판 『광장』의 말미에도 김현의 해설이 붙어 있었다. 그러나 「상황과 극기(克己)—최인훈 문학의 구조」라는 제목으로 써진 이 해설에서 김현은 그 부제가 예고해준 대로 최인훈의 문학세계에 대한 일반론을 주로 펼쳤으며 『광장』이라는 작품에 대해서는 짧은 몇 마디밖에 써놓지 않았고 더구나 그 작품에 대한 직접적인 찬사로 해석될 만한 말은 전혀 하지 않았기 때문에 나는 그 해설을 보고서는 김현이 그토록 『광장』을 높이 평가하고 있는 줄 알지 못했다.

쪽으로 나왔다. 거기에다가 '이번의 개작은 『광장』이라는 작품을 이전보다 더 나쁜 것으로 만드는 결과를 낳았다'는 판단까지 추가되었다.

3. 『광장』을 논한 글들

나는 『광장』에 대한 글을 1980년대에 한 편 썼다. 1988년에 정음사에서 낸 나의 책 『우리 문학의 논리』에 수록된 「최인훈의 『광장』에 대한 재고찰」이 바로 그 글이다. 이 글은 원래 『한국문학』 1986년 1월호에 「서문과 본문의 거리」라는 제목으로 발표되었던 것을 『우리 문학의 논리』에 재수록하면서 제목만 바꾼 것이었다. 이 글에서 나는 내가 『광장』의 본문을 읽으면서 왜 그토록 심한 실망을 느꼈던가 하는 점을 상세히 설명하였다.

그 후로 지금까지 다시 많은 세월이 흘렀다. 내가 『광장』을 처음 읽고 실망한 때로부터 기산하면 이제는 50년이 흐른 것이다. 그 긴 세월 동안 나는 『광장』에 대해 논한 여러 평론가·학자들의 글을 참 많이도 읽어 왔다. 한국 현대소설을 읽고 가르치는 일에 종사하다 보니 자연히 그렇게 된 것이다.

그 글들의 대부분은 나의 견해와는 정반대로 『광장』을 높이 평가하는 입장에서 써진 것들이었다.[6] 나는 그 글들에서 피력된 견해들을 존중하는 데 인색하지 않다. 그 글들 가운데 몇 편은 그 글 자체로만 보면 명문에 해당한다고 평가되기에 부족함이 없는 것들이기도 했다. 하지만 그 글들 가운데 어느 것도 『광장』에 대한 나의 평가 자체를 바꾸도록 설득하는 데에는 성공하지 못했다.

4. 김원우의 『광장』론

그런데, 2020년 봄에, 반드시 주목해서 보아야 할 만한 한 권의 책이 출간되었다. 소설가 김원우가 낸 『편견 예찬』이라는 산문집이 그것이다. 이 책에는 아홉 편의 산문이 실려 있는데 그중 맨 앞에 자리 잡고 있는 것이 「최인훈 소설의 허실」이라는 제목의 글이다. 전체가 520쪽으로 되어 있는 이 책에서 「최인훈 소설의 허실」은 237쪽의 분량을 갖고 있다. 한마디로 말해, 이 한 편의 글은 『편견 예찬』이라는 책 전체 속에서 절반 가까운 분량을 차지하고 있는 셈이다.

실제로 「최인훈 소설의 허실」을 읽어 보면 김원우가 단단히 마음먹고 최인훈 문학의 총체적 이해와 비판이라는 과제에 도전하여 각고의 노력을 기울인 역작이라는 사실을 확인할 수 있다. 분량도 분량이지만, 비평가로서의 탁월한 역량까지 겸하여 갖춘 일급의 소설가다운 감식안과 통찰이 글 속의 곳곳에서 빛나는 것을 느끼게

---

6 최인훈이 1976년에 전집판을 낼 때 대폭적인 수정을 가한 것에 대해서는 비판적인 견해를 보이는 사람들이 여럿 있지만, 그런 사람들도 『광장』 자체에 대한 전체적인 평가에 있어서는 대부분 긍정 혹은 찬양의 태도를 취하고 있다.

된다.

최인훈 문학의 전반을 다루고 있는 마당이니, 당연히 『광장』에 대한 논의도 작지 않은 자리를 차지한다. 글 속의 여러 곳에서 거듭 『광장』이 언급되지만, 특히 『광장』이 집중적으로 거론되는 자리는 『편견 예찬』의 188쪽에서부터 203쪽까지이다. 앞에서 나는 『광장』에 대해 논한 여러 평론가·학자들의 글을 그동안 참 많이도 읽어 왔다는 말을 했지만, 김원우의 이 글만큼 나에게 강한 공감을 불러 일으키는 글은 예전에 한 번도 만난 적이 없었다. 이 자리에서 김원우의 글을 길게 논의하는 것은 적절한 일이 아니기에, 나의 이 글을 지금 읽고 있는 독자들이 혹 김원우의 글을 아직 못 읽어본 처지라면 직접 그것을 구해서 읽어 보기를 권유하는 데에서 멈출 수밖에 없다. 다만 하나의 참고로서 「최인훈 소설의 허실」 중 『광장』을 집중적으로 다루고 있는 부분의 첫 대목 일부를 아래에 인용해 두기로 한다.

『광장』의 '내용=이야기'는 예의 그 활달한 수사의 과용에도 불구하고 빈약하기 이를 데 없으며, 그마저도 아주 조잡한 통속성과 너무 만만해서 진부하다는 언급조차 실없다고 할 정도의 '구도=도식=삼각관계'로 모아 짜 놓아서 책장을 덮자마자, 도대체 이런 허황한 이야기가 한국동란의 이면사였단 말인가 하고 허망해져서 어이가 없을 지경이다. 과감하게 줄여서 말하면 '3천 톤의 인도 배 타고르 호'와 '31명의 석방 포로'라는 임의로운 조작과 '1950년 8월'이라는 시점에서만 다소의 임장감(臨場感)을 감지할 수 있을까, 나머지의 여러 정황, 행적, 동선, 돌발적 사건/사태 등에는 한 줌의 핍진감도 잡히지 않는다. 독자들은 연방 설마 이랬을까, 여기가 도대체 어디야 라고 툴툴거리면서도 주인공들이 그렇게 돌아치듯이 거의 오리무중의 대기 속을 허위허위 헤매야 한다.[7]

7 김원우, 『편견 예찬』(시선사, 2020), pp.188~189.

『광장』을 논하려는 사람이
반드시 읽어야 할 두 번째 책
—유중원의 『최인훈의 『광장』 다시 읽기』

앞으로 최인훈의 장편『광장』에 대해 논하고자 하는 사람이라면, 2020년 5월에 출간된 김원우의 산문집『편견 예찬』속에 실려 있는 「최인훈 소설의 허실」을 반드시 읽어보고 나서 자신의 작업을 진행해야만 할 것이다. 김원우의 이 글 속에서『광장』을 논의하고 있는 부분들은 지금까지 나온 그 어떤 학자나 평론가의『광장』론보다도 예리하고 설득력 있는 면모를 보여주고 있기 때문이다.

그런데 김원우의『편견 예찬』이 출간된 지 5개월이 지난 후인 2020년 10월에, 『편견 예찬』을 냈던 바로 그 출판사에서, 최인훈의『광장』을 검토의 대상으로 삼은 중요한 책이 또 한 권 나왔다. 이번에 나온 책은 아예『최인훈의『광장』다시 읽기』라는 제목을 앞세우고 있으며, 제목이 말해 주는 바 그대로, 단행본 한 권 전체를『광장』에 대한 논의로 채운 것이었다.

이 책의 저자는 유중원이다. 그는 김원우와 같은 1947년생으로, 일찍이 사법시험에 합격하여 변호사로 활동해 온 사람이다. 그는 동국대학교에서 법학박사 학위를 취득했고, 한때는 국민대학교 법과대학의 교수로 재직하기도 했다. 이런 그가 뒤늦게 소설 창작에 열정을 쏟게 되어, 2011년에 첫 장편소설을 출간한 이후, 장편소설과 중단편집을 합쳐 열 권 이상을 간행하는 데까지 나아갔다. 그러나 지금까지 소설가로서 그다지 성공했다고 보기는 어렵다. 문학 분야의 애독자들 가운데 그의 이름을 기억하는 사람은 아직 별로 많지 않다. 이런 가운데서 그는 문학 분야의 첫 번째 이론적 저술로서 『최인훈의 『광장』 다시 읽기』라는 책을 펴내게 된 것이다.

유중원의 저서 『최인훈의 『광장』 다시 읽기』가 독자에게 던져주는 첫 번째의 인상은, 대단히 산만하다는 것이다. 법학 분야의 저서와 논문은 이미 숱하게 내놓은 바가 있었고 발표한 소설의 양도 상당한 정도에 이른 그이지만 문학 분야의 이론적 저술은 처음이어서 그런지, 도무지 정리가 안 되어 있다. 문학 분야의 책을 어느 정도 접해 온 사람이라면 누구나 알고 있는 상식 수준의 소설론에 대한 서술이 지루하게 펼쳐지는가 하면, 자신의 논의를 다듬는 과정에서 참고한 문헌을 언급하는 자리에서도 장황한 중언부언이 이어지고, 논의 전개상 반드시 필요하지 않은 인용도 너무 많아서 독자들이 피로감을 느낄 지경이다.

하지만 이런 모든 결함에도 불구하고, 유중원의 이 저서는 김원우의 글과 함께 '장차 『광장』을 논하고자 하는 사람이라면 반드시 읽어보아야 할 두 편의 중요한 선행업적 가운데 하나'라는 자격을 인정받아 마땅하다. 그렇게 보아야 하는 이유는 단순하고 명백하다. 이 책에서 유중원은, 『광장』을 제대로 논의하고자 하는 사람이라면 반드시 짚고 넘어가야 할—그럼에도 불구하고 『광장』의 첫 판본이 나온 이후 지금까지 60년 이상의 세월이 흐르는 동안 나를 포함한 어느 누구도 언급한 적이 없는—수많은 구체적 사항들을 놓치지 않고 포착하여 독자들에게 일깨워주고 있기 때문이다. 『광장』의 명성에 이미 중독되어 있는 사람이 아니라면, 유중원이 일깨워주고 있는 그 사항들을 하나하나 음미해 가는 동안, 그 유명한 『광장』이 이렇게도 허술하고 엉터리 같은 소설이었던가 하는 발견과 각성의 놀라움을 경험하게 되지 않을 수 없을 것이다.[1]

그러나 이처럼 중요한 의의를 지니고 있는 책임에도 불구하고 『최인훈의 『광장』 다시 읽기』는 금방 절판이 되어 서점가에서 사라져 버리고 말았다. 문학 분야의 독자들에게는 저자가 아직 잘 알려져 있지 아니한 탓도 있을 것이고, 위에서 내가 지적했던 것처럼 책 자체가 대단히 산만한 모습으로 되어 있는 탓도 있을 것이다. 하지만 이유야 어찌되었든, 이 책이 이 세상에 나왔었다는 흔적조차도 남기지 못한 채 망각의 저편으로 사라져 버린다면 그것은 너무나 안타까운 일이다. 앞에서 말한 대로, 『광장』에 대한 제대로 된 독해를 위해서는 반드시 짚고 넘어가야 할 숱한 사항들을 이 책에서는 처음으로 밝혀내어 지적하고 있기 때문이다.

유중원은 그러한 작업을 진행하면서, 『광장』이라는 소설의 문

---

1   유중원의 이러한 작업은 『최인훈의 『광장』 다시 읽기』의 제3장과 제4장(pp. 129~306)에서 집중적으로 이루어지고 있다. 『최인훈의 『광장』 다시 읽기』라는 책의 진가는 바로 이 제3장과 제4장에서 온전히 드러난다고 보아도 무방하다.

학적 가치 문제에 대한 자신의 판단을 여러 차례 반복해서 언급하고 있다. 그중 전형적인 예 하나를 인용해 보이면 다음과 같다.

> 작가(최인훈-인용자)는 그 당시 이 소설을 쓰면서 아주 불성실했다. 그는 역사적 실재를 구체적으로 파악하지 않고 오직 신문에 난 몇 줄 기사에 의존해 자의적으로 쓴 것이다. 그는 진실을 추구해야 하는 작가의 본분을 망각하고 갖은 억측, 오해, 편견, 독단에 의해 소설을 쓴 것이다. 독자들을 기만한 것이다. 그래서인지 김원우는 '반소설도 아니고 비소설'이라고 비아냥거렸다.
>
> 그러므로 이 소설은 그 당시 24세인 초보 작가가 쓴 습작품에 불과하다.[2]

『광장』의 문학적 가치 문제에 대한 유중원의 판단은 이처럼 극도로 부정적이다. 이런 그의 판단을 어떻게 보아야 할 것인지에 대해서는 사람에 따라서 당연히 여러 가지 견해가 가능하리라. 하지만 『최인훈의 『광장』 다시 읽기』의 본문 속에서 상세하게 논의되고 있는 『광장』의 수많은 허점들—최인훈이 소설을 쓰면서 '날림공사'를 벌였다는 사실의 증거들—을 유중원의 안내에 따라 하나하나 확인해 나가다 보면, 그의 위와 같은 판단이 충분히 성립 가능하다는 사실만은 누구라도 시인하지 않을 수 없을 것으로 생각된다.

---

2 유중원, 『최인훈의 『광장』 다시 읽기』(시선사, 2020), pp.96~97.

『광장』 속 이명준과 정선생의 대화 장면

1. 대화 장면의 전개 양상

최인훈의 『광장』을 보면, 이명준이 아직 월북을 하기 전의 어느 시점에서 정선생과 만나 긴 대화를 나누는 장면이 있다. 정선생은 나이 마흔을 넘긴 독신의 부유한 고고학자로, 여행을 즐기는 사람이다. 이명준이 평소 친분이 있는 정선생을 그의 자택으로 찾아가 이런저런 한담을 주고받던 중, 다음과 같은 말을 한다.

"그러나 저는 반드시 연애여야만 하겠다는 게 아니에요. 아무것이든 좋아요. 갈빗대가 버그러지도록 뿌듯한 보람을 품고 살고 싶다는 거예요."[1]

이런 정도의 말이야, 청년기에는 웬만한 사람이면 흔히 해볼 수 있는 평범한 고백이다. 이명준의 이런 발언을 접하고 정선생은 "정치는 어때?"라는 질문을 던지는데, 이런 질문 역시 이명준 같은

---

1 최인훈, 『문학과지성 소설 명작선 1: 광장/구운몽』(문학과지성사, 1998), p.54.

부류의 청년과 한담을 나누는 도중에라면 흔하게 나올 수 있는, 가벼운 응수 이상의 것이 아니다.

그런데 정선생이 그런 가벼운 응수를 건네자 이명준은 갑자기 무언가에 씌인 것처럼 무지무지한 열변의 폭포수를 쏟아내기 시작한다. 정선생이 무어라 한마디 간단한 반응을 보일 겨를조차 없이, 인쇄된 책의 분량으로는 무려 세 페이지가 거의 다 차 갈 정도로, 엄청난 말의 홍수를 만들어내는 것이다. 그 첫 부분 몇 줄만 인용해 보자.

> "정치? 오늘날 한국의 정치란 미군 부대 식당에서 나오는 쓰레기를 받아서, 그중에서 깡통을 골라내어 양철을 만들구, 목재를 가려내서 소위 문화주택 마루를 깔구, 나머지 찌꺼기를 가지고 목축을 하자는 거나 뭐가 달라요? 그런 걸 가지고 산뜻한 지붕, 슈트라우스의 왈츠에 맞추어 구두 끝을 비비는 마루며, 덴마크가 무색한 목장을 가지자는 말인가요? 저 브로커의 무리들, 정치 시장에서 밀수입과 암거래에 갱들과 결탁한 어두운 보스들."[2]

이런 식의 열변이 세 페이지 가까이 이어진다. 그의 거친 언어는 당대 한국의 정치를 한참 동안 난타하다가 경제와 문화의 영역으로까지 확장되면서 역시 맹렬한 '난타하기'를 계속한다.

---

2 위의 책, p.55.

이명준이 행하는 열변의 내용은 또 어떤가? 위에 인용된 부분을 보면, 당대 한국 정치의 어떤 구체적인 현상이나 사건에 대한 언급은 없으며, 막연하고 추상적인, 그래서 아무런 실감도 없는 비분강개의 언어만이 등장하고 있음을 확인할 수 있다. 긴 이야기를 막 시작하는 마당이니까 이런가 하고 생각해볼 수도 있지만, 진상은 그런 것이 아니다. 세 페이지가 거의 다 차는 분량으로 쏟아진 말의 홍수가 마침표를 찍을 때까지, 정치에 대해서건, 경제에 대해서건, 또 문화에 대해서건 구체적인 현상이나 사건에 대한 언급은 끝내 단 하나도 나오지 않는다. 추상적이고 공허한 매도의 언어만이 처음부터 끝까지 지속될 뿐이다.

그런데 이명준의 이런 공허하고 실감 없는 비난 연설이 막을 내린 다음의 장면은 매우 이상하고 또 부자연스럽다. 정선생은 이명준의 그런 헛소리에 단 한마디 대꾸도 하지 못하고 있다가 이명준이 긴 연설을 끝내자 담배를 꺼내 자기도 한 대 물고 이명준에게도 한 대를 권하는데, 이때 이명준은 "라이터를 내미는 선생의 손이 떨리는 듯"[3]하다고 느낀다. 그러면서 정선생이 지금까지의 '선생'급에서 '친구'급으로 격하되었다는 느낌을 받는다. 이 장면을 보면서 우리는 정선생이 이명준의 유치한 연설을 듣고 왜 그렇게나 위축되어서 한마디 대꾸를 못하는 것은 물론이요 손을 떨 정도까지 되었는지 도저히 알 수가 없다. 참으로 이상하고 부자연스러운 소설

---

3 위의 책, p.57.

전개가 아닐 수 없다.[4]

2. 밀실만 있고 광장은 없다?

위에서 이명준의 긴 발언이 그 시대의 구체적인 현상이나 사건에 대한 언급이 없는 공허하고 추상적인 것이었음을 지적했거니와, 그런 공허하고 추상적인 발언을 이어가면서 이명준이 거듭거듭 강조한 명제는, '우리 시대의 남한에는 밀실만 있고 광장이 없다'는 것이었다. 긴 이야기를 펼쳐놓는 과정 중간중간에 그는 이런 취지의 발언을 몇 차례나 되풀이한다. 이야기 전체를 마무리짓는 자리에서도 그는 다음과 같이 '광장의 부재'를 논한다.

"아무도 광장에서 머물지 않아요. 필요한 약탈과 사기만 끝나면 광장은 텅 빕니다. 광장이 죽은 곳. 이게 남한이 아닙니까? 광장은 비어 있습니다."[5]

---

4 여기서 이 문제에 관하여 자세히 논의할 생각은 없다. 다만 두 가지 점만을 간단히 언급해 두고자 한다. 첫째, 소설 속의 이 장면에서 왜 이토록 부자연스러운 전개가 나타났는가에 대한 정확한 답을 찾아내는 가장 빠른 길은 작가인 최인훈 자신에 대한 정신분석적 검토를 시도해 보는 것이다(독고준이 주인공으로 등장하는 작품들과 『소설가 구보씨의 1일』, 그리고 『화두』가 이러한 작업의 현장에서 중요한 참고자료로 활용될 수 있다). 둘째, 그러한 시도를 행하는 것과 더불어, 작가가 여기서 소설작법상의 미숙성을 드러내고 말았다는 사실을 지적하는 일이 반드시 행해져야 한다.

5 최인훈, 앞의 책, 같은 페이지.

널리 알려져 있는 바와 마찬가지로, 최인훈은 '당시의 남한에는 밀실만 있고 광장이 없었으며 북한에는 광장만 있고 밀실이 없었다'라는 도식적 명제를 만들어내고 이러한 명제를 큰 틀로 해서 『광장』이라는 소설을 썼다. 지금까지 우리가 살펴본 이명준과 정선생의 대화 장면은 이 명제의 앞부분 즉 남한에 관련된 부분을 소설 속에서 뚜렷하게 부각시키기 위해 작가가 마련한 가장 중요한 장치라고 할 수 있다.

그런데 문제는 이 명제의 앞부분을 이루는 주장, 즉 '당시의 남한에는 밀실만 있고 광장이 없었다'는 주장이 당시의 실제 현실과 완전히 동떨어진 것이었다는 사실이다. 이명준과 정선생이 대화를 나누었던 당시가 구체적으로 몇 년도였는가를 생각해 보면 대번에 이 점을 알 수 있다.

원래 최인훈은 『광장』을 쓰면서 부주의하게도 심각한 연대기적 혼란을 일으키고 있는 터이다. 이 문제에 대해서는 김현이 일찍감치 주목하고 그 나름의 해답까지 제시한 바 있지만 그가 제시한 해답은 설득력이 없는 것이었다.[6] 그리고 나중에 다시 유중원이

---

6 김현, 「사랑의 재확인」, 위의 책, pp.315~316. 여기서 김현은 최인훈 스스로 연대기적 혼란의 문제를 의식한 결과 전집판을 내면서 전집판 이전의 판본들에 들어 있던 "수삼 년"이라는 표현을 "몇 해"로 바꾸었으며 작가가 이렇게 함으로써 연대기적 혼란의 문제는 해결되었다는 취지의 주장을 펴고 있지만 이런 주장은 두 가지 점에서 설득력이 없다. 첫째, 『광장』의 연대기적 혼란 문제는 "수삼 년"을 "몇 해"로 바꾸는 정도의 간단한 자구 수정에 의해 해결될 수 있는 수준의 것이 아니다. 둘째, 작가인 최인훈 자신은 연대기적 혼란의 문제점을 끝끝내 의식하지 못하고 말았을 가능성이 그 반대의 가능성보다 더 높다고 보아야 할 여러 가지 이유가 있다.

본격적으로 이 점을 문제 삼으면서 그것을『광장』의 중요한 한 가지 결함으로 지적하기도 했다.[7] 여기는 이 문제를 상세히 논할 자리가 아니기에 더 이상의 언급을 생략하고, 일단 그 시대가 8.15 해방 이후 미군정의 통치 시대를 거친 끝에 대한민국 정부가 수립되는 방향으로 나아가던 격동의 시대요 새 출발의 시대였다는 사실만 말해 두기로 하자. 이승만, 김구, 박헌영 등을 각자의 대표 인물로 하는 여러 정치세력 간의 격렬한 논쟁과 대결이 벌어지고 제주도에서는 4.3사태가 터지는가 하면 여수와 순천에서도 피바람이 불고 토지개혁 문제가 만인의 관심을 집중시키는 핵심 쟁점으로 떠오르던 시대가 그 시대였다. 우익은 우익대로 자기들의 구상에 따라 새 나라를 만들려고 온 힘을 다하고 있었고, 좌익은 좌익대로 자기들의 구상에 따라 새 나라의 출범을 막으려고 온 힘을 다하고 있었던 시대였다. 우익에는 우익의 신념으로 뭉친 사람들이 운집하고 좌익에는 좌익의 신념으로 뭉친 사람들이 운집하여 맹렬한 기세로 힘겨루기를 하는가 하면 우익의 사상도 좌익의 입장도 자기는 모른다고 하는 수많은 사람들이 안타깝게도 억울한 희생자가 되어 죽음을 당하기도 하던 그런 시대였다. 이런 시대의 남한에 밀실만 있었고 광장은 없었다고? 광장은 텅 비어 있었다고? 대체 이게 무슨 소리인가?

당대의 현실이 '밀실만 있고 광장은 없다'라는 명제와는 아득히

---

7   유중원, 『최인훈의 『광장』 다시 읽기』(시선사, 2020), pp.174~181.

동떨어진, 거의 정반대 되는 형세를 보여주고 있는 판에 '그 시대의 남한에는 밀실만 있었고 광장은 없었다'라는 명제를 밀어붙이려고 하다 보니, 이명준으로 하여금 세 페이지 가까운 분량으로 당대의 정치·경제·문화 현실을 비난하는 언어의 홍수를 분출하도록 만들면서도 그 비난을 뒷받침해 주는 구체적 사례는 단 하나도 언급할 수가 없었던 것이다. 구체적인 사례를 하나라도 언급하려 드는 순간 그 명제의 허위성이 폭로될 수밖에 없었을 테니까.

3. 공상 속에서 만들어낸 명제

『광장』의 작가인 최인훈은 『광장』 속에서 이명준이 월북하기 전의 이야기가 전개되던 시기에 남한 땅에 살지 않았다. 함경도 출신인 그가 대한민국을 찾아온 것은 6.25 전쟁 중의 일이다. 당연히 그에게는 이명준이 월북하기 전의 이야기가 전개되던 당시의 남한에 대한 아무런 실감이 없다. 자기 자신 실감을 못 가진 상태이면서도 그 시대의 남한을 무대로 한 이야기를 소설의 형식으로 진행시키는 것이 그에게 주어진 과제였다.

그런 과제를 수행하고자 하면서 그가 선택할 수 있는 한 가지 방법은 아예 카프카의 작품처럼 사실주의를 완전히 배제한 실험적 소설을 쓰는 것이었다. 하지만 최인훈은 『광장』에서 이 방법을 택하지 않았다. 누구나 알다시피, 『광장』은 어디까지나 넓은 의미의 사실주의를 존중하는 방식으로 써진 소설이다. 그런데 이런 방식으로 소설을 쓰려면, 작가는 그 시대의 남한 현실에 대한 자료 조사와 공부를 따로 해야만 했다. 소설을 수준 높게 잘 쓰려면, 그러한 조사와 공부를 자못 치열하게 해야만 했다. 그러나 우리는 『광장』을 읽으면서 작가가 그러한 조사와 공부를 제대로 했다는 인상을 받지 못한다. 이 소설 속 어디에도 그러한 조사와 공부를 제대로 수행한 흔적이 나타나지 않는다.

조사와 공부를 제대로 하고자 노력하는 대신 작가는 아무런 현실적 근거도 없는 '당시의 남한에는 밀실만 있었고 광장이 없었다'라는 자의적 명제를 공상 속에서 만들어내었다. 만약 그가 조사와 공부의 과정을 제대로 거쳤다면 현실과 동떨어진 그런 명제를 만들어낼 수 없었을 것이다.[8] 어쨌든 그는 그런 명제를 만들어내고서,

---

8 이 문제와 관련하여 유중원은 다음과 같은 지적을 하고 있다. "1948년이면 제헌의회가 성립하고 제헌헌법이 제정되어 8월 15일 대한민국 정부 수립을 공포하였고 그해 9월 9일에는 북한에서 조선민주주의인민공화국 정부가 수립되었다. (…) 남한에서는 새로운 민주공화국이 출범하면서 희망에 들뜬 해였다. 그때는 이승만의 독재정치가 시작되기 전이었다. 어떻게 시대상황과 시대정신과 완전히 어긋나는 그런 대화가 가능했을까. (…) 작가는 시대상황을 오해한 것으로 보인다. 그가 이 소설을 1960년에 썼기 때문에 바로 몇 년 전 혹은 그 당시의 시대상황에 맞춰 쓴 것으로 보이기 때문이다"(위의 책, pp.222~223). 위의 인용문에서 특히 주목할 만한 것은 그 마지막 부분이다. 물론 정선생과의 대화에서 이명준이 행하는 '무작정 난타하기' 수준의 발언 내용이 1950년대 말의 현실과 얼마만큼 제대로 맞아들어가는가에 대해서는 또 다른 신중한 검토가 필요하겠지만, 최소한, 그 발언 내용이 1948~1949년 무렵의 현실보다 1950년대 말의 현실을 더 쉽게 연상시킨다는 점만은 누구라도 금방 인정할 수 있을 것으로 보인다. 이러한 지적에 동의할 수 있다면, 누군가는, 바로 이 지점에서부터, 『광장』의 근본적인 문제점이 어떤 것인가에 대한 새로운 차원의 사유를 시작할 가능성도 있을 것으로 생각된다. 지금까지 『광장』에 대해 이런저런 논의를 펴 온 문학 전문가들이 그토록 많았지만 유중원이 위의 인용문 마지막 부분에서 언급한 사

'현실' 대신 '명제'에 입각하여, 소설 속의 남한을 무대로 한 부분을 써 나갔다.

일단 소설의 기본틀에 해당하는 명제를 그런 식으로 만들어 놓았으니, 작가로서는, 그 명제가 상당한 무게를 가지고 독자 앞에 나타나도록 만들기 위한 노력을 행하지 않을 수가 없었다. 정선생을 상대자로 한 이명준의 연설이 그토록 내용이 없으면서 그토록 긴 분량을 가지게 된 것은 바로 그런 노력의 결과였던 것으로 생각된다.

항을 제대로 인식하고 논의한 사람이 그중에 하나라도 있었는지 나는 알지 못한다. 이러한 나의 발언에는 물론 나 자신에 대한 자기비판도 포함되어 있다.

재일 한인의 역사와 우리의 문제

—손창섭의 『유맹』

한국 문학에 조금이라도 관심을 가진 사람이라면, 손창섭이라는 이름을 기억하고 있을 것이다. 1922년생인 손창섭은 1950년대의 이른바 전후소설(戰後小說)을 대표하는 작가들 중 하나로 공인되고 있는 존재이다. 1950년대 당시 숱하게 발표되었던 그의 소설들은 인간 일반에 대한 모멸적인 시선과 폐허의식에 의해 지배되고 있는 것들이었다. 그 작품들 속에는 한국 문학이 그때까지 알지 못했던, 낯설고 이상한 종류의 우울이 가득 차 있었다. 당시의 많은 독자들은 이러한 우울에 깊은 공감을 느꼈다.

그런데 이처럼 우울 일변도의 소설을 줄기차게 써내던 손창섭은 대략 1950년대 말부터 서서히 변하는 모습을 보여주었다. 그의 문학세계 속에도 따스한 인간 긍정의 빛이 조금씩 비쳐들기 시작했던 것이다. 그 대신 작품 발표의 양이 줄어들었다. 그렇게 변해가더니, 1973년에 이르러, 그는 훌쩍 일본으로 떠나고 말았다. 일본은 그가 성장기의 긴 기간을 보낸 곳이요, 그의 아내의 모국이기도 하다.

일본으로 떠난 지 3년이 지난 1976년에, 그는 유랑민이라는 뜻을 가진 단어 '유맹(流氓)'을 제목으로 내세운 장편소설을 『한국일보』에 연재했다. 이 작품은 곧 잊혀지고 말았다. 연재가 끝난 후 책으로 묶이지 않은 탓도 있고, 작가가 일본에 계속 머무르면서 한국 사회와는 일체의 연락을 끊고 지낸 탓도 있을 것이다. 작가는 일본으로 건너간 직후부터, 단단히 작심한 듯, 철저한 은둔자의 생활방식을 실천하기 시작했던 것이다.

그러다가, 2005년도에 이르러, 몇몇 뜻있는 사람들이 애를 쓴 결과, 『유맹』이 실천문학사에서 단행본으로 출간되어 나왔다. 작가 자신의 행적은 여전히 오리무중인 상태에서 말이다.[1]

막상 『유맹』이 단행본의 형태로 세상에 다시 선을 보였어도, 이 작품에 대하여 관심을 표명하는 사람은 적었다. 지금도 여전히 『유맹』은 널리 읽히지 않고 있다. 이것은 안타까운 일이다. 『유맹』은 여러 가지 측면에서 적극적인 평가를 받을 만한 가치가 충분한 작품이기 때문이다.

일인칭 소설의 형태를 취하고 있는 『유맹』에서 '나'로 등장하는 인물은 2년 전에 아내의 나라인 일본으로 가족과 함께 건너와 정착한 중년의 지식인이다. 얼핏 보기만 해도 이 '나'는 손창섭 자신을 모델로 한 인물임을 알 수 있다. 소설은 이 화자가 일본에 와서

---

1 그 후, 2009년에, 시인이고 소설가이며 언론인이기도 한 정철훈이 비상한 노력 끝에 드디어 손창섭을 찾아내어 만났다. 당시 손창섭은 병석에 누워 있었다. 손창섭이 작고한 것은 2010년 6월이다. 정철훈, 『내가 만난 손창섭』(비, 2014) 참조.

다양한 경험을 하고 다양한 사람들을 만나는 과정을 차분하게 따라간다. 그렇게 하는 동안에, 수많은 재일(在日) 한인들의 삶과 그 속에 깃들인 문제들에 대한 탐구가 이루어진다.

『유맹』은 잘 써진 소설작품이다. 구성이 탄탄하게 짜여 있다는 점, 여러 등장인물들의 성격이 생동감 있게 그려졌다는 점, 무게 있는 주제가 자연스럽게 부각되고 있다는 점 등으로 볼 때, 이런 평가를 내릴 수 있다. 오랜 창작 경력을 가진 작가의 노련한 솜씨가 실감된다. 1950년대 말부터 손창섭의 문학세계에 들어오기 시작한 '따스한 인간 긍정의 빛' 역시, 넘치지도 모자라지도 않는 수준에서, 잘 살아 있다. 세상의 주목을 한 몸에 끌어모을 만큼 특출한 매력으로 빛난다거나, 문학사의 한 시기를 대표할 만한 중량을 지닌다거나 하는 정도까지는 되지 못하지만, 웬만한 독자라면 5백 페이지를 넘기는 분량을 읽고 난 후 '읽기를 잘했다'고 하는 만족감을 느낄 수 있으리라 기대해도 좋은 수준작임에 틀림없다.

이러한 면모를 가지고 있는 『유맹』이라는 작품에서 우리가 읽어낼 수 있는 재일 한인들의 삶에는 20세기 한국 역사의 고민과 갈등이 압축되어 있다. 그들은 일제시대에 이런저런 경로를 거쳐 일본으로 건너와서는, 생사의 경계선을 숱하게 넘나들며, 연이은 시련과 힘겨운 응전의 궤적으로 가득 찬 삶을 살았다. 소설 속 현재인 1970년대의 시점에서도 시련은 또 다른 형태로 계속되고 있다. 끈질기게 이어지는 민족 차별에 시달린다. 정체성 확인의 어려움을 겪는다. 분단의 상처를 그들 나름의 방식으로 앓는다. 어느새 세대 간의 단절 혹은 갈등이라는 새로운 사태가 벌어지고 있음을 깨닫고

곤혹스러워하기도 한다. 이러한 상황에 직면하여, 그들은 다양한 방식으로 대응의 길을 모색한다. 세대에 따라서, 개인적 성격에 따라서, 인생관에 따라서, 처지에 따라서, 대응의 길은 갖가지로 나뉘어진다. 갖가지로 나뉘어진 대응의 길들이 평행선을 그리기도 하고, 서로 얽히기도 하고, 맞부딪치기도 하는 가운데, 세월은 흐르고, '역사'라는 것이 만들어져 간다.

이렇게 보아 온다면, 『유맹』이라는 작품의 의미는 결국 '20세기 재일 한인의 역사에 대한 생생하고도 잘 짜여진 소설적 형상화'라는 한마디로 요약될 수 있으리라. 그렇다면 이러한 작품을 우리가, 즉 21세기의 한국인 독자들이 읽는다는 것에는 어떠한 의의가 담겨 있는 것일까? 이 물음에 대해서는 다음과 같은 세 가지 항목으로 답할 수 있을 듯하다.

첫째, 보편적으로, 좋은 소설을 읽는 것은 언제나 인간과 세상에 대한 독자의 이해를 깊고 넓게 하는 데 기여하는 법이다. 『유맹』을 읽는 일도 이러한 경우에 포함된다.

둘째, 『유맹』을 읽으면, 재일 한인과 관련된 문제들에 대한 우리의 이해를 심화시킬 수 있다. 물론 『유맹』은 지금으로부터 수십 년의 거리로 떨어져 있는 옛날에 써진 작품이고, 그 수십 년 동안 재일 한인의 상황이 여러 가지 점에서 변모를 겪은 것도 사실이다. 그렇기는 하지만, 이 작품에서 이야기되고 있는 재일 한인 문제의 본질은 달라지지 않았다. 이 작품에서 우리가 확인할 수 있는 작가의 통찰력과 역사적 안목은 그 '달라지지 않은 본질'을 우리가 이해하는 데 있어 여전히 소중한 가치를 갖는다.

    셋째, 『유맹』을 읽으면서, '20세기 재일 한인의 역사'라는 특정한 범주를 넘어, 20세기와 21세기에 걸친 기간의 한국 역사 전체에 대한 뜻있는 성찰의 기회를 가져 보는 것도 충분히 가능하다. 앞에서 이미 말했던 것처럼, 이 작품에서 우리가 만나게 되는 재일 한인들의 삶에는 20세기 한국 역사 전체의 고민과 갈등이 압축되어 있고, 그 고민과 갈등의 핵심적인 요소는 오늘의 시점에서도 여전히 현재진행형으로 살아 있기 때문이다. 이 작품에서 검토되고 있는 재일 한인들의 고민을 항목화해 본다면 이미 언급된 대로 민족 문제, 정체성 문제, 분단 문제, 세대 문제 등으로 요약될 수 있거니와, 이러한 문제들은 오늘에 이르기까지 한국 현대사 전체를 관통하고 있는 것이며, 그것들의 한 압축적이고 예각적인 표현이 재일 한인들의 경우에서 발견되고 있을 따름이라고 말할 수도 있는 터이다. 사정이 이러하기에, 우리가 『유맹』을 읽으면서 재일 한인만이 아닌, 넓은 의미에서의 우리 한국인 전체를 염두에 두고, 의미 있는 역사적 성찰을 수행해 나가는 것은 얼마든지 적극적으로 이루어질 수 있는 일이다.

    이제 마지막으로, 『유맹』을 읽으면서 특별한 관심으로 주목하게 되는 점 한 가지를 언급하고 이 글을 마칠까 한다. 이 작품을 보면, 당시의 재일 한인들 가운데 상당수가 북한을 이상적인 사회라 믿어 동경하고 찬양하는 한편, 남한은 지옥과 같은 암흑천지라고 규정하면서 덮어놓고 매도하는 태도를 견지했었다는 사실이 이야기되고 있다. 손창섭은 북한의 체제가 얼마나 끔찍한 것인지를 온몸으로 겪은 후 목숨을 걸고 월남을 결행했던 체험의 소유자로서, 그러한 사람들에 대하여 안타까움과 노여움을 느끼지 않을 수 없었던 것으로 보인다. 그리하여 그는 소설의 화자 '나'를 작가 자신과 동일한 월남 체험자로 설정하고, 이러한 화자가 친북(親北)·혐한(嫌韓)의 논리를 펴는 사람들에 맞서 치열한 논쟁을 벌이는 장면을 작품 속에서 여러 번 보여주고 있다. 이런 장면들을 대하면서 우리는, 바로 우리 자신의 주변에서 얼마 전까지만 해도 엄청난 기세를 과시해 왔고 지금도 여전히 생명을 유지하고 있는 친북·혐한론의 검고 음험한 그림자를 떠올리며, 그것과 관련된 수많은 문제들을 다시 한번 고통스러운 마음으로 상기하지 않을 수 없다.

노비로 살아가기를 거부한 사람들

1. '천하고금에 없는 악법'

근대 이전의 한국 사회에서는 노비 신분을 가진 사람들이 인구 가운데 상당히 큰 부분을 차지해 왔다. 그 비중이 제일 컸던 15~17세기의 경우, 노비들의 수는 전체 인구 가운데 3~4할이나 되었다고 한다.[1]

이처럼 많은 수에 달했던 근대 이전 한국의 노비들은, 양반들이 소유한 동산(動産)으로 간주되었다. 동산으로 간주되었으므로, 예컨대 양반 신분을 가진 부모의 사망으로 그 자식들이 재산을 나누게 될 경우, 노비들은 다른 일반적 동산들과 똑같은 방식으로 나누어졌다. 그렇게 되는 과정에서 노비들 자신의 가족이 이산되는 경우가 얼마든지 발생하였다. 이를테면 노비 가족 중 아버지는 장남에게, 어머니는 차남에게, 아들은 삼남에게, 딸은 사남에게 귀속되어, 서로 피눈물 나는 이별을 해야 하는 경우가 생기게 되었던 것이다.

---

1 이영훈, 「한국사에 있어서 노비제의 추이와 성격」, 역사학회 편, 『노비·농노·노예』(일조각, 1998), pp.305~306.

하지만 양반들에게 그런 것은 전연 문제가 되지 않았다. 어차피 노비는 숟가락이나 밥그릇과 마찬가지 수준의 동산에 불과한 존재였으므로.

양반들 가운데에는 마음씨가 관후하여 노비를 인정으로 대하는 사람도 없지 않았지만 그 반대의 경우도 많이 있었다. 그러하였으므로, 다음의 인용문에서 이야기하는 바와 같은 상황이 곧잘 생기곤 했다.

> 어떤 가문에서는 평상시에도 비(婢)가 음식을 훔쳐 먹을까봐 안채에서 다 볼 수 있도록 부엌문을 달지 않았으며, 농한기에는 전체 솔거노비 가운데 사환시키는 노비에게만 두 끼 정도의 식사를 제공하고 나머지 노비는 굶기는 사례도 많았다. 춘궁기에는 노비에게 드는 곡식을 아끼기 위해 송피(松皮)를 벗겨 식량에 보태기도 했으며, 병들어 몸져 누워 있어도 의복·난방·음식을 거의 제공해 주지 않는 비참한 상황도 많았다.[2]

근대 이전의 한국에서는 이런 양상으로 노비제도가 운영되었거니와, 시야를 넓혀서 생각해 보면, 사실 노비제도라는 것은 한국에만 특수하게 존재했던 것이 아니라 범세계적인 보편성을 지닌 것이었다. 그것은 이웃 나라인 중국에도 있었고, 서양 여러 나라들에도

---

2 한국고문서학회 편, 『조선시대 생활사』(역사비평사, 1996), p.331.

다 있었다.

그렇기는 하지만, 좀더 자세히 살펴보면, 한국에 존재했던 노비제도는, 다른 어떤 나라의 그것과도 구별되는 특수성을 띤 것이기도 했다. 어떤 부류의 사람을 노비로 만들고 또 그들을 어떻게 관리하는가 하는 구체적 운영의 과정에 있어 한국의 노비제도는 다른 어느 나라에서도 찾아볼 수 없을 정도의 잔인성과 집요함을 보여주었기 때문에 이런 말을 할 수 있다.

한국의 노비제도가 다른 나라의 그것보다 더 잔인하고 집요한 면을 가지고 있다는 것은 근대 이전 사회의 일부 식자층도 느끼고 있었던 사실이다. 예를 들면 실학자 가운데 한 사람인 이익은 "노비가 그 신분을 영구히 세습함을 두고 '천하고금에 없는 법'이라고 비판"[3]한 바 있다. 안정복 또한 한국의 노비제도를 두고 다음과 같이 탄식한 글을 남기고 있다.

우리 동국(東國)의 노비를 세습하는 법은 실로 왕정(王政)이 차마 하기 힘든 바이다. 어찌 한 번 천적(賤籍)에 들면 백세(百世)를 면치 못하게 하는가.[4]

위에 인용된 두 사람은 대개 중국의 경우와 한국의 경우를 비교하면서 자신의 견해를 피력한 것이었거니와, 그들과 달리 중국을

---

3 이영훈, 앞의 논문, p.304.
4 위의 논문, p.406에서 재인용.

비롯한 아시아 지역의 나라들만이 아닌, 세계 전체를 시야에 포함시켜 살펴볼 수 있게 된 오늘날 우리들의 시점에서 관찰해 보면, 근대 이전의 한국 사회가 특별히 잔인하고 집요한 방식으로 노비제도를 운영했다는 것은 더욱더 분명한 사실로 드러난다. 위의 두 사람이 지적한 '세습'의 문제뿐 아니라 실로 다양한 측면에서 남다른 '잔인성'과 '집요함'이 발견되기 때문이다. 그러한 발견을 통해 우리는 다음과 같은 결론을 도출할 수 있게 된다.

"내가 알기로는 우리 사회보다 더 철저하게 노예제도를 운영한 사회는 없었어. 노예사회로 악명이 난 남북전쟁 이전의 미국 남부 사회도 조선조 사회보다는 노예사회의 특징이 훨씬 덜했어."[5]

방금 인용한 발언은 복거일의 소설 『보이지 않는 손』에 나오는 주인공 현이립이 한 것이다. 이 소설에서 현이립은 또 다음과 같은 말도 하고 있다.

"노예사회는 변화를 두려워하죠. 그리고 사회의 결이 아주 거칠어요. 노예들을 부리려면, 사람은 육체적으로나 이념적으로나 무자비해져야 합니다. 그래서 노예제도가 오래 존속한 사회는 어쩔 수 없이 야만적 특질들을 지니게 되죠."[6]

---

5 복거일, 『보이지 않는 손』(문학과지성사, 2006), pp.92~93.
6 위의 책, p.97.

위와 같은 발언들이 나오는 부분에서 10페이지 이상의 분량으로 복거일이 상세하게 제시하고 있는 다양한 논거들을 종합해서 판단해 보면, 위의 발언들이 타당하다는 사실에는 의심할 여지가 거의 없다.[7]

2. 노비제도의 청산 과정과 소설

그러면, 이처럼 세계사적으로 유례가 드물 만큼 잔인하고 집요한 방식으로 운영되면서 장구한 세월 동안 이 땅에 사는 사람들의 삶을 지배해 온 노비제도는, 언제, 어떤 계기로 인해 종말을 맞이하게 되었을까? 이 물음에 대한 답은, '공식적 제도'의 차원에 한정해서 말하자면, 자못 명료한 형태로 제시될 수 있다. '1894년 6월 28일에, 갑오경장의 일환으로 행해진 군국기무처의 의안(議案) 결정에 따라 종말을 맞이하게 되었다'는 답을 우리는 금방 줄 수가 있는 것이다.[8]

그러나 이것은 물론 '공식적 제도'의 차원에 한정해서 볼 때 그러하다는 것이고, 눈에 보이지 않는 의식, 관행, 풍속 등등의 차원

---

7 복거일은 『보이지 않는 손』이 나온 지 7년 후에 출간한 『역사가 말하게 하라』(다사헌, 2013)의 pp.103~121에서 이 문제에 대한 더욱 심화된 설명을 제공하고 있다.

8 왕현종, 『한국 근대국가의 형성과 갑오개혁』(역사비평사, 2003), pp.289~290 참조.

에서 보면 그 후로도 상당히 긴 시간이 지난 다음에야 간신히 어느 정도의 '청산'이 이루어지게 되었음을 부정할 수 없다. 그리고 이런 '상당히 긴 시간'이 흐르는 동안, '노비제도의 진정한 청산'이라는 과제를 둘러싸고 이 땅의 방방곡곡에서 수많은 갈등과 혼란의 과정이 펼쳐져야 했다는 것 또한 부정할 수 없는 사실이다.

그러한 갈등과 혼란의 과정 가운데 일부는 20세기에 들어와서 써진 우리 소설들 속에 구체적으로 반영되어 있다. 그렇게 반영되어 있는 모습 가운데 어떤 것들은 자못 흥미롭기도 하다. 그중 세 인물의 경우가 특히 인상적이다. 그 세 인물은 박경리의 『토지』 제1부에 나오는 귀녀, 유순하의 『하회 사람들』에 나오는 이갑생, 김원일의 『늘푸른소나무』에 나오는 석주율이다. 이 세 사람의 작중인물들은 모두 노비의 신분으로 세상에 나왔다는 공통점을 갖고 있지만 소설 속에서 그들이 밟아가는 삶의 궤적은 서로 간에 자못 뚜렷한 차이를 보여준다. 그들의 행적을 간단히 요약해 보기로 하자.

3. 세 사람의 작중인물

(1) 『토지』 제1부에 나오는 귀녀는 소설의 무대인 평사리 일대를 지배하는 대지주 최치수 집안의 숱한 여종 가운데 한 사람이다. 그는 종의 신분을 어쩔 수 없는 운명으로 받아들이고 사는 대부분의 동료들로서는 상상도 하지 못할 야심을 품는다. 그것은 바로 이 집안의 안방마님 자리를 차지하겠다는 것이다. 이런 야심을 실

현하기 위해 최치수를 유혹해 보다가 그것이 실패로 돌아가자 그는 훨씬 더 대담한 계획을 세운다. 몰락양반인 김평산과 반항적인 소작농 칠성이를 동지로 끌어들여 세운 그 계획은, 귀녀 자신의 뱃속에 칠성의 씨를 잉태시킨 후, 최치수의 아이라고 세상을 속여, 최씨 집안의 안방을 차지한다는 것이다. 그는 이 계획대로 칠성의 아이를 밴 후 최치수를 죽이는 데까지 나아간다. 하지만 세상은 그가 생각했던 것만큼 어수룩하지 않다. 오히려 그의 그러한 주장이 단서가 되어, 최치수의 살해가 그의 계획에 의한 것이라는 사실이 탄로되고 만다. 김평산과 칠성은 곧 붙잡혀 처형된다. 그리고 귀녀 자신은 아이를 낳을 때까지 사형의 집행이 연기되는 바람에 몇 개월 더 목숨을 부지하게 된다. 그동안에 그는 과거를 뉘우치고, 그동안 변함없이 헌신적으로 자신을 사랑해 온 강포수에게 아이를 맡긴 후, "세상을 원망하지 않고"[9] 죽는다.

(2) 『하회 사람들』에 등장하는 이갑생은 안동 하회마을에 사는 충의당(忠義堂) 집안의 종으로 태어난 사람인데, 어린 시절, 그의 재주와 열성을 기특하게 본 주인의 호의로 글을 배워 읽을 수 있게 된다. 신분으로 사람을 차별하는 세상의 질서에 대한 분노와 자유로운 삶에 대한 열망을 계속 키워 오던 그는 스물세 살 되던 1906년에 의병 활동을 위한 군자금 관계의 심부름을 하게 된 기회에 그

---

9 박경리, 『토지』, 1(지식산업사, 1979), p.515.

돈을 갖고 집을 나간 채 돌아오지 않고 종적을 감춘다. 그 후 세상을 떠돌며 비상한 집념을 가지고 악전고투한 끝에 그는 상당한 재산을 모은다. 조안현이라는 이름을 새로 짓고, 재산을 이용하여 창녕 조씨의 족보 속에 그 이름을 집어넣는 데 성공한다. 출신 성분을 속이고 가난한 양반 가문의 처녀와 혼인, 아들을 낳는다. 그 아들을 다시 양반 신분의 처녀와 결혼시켜 두 명의 손자를 얻는다. 그의 아내는 남편이 노비 출신임을 알게 되자 치욕감을 이기지 못해 자살한다. 아들 역시 내적 갈등으로 인해 방탕한 생활을 하다가 일찍 죽는다. 이후 그는 "샌님이 날 친자석겉이 거두고, 믹이고, 갈치고, 그라싰는데…… 이 천한 눔이 그 은공도 모르고, 샌님이 나라 위해 쓰실라고 하신 귀한 돈을 훔치 가주고 내뺐"[10]다는 죄의식에 시달리며 고향을 간절히 그리워하지만 차마 고향으로 돌아가지는 못한다. 87세의 고령으로 사망하기 직전, 자신의 시신을 화장하고 그 유골을 하회마을 앞 강물에 뿌려 달라는 유언을 손자들에게 남긴다.

(3) 『늘푸른소나무』의 주인공 석주율은 경상도 울산에서 '백군수 댁'으로 불리는 양반가의 종으로 태어난 인물이다. 그는 『하회 사람들』의 이갑생과 마찬가지로 그 주인의 예외적인—어떻게 보면 변덕스럽다고 할 수도 있는—호의 덕분에 글을 배우게 된다. 그러나 그는 이갑생처럼 반항심을 품거나 출분을 시도하지 않는다. 이

---

10 유순하, 『하회 사람들』(고려원, 1988), pp.296~297.

갑생과 달리 그는 겸손하고 조용한 성품의 소유자이다. 그런데 이런 그의 겸손함과 조용함이 그를 감동적인 성장 드라마의 주인공으로 만드는 원동력이 된다. 그는 처음에는 독립운동의 일선에 나선 그의 주인 백상충의 심부름을 하다가, 출가하여 스님이 된다. 그러다가 다시 환속하여 새로운 삶의 길을 개척한다. 그 새로운 삶의 길은 혼탁한 속세의 한복판에서 참다운 의미의 보살도(菩薩道)를 묵묵히 실천하는 길이다. 진흙탕 가운데에서 아름다운 연꽃을 피워내는 길인 셈이다. 이런 길을 걸어가는 과정에서 그는 일제 관헌에게 숱하게 체포되고, 고문당하고, 감옥살이를 하며, 몇 번이나 죽음의 고비를 넘긴다. 하지만 그 어떤 시련도, 겸손하고 조용한 성품에 바탕을 두고 끊임없는 자기초극을 거듭하며 '20세기의 성자'와 같은 존재로 성장해 가는 그의 행로를 막아내지 못한다. 마침내 그는 관헌의 총을 맞고 생을 마치지만, 그의 생애는 헛된 것이 아니다. 『늘푸른소나무』의 마지막은 또 다른 작중인물 김기조가 석주율을 생각하며 떠올리는 "무학봉 소나무같이 만고풍상을 이기며 우뚝 서서 새봄에 돋아날 솔잎처럼 청청하게, 그분은 젊은 나이에 이미 자신의 전 생애를 완성했고, 억눌려 신음하는 사람들과 함께 늘 같이할 분이었다"[11]라는 상념을 기록하는 것으로써 끝나고 있거니와, 석주율에 대한 이런 판단은 작중인물인 김기조의 것이면서 작가의 것이기도 하다. 그리고 그것은 이 소설을 읽는 많은 독자들이

---

11 김원일, 『늘푸른소나무』, 하(개정판, 이룸, 2002), p.634.

마음 깊은 곳으로부터 동의할 수 있는 판단이기도 하다.

4. 그들은 체념과 순응을 거부했다

지금까지 우리는 노비의 신분으로 세상에 태어났다는 점에서 공통된 면모를 가지고 있는 세 명의 소설 속 작중인물들을 차례로 살펴보았다. 지금까지의 간략한 검토만으로도 우리는 그들이 우리의 특별한 관심을 요청할 만한 자격을 지닌 존재들임을 충분히 알 수 있었다. 그들은 노비라는 신분으로 태어났다는 점에서 공통될 뿐 아니라, 노비라는 자신의 신분을 운명적인 것으로 받아들여 체념하고 그 '운명'에 순응하며 살아가는 수많은 동료 노비들에게 에워싸여 있었다는 점에서도 공통된다. 그러나 그들은 동료들처럼 체념과 순응으로 일관하는 길을 택하지 않고, 다른 길을 갔다. 다른 길을 선택하여 나아감으로써, 그들은 모두 우리의 특별한 관심을 요청할 만한 인물이 될 수 있었다. 학술적인 용어를 써서 표현하자면, '문제적인 인물'이 될 수 있었다.

그들을 문제적인 인물로 만든 '다른 길'의 구체적인 명세는 세 사람의 경우 모두 제각각이다. 귀녀는 살인자의 길을 택했고, 이갑생은 도망자의 길을 택했으며, 석주율은 성자가 되는 길을 택했다. 이처럼 구체적인 명세는 제각각이지만, 그 모두가 수천 년 동안 지속되어 온 노비제도의 잔인함을, 무자비함을, 야만스러움을 고발하는 의미를 지닌다는 점에서는 동일하다. 그리고 1894년에 노비제도가 공식적으로 폐지된 이후에도 장기적인 과제로 남았던 그 제도의 '진정한 청산'이라는 과제를 둘러싸고 이 땅 방방곡곡에서 오랫동안 펼쳐져 온 갈등과 혼란의 뛰어난 소설적 표현에 해당한다는 점에서도 동일하다.

5. 작가들에게 동의할 수 없는 부분

방금 '뛰어난 소설적 표현'이라는 말을 썼지만, 냉정하게 말하자면, 『토지』 제1부와 『하회 사람들』의 경우, 우리로 하여금 불만을 표시하지 않을 수 없게 만드는 측면도 분명히 존재한다. 『토지』 제1부의 작가나 『하회 사람들』의 작가나, 기껏 의미 있는 반항의 몸부림을 보여주었던 작중인물들이 나중에 가서 '반성'하고 '참회'하도록 이야기를 끌고 가는데, 이러한 처리에 대해 우리로서는 동의하기가 어려운 것이다. 이 중 『토지』 제1부의 경우에 대해서는 오래전인 1989년에 쓴 「하층계급 여성의 소설적 형상화」라는 글 속에서 내가 진작 문제 삼은 바 있다. 아래에 그 부분을 인용한다.

귀녀의 야심에 가득 찬 계획과 그 실천은 전통적 사회를 지배하고 있는 엄청난 계급적·성적 억압에 대한 용기 있는 반항으로서 그것 나름대로 상당한 의미를 가진 것이었는데, 그가 막판에 가서 자신의 행동을 후회한다는 것은 그 뜻있는 반항의 무게를 적지 않게 줄여 놓는 것으로서 실망을 금치 못하게 하고 있는 것이다.

이러한 이야기는, 내가 귀녀의 행동을 전적으로 지지한다는 뜻을 가지고 있는 것은 아니다. 귀녀가 저지른 살인은 분명히 중대한 범죄에 해당하며, 그러니 만큼 그에게 사형을 선고한 사또는 당연한 판결을 내린 것이라 할 수 있다. 그리고 계급적인 차별을 극복해야 한다는 과제 자체에 중점을 두고 보더라도, 예컨대 사회 전체를 계급 없는 세상으로 만들려 했던 진정한 혁명가들과 자기 혼자만 상층계급으로 기어오르려 했던 귀녀 같은 사람을 동렬에 놓는다는 것은 전자의 사람들에 대한 커다란 모욕이 될 것임이 분명하다. 그렇기는 하지만, 『토지』 제1부의 세계 전체를 지배하고 있는 주인/종 혹은 지주/소작인의 엄격한 계급적 위계질서 자체가 얼마나 추악한 구조적 폭력에 기초한 것인지를 간과한 채, 그리고 최치수 일가의 부와 권력이라는 것이 그 구조적 폭력의 바탕에 다시 얼마나 거대한 개별적 폭력을 덧보탠 결과로 축적된 것인가를 망각한 채 귀녀의 최치수 살해라는 폭력 하나만이 '개과천선'을 필요로 하는 악인 것처럼 간주하는 태도는 도대체 말도 되지 않는 오류라고 하지 않을 수 없다.[12]

지금 다시 보니 젊음의 혈기와 무관하지 않은 과격한 표현들이 여럿 발견되고 또 개념의 적용에도 혼란이 있어서 새삼 면구스러운 느낌이 들지만, 위의 인용문에 담겨 있는 생각의 방향 자체는 타당성을 주장할 만한 것이라고 나는 지금도 생각한다. 그리고 위의

---

12 이동하, 『한국문학과 인간해방의 정신』(푸른사상, 2003), pp.163~164.

인용문에 나타나 있는, 『토지』 제1부에 대한 비판의 내용은, 『하회 사람들』의 작가가 노년의 이갑생을 죄의식에 사로잡혀 살아가는 인물로 만들어 놓은 것에 대해서도 기본적으로 동일하게 적용될 수 있다고 생각한다. 물론 "샌님이 나라 위해 쓰실라고 하신 귀한 돈을 훔치 가주고 내뺐"다는 사실 한 가지에만 시야를 한정시켜 놓고 보자면 그것은 잘한 일이 못되지만, 정말 중요하고 근본적인 문제는 그것이 아니지 않은가? 『하회 사람들』의 첫 부분, 아직 탈출의 길에 오르기 전의 시점에서 이갑생이 그의 아우 경생을 상대로 하여 펼쳐놓는 도도한 변설에 담겨 있는 날카로운 비판의 언어들, 그것이야말로 '정말 중요하고 근본적인 문제'를 제대로 짚어내고 있는 것이 아닌가? 그것의 일부를 아래에 인용해 보자.

　"양반들이라 하는 사람들이 우리한테 잘해 주는 건 우리를 부려먹기 위한 수단일 뿐이다. 사람이 수고를 해서 소한테 왜 여물을 끼리 주노? 그기 소를 위해서라? 아니다. 그건 소의 힘을 키와서 밭 갈고 논 가는 데 써먹기 위한 기고, 소의 살을 통통하게 찌와서 냉중에 잡아먹어 몸보신을 하기 위한 기다. 그라고, 충의당뿐만 아니라 하회 사람들이 다른 말 사람들에 비하여 하배들한테 좀더 잘해 주는 칙이라도 하는 건 하배들을 위한 기 절대로 아니다. 저들 자신의 호신을 위한 기다. (…) 그런 걸 가주고 무신 대단한 은혜라도 입고 있는 거매이로 생각하고, 지 몸 하나 애끼잖고 떠받들어 모시고 있다가는, 자자손손이 짐승보다 못한 종노릇을 면하지 못할 기다. 아나? 양반들이라 하는 사람들은 모두 벌거지 같은 존재들이다. 아무 일도 하잖고 가마이 앉아서, 상놈들이 죽도록 일해 거둬들인 곡석을 벌거지매이로 야금야금 먹어 치우고 있는 기 양반들 아이라? 가마이 생각해 봐라. 양반들이 머 먹고 사노? 바람 먹고 사노? 아니만 저 앞강에 물 퍼먹고 사노? 아니다. 모도가 상놈들 고혈을 짜내서 마시고 사는 기다. 내 말 잘 들어 봐라. 양반들은 일 년 내내 십지부동하고 앉아서 책이나 딜다보고 있지, 어데 가서 쌀 한 톨을 벌어 오나? 나무 한 짐을 해오나? 만고에 암꿋도 생산해 내는 기 없는 그 사람들이 먹고 사는 길이란 건 이런 거뿐이다. 첫째로, (…) 매관매직을 하든가, 아니만 어데 가서 권세 있는 사람한테 줄을 대든지 어예든지 해서, 벼슬 한 자리를 맡아 재물을 긁어 모으는 기다. (…) 그 담에 양반들이 더러 하는 짓이, (…) 사돈들 집에서 재산 끌어오기다. (…) 만날 그래 남 뜯어먹거나, 남한테 기댈라고만 해서야 어데 인간이라 할 수 있겠나? 어예 됐든동, 양반들은 그 정신을 뜯어곤치야 한다. 그래야만 저들도 살고, 우리도 살고 그라지, 지 일해서 지 먹고살기도 어려운 판국에, 백지 일도 안 하는 양반들 믹이 살릴 기 어데 있노?"[13]

그런데 이처럼 날카로운 비판의식을 가지고 꾸준히 기회를 노리다가 마침내 탈출을 결행하여 성공한 이갑생, 더 나아가서 어엿한 사회적 지위와 재부를 획득하는 데까지도 성공한 이갑생이 나중에 이르러 죄책감으로 허덕이다가 죽게 된다는 소설의 후반부 전개

---

13 유순하, 앞의 책, pp.12~13.

는, 위에 인용된 부분에 나타나 있는 '정말 중요하고 근본적인 문제'에 대한 통찰을 뚜렷한 논리적 근거도 없이, 또 분명한 소설적 장치의 도입도 없이 무효화해 버리는 것으로서, 우리를 실망에 빠지지 않을 수 없도록 만드는 원인이 된다.

물방앗간에서 벌어진 사건과 그 이후의 일들

—이효석의 「메밀꽃 필 무렵」

1. 문제의 제기

이효석이 1936년에 발표한 단편소설 「메밀꽃 필 무렵」[1]은 한국인이라면 거의 모든 사람이 잘 알고 있는 작품이다. 이 작품은 오래전부터 중·고등학교 과정의 여러 문학 교과서들에 수록되어 정전(正典)의 권위를 누리고 있다. 당연히, 이 작품에 대해서는 지금까지 숱한 논문이 써진 바 있다. 그 많은 논문들은 대부분의 경우 '「메밀꽃 필 무렵」은 서정적 단편 문학의 백미편이다'라는 기왕의 정평을 재확인하는 것으로 결론을 맺곤 한다.

그런데 나는 오래전부터 이 작품과 관련하여 반드시 지적되어야 할 사항이 별도로 존재한다는 생각을 품어 왔다. 그 생각을 항목화해서 정리해 보면 다음과 같다.

---

1 이 작품의 발표 당시의 제목은 「모밀꽃 필 무렵」이다. 『새롭게 완성한 이효석전집』(창미사, 2003)에도 「모밀꽃 필 무렵」이라는 제목으로 실려 있다. 하지만 이 작품의 제목은 「메밀꽃 필 무렵」으로 통용되어 온 지가 이미 오래이기에, 여기서도 통례에 따라 작품의 제목을 「메밀꽃 필 무렵」으로 표기하고자 한다.

(1) 이 작품에 나오는 모든 이야기의 시원에 놓여 있는 사건, 즉 주인공 허생원이 청년 시절 성씨 처녀와 물방앗간에서 만났던 사건에는 잘 검토해 보아야 할 문제점이 내재해 있다.

(2) 그 사건 이후 허생원이 지속적으로 지녀 온 마음의 자세에도 역시 문제점이 내재해 있다.

(3) 이런 문제점들을 제대로 파악하고 그 성격을 규명하는 작업은 꼭 필요한 것임에도 불구하고 지금까지 거의 이루어지지 못한 상태에 있다.

2. 어느 여름밤, 물방앗간에서 생긴 일

이제부터, 작품의 본문을 직접 인용해 제시하면서, 방금 언급한 내용을 좀더 구체적으로 설명해 보기로 한다.

호탕스럽게 놀았다고는 하여도 계집 하나 후려보지는 못하였다. 계집이란 좀 쌀쌀하고 매정한 것이었다. 평생 인연이 없는 것이라고 신세가 서글퍼졌다. 일신에 가까운 것이라고는 언제나 변함없는 한 필의 당나귀였다.

그렇다고는 하여도 꼭 한 번의 첫 일을 잊을 수는 없었다. 뒤에도 처음에도 없는 단 한 번의 괴이한 인연! 봉평에 다니기 시작한 젊은 시절의 일이었으나 그것을 생각할 적만은 그도 산 보람을 느꼈다.

"달밤이었으나 어떻게 해서 그렇게 됐는지 지금 생각해두 도모지 알 수는 없었다."

　허생원은 오늘밤도 또 그 이야기를 끄집어내려는 것이다. 조선달은 친구가 된 이래 귀에 못이 백이도록 들어왔다. (…)

　"장 선 꼭 이런 날 밤이었네. 객줏집 토방이란 무더워서 잠이 들어야지. 밤중은 돼서 혼자 일어나 개울가에 목욕하러 나갔지. 봉평은 지금이나 그제나 마찬가지나, 보이는 곳마다 모밀밭이어서 개울가 어디 없이 하얀 꽃이야. 돌밭에 벗어도 좋을 것을, 달이 너무도 밝은 까닭에 옷을 벗으러 물방앗간으로 들어가지 않았나. 이상한 일도 많지. 거기서 난데없는 성서방네 처녀와 마주쳤단 말이네. 봉평서야 제일가는 일색이었지."

　"……팔자에 있었나부지."

　(…) "날 기다린 것은 아니었으나, 그렇다고 달리 기다리는 놈팽이가 있는 것두 아니었네. 처녀는 울고 있단 말야. 짐작은 대고 있었으나 성서방네는 한창 어려워서 들고날 판인 때였지. 한집안 일이니 딸에겐들 걱정이 없을 리 있겠나? 좋은 데만 있으면 시집도 보내련만 시집은 죽어도 싫다지. ……그러나 처녀란 울 때 같이 정을 끄는 때가 있을까. 처음에는 놀라기도 한 눈치였으나, 걱정 있을 때는 누그러지기도 쉬운 듯해서 이럭저럭 이야기가 되었네. ……생각하면 무섭고도 기막힌 밤이었어."

　"제천 연지로 줄행랑을 놓은 건 그 다음날이렷다."[2]

2　『새롭게 완성한 이효석전집』 2, pp.122~123.

위에 인용된 대목에서 소설의 주인공 허생원이 진술하고 있는 회고담을 좀더 객관적인 언술로 다시 정리해 보면 다음과 같다.

(1) 어느 여름날 밤, 성씨 처녀가 물방앗간에서 혼자 울고 있었다. 처녀의 집안은 빚을 갚지 못해 파산 지경에 이르러 있었고, 처녀는 그러한 집안 일을 걱정하다가 혼자 실컷 울기라도 하려는 생각으로 물방앗간을 찾은 것이었다.

(2) 허씨 성을 가진 총각 행상(行商)이 혼자 목욕을 하러 나왔다가 물방앗간에서 울고 있는 성씨 처녀를 보았다.

(3) 이렇게 우연히 이루어진 두 사람의 만남은, 두 사람이 성관계를 갖는 데까지 나아가고 나서야 마무리가 되었다.

(4) 두 사람이 처음 만난 시점에서부터 성관계를 갖게 되는 시점까지 둘 사이에 무슨 일이 있었던가에 대한 진술은 허씨 총각의 것만 있고 성씨 처녀의 것은 없다. 허씨 총각의 진술은 "(성씨 처녀가) 처음에는 놀라기도 한 눈치였으나, 걱정 있을 때는 누그러지기도 쉬운 듯해서 이럭저럭 이야기가 되었"다는 식의, 상당히 막연하고 불투명한 것이다.

허씨 총각의 진술이 방금의 인용에서 확인되듯 막연하고 불투명한 것이다 보니, 두 사람이 처음 만난 시점에서부터 성관계를 갖게 되는 시점까지 둘 사이에 정말로 무슨 일이 있었는지에 대해 독자들은 단지 추측밖에 할 수 없다. 그런데 이러한 추측이 어느 정도라도 실상에 접근하도록 하려면, 다음 세 가지 사항을 반드시 고려에 넣어야 한다.

(1) 두 사람은 서로 잘 모르는 사이였다. 허씨 총각은 처녀가 성씨 집 딸이라는 사실과 성씨 집이 파산 지경에 몰려 있다는 사실을 알고 있었으나 그 정도의 일반적인 지식을 가졌다 하여 성씨 처녀를 개인적으로 잘 아는 입장이라고 할 수는 없다. 성씨 처녀는 허씨 총각을 알고 있었을까? 누구인지 전혀 몰랐을 수도 있고, 장날이면 물건을 팔러 나오는 행상이라는 사실 정도만 알고 있었을 수도 있다. 그 정도를 넘어서 허씨 총각을 개인적으로 알고 있었을 가능성은 높지 않다.

(2) 소설이 발표된 연도는 1936년이다. 소설 속의 현재 시점은 1936년일 수도 있고 그 이전일 수도 있다. 방앗간에서의 사건은 소설 속의 현재 시점으로부터 약 20년 전의 일로 되어 있으니 그 사건이 일어난 것은 1910년대이거나 그 이전이 되는 셈이다. 1910년대나 그 이전 시대의 조선 사회에 있어서, 일반적인 농촌 가정의 미혼인 처녀가 이른바 정조(貞操)라는 것에 대해서 가지고 있는 관념은 절대적인 것이었다고 보아야 온당하다.

(3) 두 사람이 만난 시간은 밤중이었다. 그리고 장소는 마을에서 상당히 떨어진 물방앗간이었다. 이것은, 처녀가 소리를 질러도 구하러 올 사람이 전혀 없는 시간이요, 장소였다는 뜻이 된다.

위의 세 가지 사항을 고려한 자리에서 생각해 볼 때, 두 사람이 처음 만난 시점에서부터 성관계를 갖게 되는 시점까지 둘 사이에 실제로 일어난 일은, 온전한 의미에서의 성폭행이거나, 적어도 성폭행에 준하는 사건이었다고 추측하는 것이 무리가 없다. 달리 표현하자면, 자유로운 합의에 의한 성관계가 이루어졌을 가능성은 상당히 낮다고 보는 것이 합리적이다.

내가 앞에서 "이 작품에 나오는 모든 이야기의 시원에 놓여 있는 사건, 즉 주인공 허생원이 청년 시절 성씨 처녀와 물방앗간에서 만났던 사건에는 잘 검토해 보아야 할 문제점이 내재해 있다"고 말한 것은 이상의 사실을 지적한 것이다.

3. 죄의식이 없다

소설의 본문을 조금 더 보기로 하자. 앞에서 인용된 대목 바로 다음에는 아래와 같은 허생원의 대사가 이어진다.

"다음 장도막에는 벌써 왼 집안이 사라진 뒤였네. 장판은 소문에 발끈 뒤집혀 고작해야 술집에 팔려가기가 상수라고 처녀의 뒷공론이 자자들 하단 말이야. 제천 장판을 몇 번이나 뒤졌겠나. 하나 처녀의 꼴은 꿩 궈먹은 자리야."[3]

물방앗간에서 허씨 총각과 성씨 처녀가 만나 성관계를 맺고 난 다음날, 처녀를 포함한 성씨 일가족은 채권자들의 빚 독촉을 피해

---

3 위의 책, 같은 페이지.

야반도주를 감행하였다. 허씨 총각은 그다음 장이 서던 날, 또다시 이 동네에 물건을 팔러 왔다가, 이 사실을 알았다. 그다음 장이 서던 날 이전에는 그가 무엇을 하며 시간을 보냈는지, 무슨 생각을 했는지 언급이 되어 있지 않다. 어쨌든 그는 그다음 장이 서던 날 처녀가 사라진 사실을 알았다. 그 사실을 알고 나자, 그는 "제천 장판을 몇 번이나 뒤졌"다고 한다. 처녀를 찾아내기 위해 나름대로 무진 애를 썼다는 것이다.

그는 왜 처녀를 찾아내려고 애를 썼을까? 이 물음에 대해 제시될 수 있는 답은 두 가지밖에 없다. 첫째는, 처녀의 부모를 찾아가 결혼에 대한 허락을 청하기 위해서였다는 것이다. 둘째는, 처녀의 부모 몰래 처녀와의 금지된 밀회를 이어가기 위해서였다는 것이다. 이 중 어느 편이 그의 진심이었는지에 대해 소설의 텍스트는 아무런 시사를 주고 있지 않다.

아무튼 허생원은 그 사건 이후로 성씨 처녀를 다시 만나지 못했다. 그렇다고 다른 여성과 맺어지지도 않았다. 제법 긴 세월이 흐르는 동안 그는 그저 한 사람의 미혼남으로, 달리 말해 늙은 총각으로, 행상 노릇을 계속하며 살아 왔다. 이런 그의 머릿속에서, 젊은 시절 그가 성씨 처녀와 성관계를 맺었던 일은, "그것을 생각할 적만은 그도 산 보람을 느꼈다"라고 이야기되는, '보람 있는 추억'이 되어 있다.

앞에서 나는, 그날 밤 물방앗간에서 벌어졌던 일은 온전한 의미에서의 성폭행이거나, 적어도 성폭행에 준하는 사건이었다고 추측하는 것이 무리가 없다는 말을 한 바 있다. 그렇다면 허생원은 성폭행범이거나 성폭행에 준하는 범죄를 저지른 자이다. 그리고 성씨 처녀는 범죄의 피해자이다. 그런데 허생원에게는 죄의식이 전혀 없다. 허생원에게는, 그날 밤의 일은, "그것을 생각할 적만은 그도 산 보람을 느꼈다"라고 할 만한 의미를 갖는 사건일 뿐이다. 이렇게 생각하는 그의 마음속에는, 그날 밤 자신이 저질렀던 행위가 피해 자인 성씨 처녀에게는 어떤 의미를 지닌 사건으로 각인되었을 것인 가에 대한 최소한의 고민도, 성찰도, 사려도 존재하지 않는다.

허생원에게는 그날 밤의 일이 "그것을 생각할 적만은 그도 산 보람을 느꼈다"라고 할 만한 의미를 갖는 사건이었기에, 그는 그 일을 다른 사람에게 들려주면서 자신의 보람을 확인하는 일을 즐겨 한다. 행상의 동업자가 되어 자주 같이 다니는 조선달에게 그는 이 이야기를 몇 번이나 반복해서 들려주었는지 모른다. "조선달은 친구가 된 이래 귀에 못이 백이도록 들어 왔다"고 소설의 본문에 기록되어 있을 정도이다. 이것은 물론 허생원에게 죄의식이 전혀 없기에 가능한 일이다.

그런데 이 이야기를 수도 없이 들어 온 조선달에게도 허생원의 그날 밤 행동이 범죄에 해당한다는 생각은 전혀 없다. 그날 밤 물방 앗간에서 벌어졌던 일에 대한 조선달의 평가는 다음의 대사 속에 요약되어 있다.

"수 좋았지. 그렇게 신통한 일이란 쉽지 않어."[4]

여기서 우리는 '윤리의식이 마비되어 버린 사람이란 도대체 어떤 사람을 가리키는가?'라는 물음에 대한 적절한 답에 해당하는 실례를 보고 있다고 말해도 좋을 듯하다.

그런데 소설의 다른 대목을 읽어 보면, 바로 이 두 사람, 즉 허생원과 조선달은 나름대로 상당히 선량한 성품의 소유자인 것으로 그려져 있다. 허생원이 자신의 나귀에 대해서 얼마나 애틋한 애정을 쏟고 있는가를 보라. 또 그가 자신의 자식뻘밖에 되지 않는 동이라는 인물과 한 번 충돌하고 난 후 반드시 그럴 필요가 없음에도 불구하고 먼저 사과를 건네는 장면을 보라. 허생원이 선량한 성품의 소유자라고 하지 않을 수 있겠는가? 조선달도 그렇다. 귀에 못이 박힐 정도로 반복해서 들어 온 허생원의 회고담을 짜증 한 번 내지 않고 또 다시 귀담아들어 주며 나름대로의 덕담(?)까지 선사하는 사람을 선량하지 않은 사람이라고 할 수 있겠는가?

이처럼 나름대로 선량한 성품을 지녔다고 평가받을 만도 한 사람들이, 성씨 처녀와 관련된 문제에 대해서는, 윤리의식이 마비되어 버린 자들의 표본에 해당하는 면모를 보여주고 있는 것이다. 그리고 보면, 그들의 이른바 '선량함'이란 남자들끼리의 일이 문제될 때에만 작동하는 성품인 듯하다. 아니, 여기에 나귀의 존재까지 고려에 넣고 생각해 본다면, 그것은 수컷들끼리의 일이 문제될 때에만 작동하는 성품인 듯하다.

그런데, 깊은 생각 없이 「메밀꽃 필 무렵」을 읽는 대부분의 독자

---

4 위의 책, p.123.

들은, 허생원과 조선달의 이런 이중성을 미처 깨닫지 못하고, 표면에 드러나는 그들의 그저 선량하기만 한 것 같은 외관만을 주목한 나머지, 그들에게 전반적으로 호의적인 느낌을 갖게 되기 쉽다.

지금까지 나는, "그 사건 이후 허생원이 지속적으로 지녀 온 마음의 자세에도 역시 문제점이 내재해 있다"고 했던 말의 의미를 구체적으로 설명해 온 셈이다.

4. 성씨 처녀의 그 후의 인생

글을 끝맺기 전에, 성씨 처녀와 관련된 논의를 조금 더 해 두기로 하자.

앞서 말한 대로 허씨 총각은 처녀를 찾아내지 못했고, 그랬던 만큼, 처녀의 그 후의 삶이 어떤 방향으로 전개되었는지에 대해서도 알 수가 없게 되었다. 그런데 이 사건 이후로 꽤나 긴 세월이 흐른 다음, 이제는 주위 사람들로부터 허생원이라는 호칭으로 불리고 있는 주인공이, 동이라는 이름의 젊은 동업자를 알게 된다. 동이의 사연을 들어 보니, 동이의 어머니가 바로 그 당시 허씨 총각과 물방앗간에서 만났던 성씨 처녀가 아닐까 하는 짐작이 가능하게 된다. 동이가 허생원에게 들려주는 사연은 다음과 같다.

"제천 촌에서 달도 차지 않은 아이를 낳고 어머니는 집을 쫓겨났죠. (…) 어머니는 하는 수 없이 의부를 얻어가서 술장사를 시작했죠.

술이 고주래서 의부라고 전 망나니예요. 철들어서부터 맞기 시작한 것이 하룬들 편한 날 있었을까. 어머니는 말리다가 채이고 맞고 칼부림을 당하곤 하니 집 꼴이 무어겠소."[5]

이처럼 남다른 고통으로 가득 찬 삶을 살아온 동이 어머니가 바로 성씨 처녀와 동일 인물인지는 소설이 끝날 때까지 확실하게 밝혀지지 않는다.

지금까지 「메밀꽃 필 무렵」에 대하여 논의를 펼쳤던 사람들 가운데 상당수는, 이런 애매모호한 결말 처리야말로 「메밀꽃 필 무렵」의 미학적 우수성을 찬양하지 않을 수 없게 만드는 중요한 원천이라고 일치된 평가를 내려 왔다. 그거야 뭐 그럴 수도 있겠다. 하지만 지금 나의 관심은 그런 것에 있지 않다. 허씨 총각과 성관계를 맺고 난 후의 성씨 처녀의 인생은 어차피 고난의 연속으로 가득 채워질 가능성이 엄청나게 높아질 수밖에 없는 것이었다는 사실, 그것이 중요한 것이다.

성씨 처녀가 동이 어머니와 동일 인물이라는 것이 사실일 경우를 생각해 보자. 그 경우 이 여성의 생애는 위에 인용된 대목에서 보이듯 처절한 고통으로 꽉 채워진 것이다. 이 고통의 시발점에 있는 것이 무엇인가? 허씨 총각이 저지른 성폭행 혹은 성폭행에 준하는 행동 때문에 '아비 모르는 자식'을 낳고 집에서 쫓겨나게

---

5 위의 책, p.125.

되었다는 사실이다. 허씨 총각과의 하룻밤의 만남으로 말미암아 성씨 처녀의 인생 전부가 망가진 것이다.

성씨 처녀가 동이 어머니와 동일 인물이 아닐 경우를 생각해 보자. 그 경우 성씨 처녀의 후일담은 전혀 알 수 없는 것이 된다. 하지만 아무래도 그것이 행복한 것이기는 어려웠을 터이다.

5. 맺는 말

지금까지 나는, 「메밀꽃 필 무렵」과 관련하여 반드시 지적되어야 할 사항이라고 내가 오래전부터 생각해 왔던 바를 구체적으로 기술해 본 셈이다.

물론 내가 이 소설과 관련해서 써진 기왕의 논문들을 전부 읽어 본 것은 아니니까 나의 지적이 반드시 새로운 것이라고 단정할 수는 없다. 혹시 나보다 먼저 이 문제를 비판적으로 제기하고 구체적으로 검토한 논자가 있었다면 나의 이 글은 어디까지나 나의 과문(寡聞)이 빚어낸 잉여물임을 시인하고 너그러운 양해를 구하고자 한다.

이 글을 끝내기 전에, 한 가지 덧붙여 언급해 둘 사항이 있다. 그것은 이 글의 첫머리에서 말했던 것처럼 「메밀꽃 필 무렵」이라는 소설이 오래전부터 중·고등학교 과정의 여러 문학 교과서들에 수록되어 정전(正典)의 권위를 누려 오고 있다는 사실과 관련된 사항이다. 그 사항은, 구체적으로 밝히자면, 두 개의 질문으로 집약

된다. 우리는 먼저, '이런 작품을 계속해서 중·고등학교 과정의 교과서에 수록하여 가르치는 것이 적절한가?'라는 질문을 던지지 않을 수 없다. 그리고 두 번째로, '만약 기어이 이 작품을 계속해서 중·고등학교 학생들에게 가르치고자 한다면, 이 작품에 담겨 있는 성폭행이라는 범죄행위와 관련된 문제점을 제대로 드러내어 부각시키고 따져 보는 방향으로 교육의 내용을 수정해야 옳지 않은가?'라는 질문을 던지지 않을 수 없는 것이다.

제2부

현대소설 속의 기독교

독립투사의 길과 메시아의 길

―김동리의 『사반의 십자가』

　『사반의 십자가』는 김동리가 남긴 수많은 소설작품들 가운데서도 대표적인 명작으로 인정되고 있는 장편이다. 그는 이 작품을 1955년 11월부터 1957년 4월까지에 걸쳐 잡지 『현대문학』에 연재한 후, 1958년에 단행본으로 출간하였으며, 이 작품으로 대한민국 예술원상을 수상한 바 있다. 그로부터 오랜 세월이 흐른 다음인 1982년에 김동리는 이 작품을 세심하게 개작(改作)·증보(增補)하여 다시 내놓았는데, 그 자신이 작품에 대하여 남다른 애착을 가지고 있었다는 사실을 우리는 여기서 새삼 실감할 수 있다.[1]

　이 작품의 주인공 사반은 예수가 골고다 언덕에서 십자가에 달려 처형당할 때 그와 나란히 처형당한 두 사람 가운데 하나로 설정

1　다만 이러한 개작·증보의 작업이 성공적인 것이었는가에 대해서는 의문의 여지가 없지 않다. 나는 「『사반의 십자가』의 개작에 대한 고찰」과 「『사반의 십자가』에서 예수의 부활을 다룬 방식」 등 두 편의 글에서 이 문제를 자세하게 논한 바 있다. 전자는 『한국 현대소설과 종교의 관련 양상』(푸른사상, 2005)에, 후자는 『한국소설과 기독교』(국학자료원, 2003)에 수록되어 있다. 전자는 처음에는 「세속적 합리주의로의 길」이라는 제목을 갖고 있었던 글이다.

되어 있다. 『신약성서』에서 '강도'라는 언급과 함께 단 몇 줄로 간단히 처리되어 있는 이 인물에 대해 김동리가 처음으로 관심을 가지게 된 것은 그의 소년시대로 거슬러 올라간다. 그가 1982년에 『사반의 십자가』를 개작하면서 새롭게 써서 붙인 '후기'를 보면 그 계기가 다음과 같은 말로 설명되고 있다.

> 내가 중학 2학년이던 해 늦은 봄의 어느 일요일이었다. 나는 여느 때와 같이 교회엘 나갔다. 그때 강단 위에 선 목사님이 십자가에 달린 예수와 그 좌우의 강도 이야기를 했다. 임종에 이르러 회개한 대가로 '낙원'을 약속받는 우도(右盜)의 복을 선망에 찬 목소리로 이야기했다. 이와 반면 끝까지 회개하지 않고 예수에게 빈정거린 좌도(左盜)의 완맹한 저항은 저주받은 어리석음이라고 비난했다. 이때 나는 우도보다 좌도 쪽에 마음이 쏠렸다. 실국의 한이 얼마나 뼈저리게 원통하고 사무치면 죽음을 겪는 고통 속에서도 위로받기를 단념했을까 싶었다. 로마 총독 치하의 당시 유대 사람들도 일제 총독 치하의 우리와 같이 그렇게 암담한 절망 속에 신음했을 것이라 생각했다. 여기서 그 좌도는 나의 가슴속에 새겨진 채 사라지지 않았다.[2]

이때부터 자신의 마음속에 깊이 각인되었던 좌도의 초상을 수십 년 동안 잊지 않고 간직하며 다듬은 끝에 그는 마침내 『사반의

---

2 김동리, 『사반의 십자가』(개정판, 홍성사, 1982), p.396.

십자가』라는 회심의 장편소설을 쓰는 데까지 나아가게 된 것이다.

  김동리는 사반을, 유대가 로마 제국의 식민지였던 시대에 유대의 독립을 되찾기 위하여 무장 게릴라 활동을 벌이는 혈맹단이라는 비밀결사의 두령으로 만들어 놓고, 그로 하여금 집요한 저항 투쟁을 전개하게 한다. 그런데 흥미로운 것은 이러한 사반이 야웨에 대한 신앙을 전혀 갖고 있지 않으며 또한 율법에 대해서도 아무런 존중을 표시하지 않고 있다는 사실이다. 이는 유대인으로서는 매우 색다른 면모가 아닐 수 없다. 유대인의 유대인다운 특징은 무엇보다도 야웨에 대한 신앙과 율법을 지키는 태도에서 드러나는 것이기 때문이다.

  야웨 신앙이나 율법을 존중하는 마음을 갖지 않은 대신에 그가 정말로 가진 것은 무엇인가? 그것은 민족의 독립을 쟁취해야겠다는 의식이다. 그런데 사반의 이러한 민족의식은, 유대 민족이 식민지인임으로 해서 당해야 하는 고통에 대한 진정한 관심에서 생성되어 나온 것이 아니다. 그러면 사반이 진정으로 마음에 두고 있는 것은 무엇인가? 김현은 이 물음에 대하여 "사반이 집착하고 있는 것은 그의 권력"[3]이라는 답을 제시했지만, 이것은 정확한 판단이라고 할 수 없다. 작품의 본문 속에 다음과 같은 구절이 들어 있는 것으로 보아 여기에는 의문의 여지가 없다.

---

3 김윤식 · 김현, 『한국문학사』(2판, 민음사, 1996), p.401.

그는 사실 지금까지 자기 자신이 왕이 된다거나 왕이 되고 싶다고
원하여 왔던 일은 없었던 편이었다. (…) 유대인이 남의 노예가 되지
않고 유대인의 꿈과 긍지를 가진 채 여호와의 백성으로서 살 수 있는
세상을 만들 수 있다면 그 뒤에 자기는 갈릴리 바다에서 물고기나
낚아 먹고살아도 오히려 행복할 것이라고 믿어 왔던 것이다.[4]

이처럼 사반을 독립운동에로 내모는 힘이 동포의 고통에 대한
연민도, 자신의 권력욕도 아니라면, 그것의 정체는 도대체 무엇일
까? 그것은 거의 생리적인 본능으로 이해된다. 즉 이유야 어쨌든,
또 현실적인 이해관계야 어찌되었든 남에게 압제를 받는 민족의
일원으로 살 수는 없다고 하는 자주인(自主人)으로서의 본능이 그로
하여금 생명을 걸고 독립운동에 나서도록 만든 것으로 이해되는
것이다.

사반은 이러한 독립운동을 통하여 지상에 자유의 나라를 세우
고자 하며, 이 점에서, 이 작품 속의 또다른 주요 등장인물인 예수
와 날카롭게 대립한다. 이 작품에 나오는 예수는 사반과는 정반대
로 하늘나라의 영광만을 추구할 뿐 지상의 세계는 명백히 포기해
버린 인물로 그려져 있는 것이다.

그런데 사반이 일찍부터 가지고 있는 확신에 따르면, 로마로부
터 유대를 독립시키는 일은 언젠가 출현할 메시아와 손을 잡고 그

---

4   김동리, 앞의 책, p.76.

의 힘을 빌림으로써만 가능하다. 이러한 확신을 가져 왔던 그는 예수에게서 메시아의 면모를 발견하고 그와 힘을 합치기 위해 노력하나 예수는 끝내 그의 제안을 거부하고 만다. 사반이 자신의 독립 투쟁에서 성공을 거두지 못하고 마침내 로마군에 붙잡혀 처형당하는 운명이 되고 마는 것은 여기서부터 이미 예정되었던 것이라 할 수 있다.

사반이 가지고 있는 면모 가운데 또 하나 주목해야 마땅한 것은 그가 성적인 측면에서 상당히 자유분방하다는 점인데, 이는 김동리의 소설세계에서 폭넓게 나타나는 원시적 세계, 야성적 세계, 샤머니즘적 세계에의 관심과 무관하지 않은 것으로 생각된다.

이러한 사반과 대조적으로 『사반의 십자가』 속의 예수는, 앞에서 잠시 언급되었던 바와 같이, 하늘나라의 영광, 즉 초월적인 차원에서의 구원만을 중시하는 인물로 묘사된다. 김동리는 예수를 이러한 인물로 설정해 놓고서는 이러한 예수가 추구하는 길과 사반이 추구하는 길을 대비시키고 있는데, 이 두 가지 길 중에서 김동리 자신의 선호는 분명히 후자쪽에로 기울어져 있다. 그러나 김동리는 이 소설에서 예수를 적극적으로 비판하지는 않는다. 그렇게 하기에는, 김동리 자신이 예수의 인간적 매력에 너무나 깊게 끌려들고 있는 것이다. 바로 여기에서 『사반의 십자가』의 독특한 사상적 애매성이 만들어지는데, 그것은 얼핏 생각하기에는 이 작품의 약점이 될 것 같지만, 실제로는 그렇지 않고 오히려 이 작품의 문학적인 가치를 높이는 요인의 하나로 작용하고 있다.

어쨌든 지금까지 살펴본 것처럼 사반과 예수는 뚜렷한 대조를 보이는 인물이지만, 그 두 사람은 모두 비범한 면모를 가지고 있다는 점에서 공통된다. 사반에게는 영웅의 풍모가 약여하며, 예수는 메시아라는 칭호에 걸맞는 능력과 고귀함을 지닌 존재로 제시된다. 이들뿐 아니라 『사반의 십자가』에 나오는 주요 인물들은 모두 '평범'이라는 말과는 거리가 먼 사람들이다.

이처럼 비범한 인물들이 무리를 지어 등장하는 『사반의 십자가』는 근대 이전의 소설, 그중에서도 특히 영웅소설이라 일컬어지는 유형의 소설을 강하게 연상시킨다. 우선 사반과 그 주변 인물들의 이야기를 보면 그것은 화려하고 영웅적인 전투의 기록으로 점철되어 있거니와 여기서 우리는 금방 근대 이전의 수많은 영웅소설들을 상기하지 않을 수가 없다. 그런가 하면 예수와 하닷(사반의 스승)은 영웅소설에서 천상계의 사자(使者)로 곧잘 등장하곤 하는 고승이나 도사와 상통하는 풍모를 지니고 있다. 시야를 좀더 넓혀서 생각해 보면, 소설에 사상적 탐구의 성격을 부여하고 있다는 점, 그 사상적 탐구의 초점이 삶의 근본 원칙(이를테면, "어떻게 사느냐? 무엇을 인생의 목표로 삼고 사느냐?"의 문제)이라고 하는 매우 거창한 주제를 겨냥하고 있다는 점, 무대를 외국땅으로 설정한 결과 그 주제를 다루는 데 큰 편의를 얻을 수 있게 되었다는 점 등등에서도 우리는 이 『사반의 십자가』가 과거의 영웅소설(예컨대 김만중의 『구운몽』 같은 작품)을 연상시킨다는 결론을 끌어낼 수 있다.

이러한 『사반의 십자가』가 20세기의 한국 소설사 속에서 차지하는 비중은 상당히 크다. 방금 말했듯, 영웅소설의 계보를 이으면서 거기에 특이한 변용을 가한 대표적 사례의 하나로서 이 작품은 중요하다. 소설에 사상적 탐구의 성격을 부여한 대표적 사례의 하나로서도 이 작품은 중요하다. 그런가 하면 기독교를 문제 삼되 예수를 직접 등장시켜 정면으로 다룬 작품군(作品群)의 선두에 서는 존재로서도 이 작품은 중요하다. 『사람의 아들』(이문열), 『가룟 유다에 대한 증언』(백도기), 『빌라도의 예수』(정찬) 등은, 그 소설들의 작자가 이 『사반의 십자가』를 얼마나 깊이 의식했었는가에 상관없이, 『사반의 십자가』로부터 형성된 하나의 계열체에 일단 귀속된다고 단정하지 않을 수 없는 것이다.

신을 믿지 않게 된 목사가 선택한 삶의 방식

—김은국의 『순교자』

　재미 한인 작가 김은국이 1964년에 발표한 장편소설 『순교자』에 등장하는 주인공 신 목사'는 대단히 특이한 면모를 지닌 목사이다. 그는 목사이지만 내심으로는 신을 믿지 않고 또 내세의 존재를 믿지 않는다. 그러면서도 그는 그의 동료 목사들이나 그를 따르는 신도들에게 그 점을 비밀로 한 채 계속해서 목사직을 수행한다. 이런 그를 가리켜 '대단히 특이한 면모를 지닌 목사'라고 지칭하지 않을 수가 있겠는가?

　이런 그도 처음에는 물론 신을 믿었을 것이고 또 내세의 존재도 믿었을 것이다. 보통 사람들보다 더욱 강하게, 적극적으로 믿었을

1　김은국은 『순교자』에서 그 등장인물들의 완전한 이름을 하나도 밝히지 않고 있다. 단지 신 목사, 고 군목(軍牧), 장 대령, 이 대위… 하는 식으로, 성(姓)과 직업 혹은 계급만을 가지고 등장인물들을 지칭한다. 김은국이 『순교자』에서 등장인물들을 제시할 때 일관되게 이런 방식을 선택하고 있다는 사실은 이 소설의 추상적·관념적인 성격을 강화하는 데에 크게 기여하고 있다. 하지만 그것이 궁극적으로 이 소설의 문학적 성취를 높여 주는 방향으로 작용하였는가에 대해 나로서는 회의적이다.

것이다. 그랬으니까 신학교에 입학했을 것이고 목사가 되었을 것이 아니겠는가?

그랬던 그가, 인생의 어느 단계인가에서부터, 신에 대한 믿음을 잃었고, 내세의 존재에 대한 믿음도 상실했다. 그것이 구체적으로 언제부터였는가? 이 물음에 대해 소설의 본문은 답해 주고 있지 않다. 어떤 경험을 했기에 그가 이런 식으로 변해 버렸던가?[2] 이 물음에 대해서도 소설의 본문은 답해 주고 있지 않다.

"평생토록 난 신을 찾아 헤매었소. (…) 그러나 내가 찾아낸 것은 괴로움과⋯⋯ 죽음, 냉혹한 죽음에서 벗어나지 못하는 인간뿐이었소."

"그리고 죽음의 다음은?"

"아무것도 없소! 아무것도!"[3]

위에 인용된 구절은 소설 속에서 신 목사가 이 작품의 내레이터

---

2 여기서 내가 '경험'이라는 말로 표현하고 있는 것은 물론 일회적인 경험일 수도 있고 오랜 시간에 걸쳐 누적적으로 진행된 경험일 수도 있다. 또 전적으로 내면적인 변화에만 한정된 경험일 수도 있고 어떤 외부적인 사건과 연결된 경험일 수도 있다. 아무튼 소설 속에는 이런 '경험'과 관련해서 신 목사를 조금이라도 이해할 수 있게 해 줄 만한 구체적인 단서가 나와 있지 않다.

3 김은국, 『순교자』(을유문화사, 1990), pp.207~208. 참고로 밝히면 내가 이 글을 쓰면서 사용하고 있는 을유문화사판 한국어 텍스트는 1964년에 The Martyred라는 제목 아래 영어로 발표되었던 소설을 작가인 김은국 자신이 한국어로 번역하여 내놓은 것이다. 김은국이 한국어 번역을 시도하기 전에 이 소설은 다른 역자들에 의해 두 차례 한국어로 번역되었다. 소설이 처음 발표된 그 해인 1964년에 장왕록의 번역으로 삼중당에서 첫 번째 국역본이 나왔고, 1978년에 도정일의 번역으로 시사영어사에서 두 번째 국역본이 나왔다.

인 이 대위를 상대로 해서 행하는 고백이라는 형태로 제시된 것이다. 이런 고백은 어떤 사람에게는 상당히 인상적인 것으로 들릴 수도 있을 법하지만, 앞에서 내가 제기한 두 가지 질문, 즉 '그가 언제부터 불신자(不信者)가 되었는가?'라는 질문과 '어떤 경험을 했기에 그는 불신자가 되고 말았는가?'라는 질문 중 어느 것에 대해서도 구체적으로 답해 주는 바가 없다.

이처럼 목사라는 직업을 가진 신씨 성의 남자가 언제부터, 그리고 어떤 경험으로 인해, 불신자로 변해 버렸는지에 대한 정보가 소설 속에 나타나 있지 않기 때문에, 독자로서는 그의 인간상이 매우 모호한 것으로 느껴질 수밖에 없다. 표현을 달리해서 말하자면, 그에게서는 살아 있는 인간으로서의 실감이 잘 전해지지 않는다. 이처럼 살아 있는 인간으로서의 실감을 전해 주지 못하는 사람을 주인공으로 내세우고 있다는 것은 한 편의 소설작품으로서 『순교자』가 지니고 있는 중요한 약점이라고 하지 않을 수 없다.

아무튼 그는 목사직을 수행하고 있던 세월 가운데의 어느 시점에서부터인가 신에 대한 믿음을 잃었고 내세의 존재에 대한 믿음도 상실했다. 문자 그대로 불신자가 된 것이다. 그는 이처럼 불신자가 되었으면서도 여전히 목사직을 유지했고 자신의 내심을 주변 사람들에게 내보이지 않았다. 앞서 말했듯 그의 동료 목사들에게도 내보이지 않았고 그를 따르는 신도들에게도 내보이지 않았다. 심지어는 그의 아내에게조차 내보이지 않았다.

그러다가, 어린 아들이 죽은 사건을 계기로 하여, 단 한 사람─ 그의 아내에게 이런 그의 내적 비밀을 털어놓게 된다. 그런데 그가 이처럼 자신의 내심을 드러낸 일은 뜻하지 않게도 아내의 죽음을 초래하는 원인이 된다. 그렇게 된 과정을 신 목사는 다음과 같은 말로 이 대위에게 들려준다.

"난 느지막이 결혼을 했었지요. 그러나 첫 아이—아들이었죠, 그 첫 아이와 어미를 같은 해 장사 지냈소. 아내는 애가 죽은 지 몇 주일 안 가 숨을 거두었지. 병이 났던 거요. 그녀는 애를 잃어버린 것이 자기 잘못이요, 자기 죄 때문이라 생각하고는 온종일 기도하고 단식 했소. 나도 슬프기야 했지만 살아가야 할 생활이 있었고, 난 아내의 신에 대한 그 노예적인 헌신과 기도가 마음에 들지 않았었소. 그래서 아내에게 말해 주었던 거요. 우리가 죽어 이 세상을 떠나면 다시 만나는 게 아니다, 우리 아이들도 다시는 만날 수가 없고 저승이란 존 재하지도 않는다고 말이오. 아내는 슬픔과 무서움에 질려 그 말을 참고 견딜 수가 없었소. 그 무서운 진리를 안고 살아갈 만큼 강한 여자가 아니었으니까. 그녀는 자기가 죽으면 그 잃어버린 아이를 다 시 만날 수 있을 것이라는 희망과 약속 없인 살 수가 없었던 거요. 아내는 산 송장이나 다름없이 되더니 절망 속에 숨을 거두었소."[4]

이 대위에게 이런 고백을 들려주고 난 신 목사는, 그 고백의 끝에 다시 다음과 같은 말을 덧붙인다.

---

4 위의 책, pp.214~215.

"그때 난 속으로 다짐했소. 앞으로 다시는 나의 진리, 아무도 모르는 내 진실을 결코 드러내지 않겠다고 말이오. 하나님의 종이란 자가 가진 그 무서운 진실 말입니다."[5]

신 목사가 자신의 고백 뒤에 위와 같은 말을 덧붙이는 것을 보면서, 우리는 대번에 그를 향하여 다음과 같은 질문을 던지지 않을 수 없는 심경이 된다: "당신은 그때 마음속으로 그런 이상한 다짐을 할 것이 아니라, 목사직을 사임하고 교회를 떠나야 했던 것이 아닌가?"

바로 이 지점에서 우리의 기억 속에 또렷이 떠오르는 소설 속의 한 인물이 있다. 스타인벡의 걸작 『분노의 포도』(1939)에 나오는 전직 목사 짐 케이시가 바로 그 인물이다.

짐 케이시는 처음에 열정적으로 신을 믿었다. 그 열정이 그를 신학교로 이끌었고, 마침내는 기독교 교회의 목사가 되게끔 했다. 목사로서의 직분을 그는 성실하게 수행했다. 그러던 중에 여러 가지 계기가 복합적으로 작용하여, 그에게 회의가 찾아왔고, 그 회의가 점점 더 커지더니 결국 그를 불신자로 만드는 데까지 나아가고 말았다. 이렇게 되자 그는 주저 없이 목사직을 사임하고 교회를 떠난다. 그를 여전히 목사로 알고 있는 지인들이 그에게 목사로서의 역할을 담당해 줄 것을 부탁해 오는 일이 생기면

---

5 위의 책, p.215.

그는 솔직하게 자신의 내적·외적 변화를 설명하고 예의 바르게 사양한다. 그런 가운데서도 그의 내면에서 치열하게 끓어오르고 있는 휴머니스트로서의 양심과 사명감은 조금도 달라진 바가 없다. 그는 계속해서 그 양심과 사명감에 충실한 삶을 살다가 거대한 사회적 폭력의 희생자가 되어 생을 마감한다.

이런 짐 케이시의 경우를 상기하면서, 우리는 다시 묻게 된다. 『순교자』의 신 목사는 왜 짐 케이시처럼 목사직을 사임하고 교회를 떠나지 않았는가?

자신은 인생의 어느 단계인가에서부터 더 이상 신을 믿지 않는 사람이 되었다. 내세의 존재도 믿지 않는 사람이 되었다. 그러면서도 이런 자신의 불신을 아내에게까지 숨겨 왔다. 그런데 아내는 이제 죽고 말았다. 자신의 불신이 아내를 죽게 만든 중요한 원인의 하나였다.─사태가 이 정도에 이르렀다면 목사직을 사임하고 교회를 떠나는 것이 당연하지 않은가?

목사직을 수행하는 것 외에는 생계의 방도를 알지 못하기 때문이었는가? 말하자면 '먹고살기 위해서는 이 직업을 유지할 수밖에 없다'는 판단이 작용한 결과였는가? 그런 것 같지는 않다. 소설 전체를 통해서 독자들에게 전달되어 오는 신 목사의 성격은 그렇게 타산적인 것이 아니다.

자신이 목사직을 사임하고 교회를 떠나면 놀란 신도들이 동요할 것이 걱정되어서였는가? 아마도 이것이 정답인 듯하다.

신 목사가 지니고 있는 자신의 교회 신도들에 대한 책임감이 엄청나게 대단하다는 사실은, 소설 속의 주요 사건들이 벌어지는

6.25 당시에 그가 행한 일들을 보면, 선명하게 드러난다. 그가 이 대위를 향하여 다음과 같이 말하는 것을 들어 보라.

"고통이 그들의 희망과 믿음을 움켜쥐고는 그들을 절망의 바다로 떠내려 보내고 있소. 우린 그들에게 빛을 보여주고 그들을 기다리는 영광과 환영이 있다는 것, 그리고 하나님의 영원한 왕국에서 마침내 승리를 거둘 것이라는 확신을 줘야 합니다."[6]

그런데 이런 목적을 가지고 그가 실제로 행하는 것은 진실을 은폐하고 자신이 누명을 뒤집어쓰면서까지 거짓말을 퍼뜨리는 일이다. 그래도 그는 당당하다. 그는 신도들을 안심시키고 그들이 내적 평화 속에 살 수 있도록 하기 위해서라면, 진실을 은폐하고 자신이 누명을 뒤집어쓰면서까지 거짓말을 퍼뜨리는 일을 포함하여, 도대체 못 할 짓이 없는 사람이기 때문이다.[7]

이런 '신도들에 대한 대단한 책임감'은 신 목사가 6.25 당시에 이르러 처음으로 가지게 된 것이 아니라 목사로서의 삶을 시작한 초기부터 지녔던 것이라고 우리는 생각할 수 있다. 그랬기 때문에 6.25 훨씬 이전의 시점부터도 그는 자신의 신도들이 안심하고 내적 평화 속에 살 수 있도록 하기 위해서라면 얼마든지 자기 내면의

---

6 위의 책, p.208.
7 신 목사의 이런 면모에 대한 날카로운 비판이 일찍이 정명환에 의해 제기된 바 있음을 참고로 적어 둔다. 정명환, 「고난의 의미」, 『문학춘추』, 1964.9. 이 글은 정명환 평론집 『한국작가와 지성』(문학과지성사, 1978)에 수록되어 있다.

불신앙을 감쪽같이 숨긴 채 계속해서 목사직을 수행할 수 있고 또 그렇게 하는 것이 자신의 의무라고 생각하는 그런 유형의 목사로 살아 왔으리라고 우리는 추론해 보게 되는 것이다.

만약 이런 추론이 맞다면, 그것으로 신 목사의 행동은 정당화될 수 있는가?

그렇지는 않다.

그가 자기 내면의 불신앙을 드러내어 표시하지 않고 조용히 사라지는 방식으로 교회를 떠났다면, 그 교회의 신도들이 일시적으로 동요하기야 했을 테지만, 결국 그 동요는 가라앉았을 것이고, 투철한 신앙을 가진 다른 목사가 대신 와서 그 신도들을 이끌어 주었을 것이다.

자기가 없어질 경우 신도들의 동요가 쉽게 가라앉지 않고 그들이 커다란 내면적 타격을 입을 것이라고 신 목사가 정말로 생각했다면, 그것은 그가 남달리 교만한 사람이라는 증거가 될 뿐이다.

그런데 『순교자』를 통해서 우리가 실제로 만나게 되는 신 목사의 6.25 당시의 행적을 보면 그는 확실히 '교만'이라는 성격상의 문제점을 지닌 사람임에 틀림없다. 위에서 인용한 그의 말 다음에 곧바로 아래와 같은 대화가 이어지고 있다는 사실 하나만 보아도 그가 얼마나 교만한 사람인가 하는 점이 노골적으로 드러난다.

"희망이라는 환상을 준단 말입니까? 무덤 이후의, 죽음 이후의 환상을 주란 말입니까?"

"그렇소! 그들은 인간이기 때문이오! 절망은 이 피곤한 생의 질병이

오. 무의미한 고통으로 가득 찬 이 삶의 질병입니다. 우린 절망과 싸우지 않으면 안 돼요. 그 절망을 때려부수어 그것이 인간의 삶을 타락시키고 인간을 단순한 겁쟁이로 위축시키지 못하게 해야 합니다."

"당신은? 당신의 절망은 어떡하고 말입니까?"

"그건 나 자신의 십자가요. 나 혼자 그걸 짊어져야 하오."[8]

그 혼자만이 환상에 속지 않을 능력을 가진 엘리트인 것이다. 그리고 그의 설교를 듣는 수많은 신도들은, 엘리트인 그가 그 자신은 믿지 않는 환상을 만들어서 뿌려 주면 그것을 곧이곧대로 믿고서 평화로운 안식의 수면을 즐기는 우중(愚衆)에 불과한 것이다. 그 우중이 평화로운 안식의 수면을 즐길 때, 환상의 제조자인 신 목사 자신은 마치 잠자는 양떼를 연민의 시선으로 내려다보는 목자(牧者)처럼 홀로 깨어 고독의 십자가를 짊어지고 절망과 대결한다는 이야기다. 이 얼마나 교만한 엘리트/우중의 이분법인가?[9]

지금까지 나는 『순교자』에 등장하는 신 목사라는 인물에 대하여 다분히 비판적인 시각에서의 논의를 진행해 왔다. 하지만 이런 나로서도 신 목사의 귀중한 덕목으로 높이 평가하고 싶은 것이 한 가지 있다. 그것은 그가 지닌 남다른 용기이다. 그가 남다른 용기의

---

8 김은국, 앞의 책, p.208.
9 이 대목에서 많은 사람들이 도스토예프스키의 『카라마조프가의 형제들』에 나오는 대심문관의 이야기를 연상하게 되는 것은 자연스러운 일이다. 나 자신, 『카라마조프가의 형제들』과 『순교자』를 연관지어 논의한 일이 몇 번 있다. 「한국소설과 '구원'의 문제」, 『집 없는 시대의 문학』(정음사, 1985); 「김은국의 『순교자』에 나타난 진실의 문제」, 『한국소설과 기독교』(국학자료원, 2003) 등 참조.

소유자라는 사실은 북한군의 정 소좌라는 인물에 의해 증명된다. 그는 열네 명의 목사들을 체포한 후 그중 열두 명을 처형한 인물인데, 나중에는 그 자신이 국군의 포로가 되어 심문을 받게 된다. 이때 그와 심문자들 사이에서 오고 가는 문답을 들어 보자.

> "내가 당신네의 그 위대한 영웅, 위대한 순교자들이 꼭 개처럼 죽어갔다는 얘길 들려줄 수 있게 된 것은 큰 기쁨이오. 꼭 개새끼들처럼 훌쩍거리며, 낑낑거리며, 엉엉 울면서 죽어갔어! 살려 달라 아우성을 치고, 자기네 신을 부정하고 동료들을 헐뜯는 꼬락서닌 과연 보기만 해도 즐거웠어. 그들은 개처럼 죽은 거야! 개처럼, 알겠어? 모조리 죽여 버렸어야 하는 건데!"
>
> "왜 모조리 죽이지 않았나?" 박군의 날카로운 목소리가 끼어들었다.
>
> "왜냐고? 왜 다 죽이지 않았느냔 말이지?" 포로는 몸을 돌려 박군을 마주 바라보았다. "하나가 미쳐 버렸기 때문이야. 정신이 나간 거지, 미친 개처럼 말야. 난 야만인은 아니거든. 미친 놈을 쏘진 않아."
>
> "또 한 사람은 왜 쏘지 않았나?" (…)
>
> "그는 내게 감히 대항해 온 유일한 친구였어. 난 당당하게 싸우는 걸 좋아해. 그 자는 용기가 있더군. 내 얼굴에 침을 뱉을 만큼 배짱 있는 친구는 그 자 하나뿐이었어. 난 내게 침을 뱉을 수 있는 자를 존경해. 그래서 그 자만은 쏘지 않았던 거야."[10]

---

10 김은국, 앞의 책, pp.116~117.

위의 문답을 통하여 신 목사가 얼마나 비범한 용기의 소유자인 가는 의심할 여지 없이 증명된 셈이다. 여기에서 확인된 신 목사의 용기에 대하여 우리는 찬탄을 보내지 않을 수가 없다.

하지만 이러한 덕목에 대한 찬탄이 그의 문제점에 대한 비판을 약화시켜서는 안 될 것이다. 정 소좌의 총구 앞에서 돋보였던 신 목사의 비범한 용기라는 것이 다분히 기질적인 것임에 비하여 그가 지닌 문제점은 기질의 차원을 훨씬 넘어서는 수준의 심각성을 지니고 있다는 사실을 우리는 외면할 수 없기 때문이다.

위에서 내가 길게 이야기해 온, 신 목사에게 내재된 '기질의 차원을 훨씬 넘어서는 수준의 심각성을 지닌 문제점'을, 그런데, 신 목사라는 인물을 창조한 주체인 작가 김은국은 제대로 인식하지 못한 상태에서 소설을 완성하여 발표한 것으로 보인다. 이런 점에서 김은국은 『카라마조프가의 형제들』에서 대심문관이라는 인물을 창조하여 제시할 당시에 도스토예프스키가 서 있었던 자리와 아주 다른—정반대라고 말해도 지나치지 않을 듯한—자리에 서 있는 셈이다. 이것은 김은국의 한계이자 『순교자』의 근본적인 취약점이라고 말하지 않을 수 없다.

정의에 굶주린 인간이 선택한 배신자의 행로

—백도기의 『가룟 유다에 대한 증언』

카트린 슐라르가 말한 바와 같이, 『신약성서』의 네 복음서를 쓴 사람들 모두는 "다분히 반유대적 집단에 속했고 예수 살해에 대한 책임을 유대 민족에게 지우려고 애썼"[1]던 사람들이다. 그들이 예수 살해에 대한 책임을 로마 제국의 총독부가 아닌 유대 민족에게 지우려고 애썼던 증거는 네 복음서의 곳곳에 다양한 모습으로 나타나 있거니와, 그중에서도 가장 대표적인 것을 하나만 들자면, 「마태복음」 27장 22절에서 26절까지를 지목할 수 있을 것이다. 그 본문을 한 번 인용해 보면 다음과 같다.

빌라도가 가로되, "그러면 그리스도라 하는 예수를 내가 어떻게 하랴?" 저희가 가로되, "십자가에 못 박혀야 하겠나이다." 빌라도가 가로되, "어찜이뇨? 무슨 악한 일을 하였느냐?" 저희가 더욱 소리

---

1 카트린 슐라르, 「해석하기 어려운 유다」, 카트린 슐라르 편, 『유다』(박아르마 역, 이룸, 2003), p.17.

질러 가로되, "십자가에 못 박혀야 하겠나이다" 하는지라. 빌라도가 아무 효험도 없이 도리어 민란이 나려는 것을 보고 물을 가져다가 무리 앞에서 손을 씻으며 가로되, "이 사람의 피에 대하여 나는 무죄하니 너희가 당하라." 백성이 다 대답하여 가로되, "그 피를 우리와 우리 자손에게 돌릴지어다" 하거늘, 이에 바라바는 저희에게 놓아 주고 예수는 채찍질하고 십자가에 못 박히게 넘겨 주니라.

위에 인용된 대목은, 그 전체가, "명절을 당하면 총독이 무리의 소원대로 죄수 하나를 놓아 주는 전례가 있"었다는 「마태복음」 27장 15절의 기록을 전제로 해서 펼쳐지는 것임을 기억해 두어야 할 것이다. 위의 대목을 보면, 이때에는 그러한 특사의 혜택을 받을 수 있는 후보자로 예수와 바라바라는 두 인물이 거론되는 상황이었는데, 그 당시 로마 제국에 의해 임명된 유대 총독이었던 빌라도는 죄가 없는 것으로 보이는 예수를 놓아 주고 싶었으나 그의 앞에 모인 수많은 유대인들이 이구동성으로 "바라바를 놓아 주고 예수는 처형하라"고 요구하면서 "만약 예수를 처형한 책임을 훗날에라도 누군가가 져야 한다면 그 책임은 우리 유대인들이 다 질 터이니 당신은 아무 걱정 말고 처형 명령을 내려 달라"고까지 하는 바람에 유대인들의 요구대로 따르고 말았던 것으로 되어 있다.[2]

---

2 유대인들이 가장 중요시하는 명절 가운데 하나였던 유월절에는 로마 총독이 군중의 요구대로 죄수 하나를 석방해 주는 관례가 있었고 그러한 관례를 활용하여 유대인 군중들이 빌라도로 하여금 예수가 아닌 바라바를 석방해 주도록 만들었다는 이야기는 네 복음서에 모두 들어 있다. 하지만 그 군중들이 "만약 예수의

「마태복음」의 이러한 기록은 명백한 허구이다. 이런 기록이 허구라는 사실을 알기 위해서 복잡한 조사가 필요한 것도 아니다. 빌라도가 총독으로 재임하던 당시의 유대에 '명절을 당하면 총독이 무리의 소원대로 죄수 하나를 놓아 주는 전례' 같은 것은 존재하지 않았다[3]는 사실, 그 한 가지만 상기해 보면, 위의 기록 전체가 허구라는 사실은 금방 드러나고 만다. 그러면 「마태복음」에는 왜 이런 허구의 이야기가 기록되었고, 그 허구의 이야기 속에 "백성이 다 대답하여 가로되, '그 피를 우리와 우리 자손에게 돌릴지어다' 하거늘" 같은 구절까지 들어갔는가? 이 물음에 대한 답으로는 여러 가지를 생각해볼 수 있겠지만, 그중에서 가장 유력한 것은 아무래도 '예수 살해에 대한 책임을 유대 민족에게 지우려고 애썼던 「마태복음」 기록자의 집념'이라는 것이 될 수밖에 없을 것이다.

예수 살해에 대한 책임을 유대 민족에게 지우고자 하는 집념을 가지고 있었던 점에서는, 앞에서 이미 말했던 바와 마찬가지로, 「마태복음」을 기록한 사람뿐 아니라 네 복음서의 집필자들이 모두 일치하고 있었다. 그 점을 잘 보여주는 대표적인 예가 바로, 가룟 유다라는 인물이 네 복음서에 빠짐없이 등장한다는 사실이다. 「마

피에 대한 책임을 훗날에라도 누군가가 져야 한다면 그 책임은 우리 유대인들이 다 지겠다"고까지 말했다는 기록은 네 복음서 중 유독 「마태복음」에만 존재한다. 내가 이 자리에서 「마태복음」의 기록을 특별히 문제 삼고 있는 것은 「마태복음」의 이와 같은 특이성 때문이다.

3 김득중, 『「마가복음」의 부활신학』(컨콜디아사, 1981), p.201 참조. 김득중은 그가 2022년에 출간한 『초기 기독교 역사와 복음서 해석』(동연), pp.440~456에서 다시 이 문제에 대한 아주 상세한 설명을 제시해 주고 있다.

태복음」을 제외한 나머지 세 복음서를 쓴 사람들은 비록 「마태복음」을 기록한 사람처럼 "백성이 다 대답하여 가로되, '그 피를 우리와 우리 자손에게 돌릴지어다' 하거늘" 같은 구절까지 그들의 텍스트 속에 포함시키지는 않았지만, 가룟 유다 이야기를 공유함으로써, 그들 역시 「마태복음」의 필자와 마찬가지로 예수 살해에 대한 책임을 유대 민족에게 지우고자 하는 집념의 소유자들이었음을 입증해 보인 것이다.

누구나 아는 바와 같이, 가룟 유다는 원래 예수의 열두 제자 가운데 하나였으나 종국에는 예수를 배반하여 팔아넘기는 죄를 저지른 것으로 네 복음서 모두에 기록되어 있는 사람이다. 이 가룟 유다는 실재했던 인물일까? 위에서 살펴본 「마태복음」 27장 22절에서 26절까지의 대목이 완전한 허구라는 사실을 알고 난 사람이라면, 가룟 유다의 실재 여부에 대해서도 의문이 생기는 것이 당연할 터이다.

'가룟 유다 문제'에 대해 관심을 가지고 오랫동안 연구해 온 학자 가운데 한 사람인 피터 스탠퍼드는 '가룟 유다 문제'에 대해 다양하게 열린 사유를 펼쳐 보이면서도 가룟 유다라는 인물 자체가 완전한 허구의 존재일 가능성은 거의 없다고 보고 있다.

만약 유다가 철저하게 가공의 인물이라면, 다시 말해 배신자나 희생양의 역할을 맡기 위해 작가의 입맛에 따라 창조된 허구라면, 4대 복음서의 유다에 대한 기록은 심각할 정도로 내용의 일관성이 부족하다. 즉 유다를 4대 복음서 작가들의 창작으로 보기에는 구체성이

결여되어 있거나, 시기가 일치하지 않거나, 논리적 전개가 빈약하거나, 내용이 불일치한다.[4]

이러한 스탠퍼드의 주장을 우리가 간단히 무시할 수는 물론 없을 것이다. 하지만 그가 '가룟 유다는 실재했던 인물이다'라는 명제를 뒷받침하기 위해 내세우고 있는 근거는 아무리 보아도 너무나 설득력이 약하다. '구체성의 결여, 시기상의 불일치, 논리적 전개의 빈약성, 내용의 불일치'와 같은 것들은 가룟 유다와 관련된 이야기들이 '창작'이 아니라는 판단의 근거로 원용될 수도 있지만 그 이야기들을 창작한 사람들의 솜씨가 서툴렀다는 판단의 근거로 원용될 수도 있다. 또 그 이야기들을 창작하는 행위가 처음부터 문자로 된 기록에 의지하는 형태로 이루어지지 않고 구전(口傳)의 방식으로 전개되다가 나중에야 기록의 방식으로 옮겨간 것이라고 한다면 '구체성의 결여, 시기상의 불일치, 논리적 전개의 빈약성, 내용의 불일치' 같은 것들은 '서투름'이라는 단어를 개입시키지 않고서도 얼마든지 설명될 수 있는 것이다.

내가 보기에는, 「마태복음」 27장 22절에서 26절까지의 기록이 허구인 것과 마찬가지로, 가룟 유다와 관련된 모든 이야기들 역시 허구인 것으로 여겨진다. 이 인물의 이름을 굳이 '유다'라고 붙인 것부터가, 이런 이름을 가진 인물이 허구의 창작물일 것이라는 심

---

4 피터 스탠퍼드, 『예정된 악인, 유다』(차백만 역, 미래의창, 2016), p.126.

증을 강화해 준다. 이름만 잠깐 보아도 벌써 이 인물이 유대인의 대표라는 느낌을 모든 독자들이 받게끔 고안되어 있지 않은가.

복음서들이 공통적으로 기록하고 있는 바에 따르면, 유다는 원래 예수가 특별히 발탁한 열두 제자 중의 한 사람이었으나, 예수를 배반하고 그를 죽음의 길로 인도하였기 때문에 열두 제자의 명단에서 삭제될 수밖에 없었다고 한다. 그렇다면 예수가 죽은 지 사흘 만에 부활하여 그 제자들 앞에 나타났다고 할 때, 부활한 예수를 맞이한 제자는 열한 명이었다는 이야기가 된다.[5] 하지만 복음서들보다 먼저 써진 바울의 서신을 보면 부활한 예수가 열두 제자 앞에 나타났다고 분명히 기록되어 있다(「고린도전서」 15장 5절).[6] 이것은 무엇을 말하는가? 이 물음에 대한 답은 하이암 매코비가 진작에 내려준 바 있다. 바울이 그의 서신을 작성했던 시기에는 "배신에 관한 이야기가 아직 만들어지지 않았"[7]던 것이다.

그러니까 '저주받을 배반자의 면모를 지닌 유다'라는 인물이 창조된 것은 바울의 서신이 써진 이후의 어느 시점에서 일어난 사건

---

5 「사도행전」 1장 15절 이하를 보면 유다의 탈락으로 결원이 되어 버린 자리를 채우기 위해 열한 제자들이 모여 의논한 끝에 맛디아를 선발하여 가입시키는 이야기가 나온다. 하지만 이것은 부활한 예수가 제자들 앞에 나타났다가 다시 그들을 떠나 승천한 이후에 일어난 일로 되어 있다.

6 지금 이 자리에서는, 예수가 육신으로 부활했다고 하는 바울의 주장 자체를 믿을 수 있느냐 없느냐 하는 문제는 일단 논외로 하고, 예수의 부활을 목격한 제자의 수가 '열둘'이라고 한 그의 진술에 대해서만 주목하기로 한다.

7 마크 로진 안스바흐, 「누가 주 예수를 죽였는가?」, 카트린 슐라르 편, 앞의 책, p.209.

이다. 그런 일을 제일 먼저 감행한 사람이 누구였는지는 알 수 없다. 앞에서도 말했지만, 이런 인물을 창조하고 그와 관련된 이야기를 지어내거나 퍼뜨리는 행위는 처음에는 아무래도 구전의 방식으로 이루어졌을 가능성이 높다. 누군가에 의해 이런 이야기가 처음 만들어지고, 그렇게 만들어진 이야기가 살을 붙여가며 전파되다가, 현존하는 최초의 복음서인 「마가복음」이 기록될 때, 그 내용의 일부로 들어갔을 것이다. 그 후에 나머지 세 복음서가 차례로 출현했는데, 이미 여러 번 언급한 바와 같이, 그 세 복음서 모두에 '배반자 유다'의 이야기가 다시 나온다. 그 이야기의 디테일들은 복음서들마다 조금씩 다르지만, 기본적인 골격은 완전히 동일하다.

지금까지, 「마태복음」 27장 22절에서 26절까지의 기록과 네 복음서 모두에 실려 있는 가룟 유다 이야기를 예로 들면서, 복음서를 기록한 사람들이 예수의 죽음에 대한 책임을 로마 제국의 총독부가 아닌 유대 민족에게 지우기 위해 어떤 노력을 기울였던가를 논의해 보았다. 그 후의 역사가 전개된 과정을 보면 이러한 그들의 노력은 상당한 성공을 거두었다는 사실이 확인된다. 그런데 바로 이 '성공'이라는 것이 문제였다. 그들이 거둔 '성공'은 그 후 지금까지 2천 년의 기간 동안 수없이 반복된 유대인에 대한 박해와 학살의 드라마라는 것으로 귀결되었기 때문이다. 그들이 이런 끔찍한 박해와 학살의 드라마까지를 예상하고 의도한 것은 아니었을지 모르나 어쨌든 현실은 그렇게 전개되었다. 미국의 성공회 신부이며 신학자인 존 쉘비 스퐁은 이 점을 지적하면서 가룟 유다 이야기에 초점을 맞추어 다음과 같은 이야기를 하고 있는데 전적으로 공감할 수 있는 내용이다.

나는 (…) 예수가 체포되고 처형당했다는 이야기가 기록될 즈음, 기독교인들이 로마인들이 아니라 유태인들을 기독교 이야기의 원흉으로 만들었다는 것은 무섭고 엄청난 비극이었다는 것만 명심하고자 한다. 미드라쉬적 전통에 따라 거룩한 성서 여기저기에서 조금씩 떼어내어 유태인 배반자 이야기를 만들어 내고, 그 배반자에게 바로 유태 민족의 이름인 유다라는 이름을 붙여줌으로써 이 일을 완성하였다는 것을 주장하는 바이다. 그 결과, 그 때로부터 오늘에 이르기까지 예수를 죽인 책임을 유태인의 원형(Jewish prototype)인 유다뿐만 아니라 전체 유태인들의 등에다 짊어지웠던 것이다.

(…) 이 유다 이야기가 유태인 역사에 무슨 짓을 저질렀는지 여러분이나 내가 깨닫게 될 때, 우리 기독교인들이 모두 일어서서, 과거 2천 년 동안이나 예수를 죽인 책임을 유태인들에게 뒤집어 씌웠던 가장 악독한 기독교인의 편견을 한 방에 날려 없애기를 바라는 마음에서, 이런 편견 제거의 가능성을 깊이 자각하자는 뜻으로 하는 말이다.[8]

그런데 여기서 방향을 바꾸어, 문학의 세계로 시선을 돌려보면, 지금까지 논의된 성서신학 및 역사 분야의 문제점과는 별도로, '배신자 가롯 유다의 초상'이라는 것이 많은 작가들의 관심과 창작욕을 자극했고, 그 결과 실제로 완성된 작품도 여러 편에 이른다는 사실을 확인할 수 있다. 현대문학에만 시야를 한정해서 보더라도

---

8 존 쉘비 스퐁, 『2000년 동안의 오해로부터 예수를 해방시켜라』(최종수 역, 한국기독교연구소, 2004), p.350.

그 목록은 짧지 않다. 다자이 오사무의 단편 「직소(直訴)」(1940), 호르헤 루이스 보르헤스의 단편 「유다에 관한 세 가지 이야기」 (1944), 니코스 카잔차키스의 장편 『최후의 유혹』(1953), 마르셀 파놀의 희곡 「유다」(1955), 박상륭의 단편 「아겔다마」(1963), 발터 옌스의 장편 『유다의 재판』(1975), 백도기의 장편 『가룟 유다에 대한 증언』(1979), 아모스 오즈의 장편 『유다에 관한 복음』(2014), 김영현의 장편 『열세 번째 사도』(2023) 등을 금방 떠올릴 수 있는 것이다.

이 작품들은 하나같이 그 작가의 개성적인 상상력과 인간에 대한 관찰력에 입각하여 '배신자 유다'와 관련된 독특한 이야기들을 펼쳐내고 있다. 여기서는 이들 가운데 『가룟 유다에 대한 증언』을 간단히 짚어 보기로 한다.

목사이자 작가인 백도기는 이 작품에서 유다를 정의(正義)에 굶주린 인간으로 설정하고 있다. 주지하다시피 예수가 활동하던 당시의 유대 지역에 살고 있던 일반인들은 로마 제국이라는 정치 권력의 식민지 지배와 부패한 유대교 성직자 집단이라는 종교 권력의 수탈 때문에 심각한 이중고(二重苦)에 시달리고 있었다. 소설 속에서 이러한 이중고에 시달리는 일반인의 한 사람으로 등장하는 유다는 그가 사는 세상을 정의가 말살된 세상으로 규정하면서, 혁명적 투쟁에 의해 이런 세상을 뒤집어엎고 정의를 회복시키고자 하는 열망에 불탄다. 이런 그의 시야에 들어온 인물이 예수였다. 예수가 행하는 갖가지 이적들을 보면서 유다는 그가 마음만 먹으면 저 사악한 권력 집단들을 축출하고 정의가 넘치는 세상을 만들 수 있을 것이라는 기대를 품게 되고, 예수에게 접근하여 그 제자가 된다.

그런데 시간이 지나면서 다시 보니 예수는 유다가 기대한 그런 인물이 아니다. 유다가 오랜만에 만난 그의 옛 친구이자 이 소설의 일인칭 화자로 등장하는 시므온이라는 인물을 상대로 하여 털어놓는 다음과 같은 불평을 들어 보면 그가 예수에게 왜 실망하게 되었는지, 왜 불만을 품게 되었는지 알 수 있다.

"그에게는 능력이 있어. 그러나 그 능력을 정작 써야 할 곳에는 쓰지 않고 있네. 세상이 썩어 시궁창 냄새가 나는 판인데 어느 하세월에 문둥병이나 혈루증 따위의 병을 고쳐주고 있단 말인가? 시궁창의 밑바닥을 파헤쳐서 없애야 해. 그는 입을 열기만 하면 사랑하시오 사랑하시오 하고 말하네. 그러나 사랑하기 전에 먼저 원수를 쳐 물리치고 그다음에 신음하는 내 동족의 아픔을 싸매고 어루만져 줘야 하는 게 아닐까?"[9]

유다가 이런 실망과 불만에 사로잡혀 있는 동안, 유대교 성직자 집단은 예수를 체포하여 제거하고자 하는 계획을 세우고 그 실행에 착수한다. 이런 사실을 알게 된 유다는 비상한 결심을 한다. 성직자 집단에 협조하여, 예수가 체포당하도록 만들려는 결심이다. 그가 이런 결심을 하게 된 것은, 아무리 사랑 타령만 계속해 오고 있는 예수라 해도 정작 자신이 체포당하여 처형대에 서게 되는 위기에까

9 　백도기, 『우리시대 우리작가 15: 백도기』(동아출판사, 1987), pp.100~101.

지 내몰린다면 생각을 바꾸고 노선을 변경할 수밖에 없지 않겠는가 하는 기대감이었다. 그 기대감을 유다는 시므온에게 다음과 같은 말로 표현한다.

"스승은 너무나 순진해. 이 세상의 악이 얼마나 견고하고 교활하고 뿌리 깊은 것인지를 모르고 있네. 나는 스승을 그 악과 직접 대결시켜 보고 싶었네. 죽느냐 사느냐 하는 절박한 상황에서 말일세. 그러면 사랑이란 얼마나 무력한 것인가를 절감할 수 있게 되겠지."[10]

유다가 성직자 집단에 협조한 결과 예수는 정말로 체포당하게 된다. 하지만 그 이후의 사태는 유다의 기대를 산산이 깨어 부수는 방향으로 전개된다. 예수는 체포된 다음에도 그의 노선을 변경하지 않는다. 그리고 마음만 먹으면 이적을 행하던 그의 놀라운 능력을 전혀 발휘하지 않는다. 무저항의 자세로 사형 선고를 받고 십자가를 짊어진 채 처형장으로 향하는 것이다. 이럴 때의 예수의 모습은 다음의 인용에서 보듯 허약하기 이를 데 없는 것으로 모든 목격자들에게 비쳐진다.

얼마 못 가서 예수는 십자가의 무게를 지탱하지 못하고 비틀거리다가 쓰러졌다. 로마 병사가 그를 채찍으로 후려쳤다. 억지로 일어나서

---

10 위의 책, p.134.

몇 걸음 걷다가 다시 쓰러졌다. 그는 채찍을 맞고 다시 일어섰다. 그러나 또 쓰러졌다.[11]

사태가 이런 방향으로 전개되자, 유다는 자살을 결행하고 만다. 자살을 결행하기에까지 이르는 동안 그의 마음속을 오고간 상념이 어떤 것이었는지 소설은 구체적으로 말해 주지 않고 있다. 단지 일인칭 화자인 시므온에 의한 다음과 같은 추측이 제시되고 있을 뿐이다.

> 그는 스스로 이 세상의 운명을 쥐려고 했다. 그래서 자기 나름의 완벽한 계획을 세웠다. 그런데 그 계획은 와해되었다. 그래서 아주 절망한 자들이 걸을 수밖에 없는 유일한 길을 택했다. 그는 자신을 너무 신뢰했으므로 자신이 저지른 잘못을 도저히 용납할 수 없었던 것이리라.[12]

소설 속에 제시되고 있는 유다의 인간상이 어떤 것인지를 고려해 보면, 위와 같은 시므온의 추론은 상당한 설득력을 갖고 있는 것처럼 생각된다.

지금까지 백도기의 소설 『가룟 유다에 대한 증언』의 개요를 간단하게 정리해 보았다. 이 작품을 대하면서 우리가 가장 먼저 느끼

---

11 위의 책, p.152.
12 위의 책, p.155.

게 되는 것은 작가의 패기가 만만치 않다는 점이다. 앞에서 이미 말했던 것처럼 '배신자 유다 이야기'를 바탕으로 한 새로운 작품의 창작이라는 과제에는 이미 전 세계적인 범위에서 수많은 선배 문인들이 도전한 바 있었고 그 결과로 창출된 성과도 결코 적은 편이 아닌데 굳이 이런 과제를 다시 한번 선택하여 정공법으로 도전한다는 것은 남다른 패기를 지닌 작가가 아니라면 불가능한 일이다.

이처럼 작가가 남다른 패기를 가지고 오래 된 소재에 새롭게 도전한 결과로 태어난 『가롯 유다에 대한 증언』은 많은 독자들에게 상당히 깊은 인상을 남겨주는 데 성공하고 있는 것으로 생각된다. 정의에 대한 열정 때문에 가장 정의롭지 못한 것으로 간주되어 마땅한 배신자의 길을 선택하고 그 선택으로 인해 결국 자기 자신을 파멸시키고 마는 인간의 모습을 목도하면서 많은 독자들이 받게 되는 감명은 결코 가벼운 것일 수 없다. 복음서를 보면 유다가 예수를 배신하게 된 동기에 대한 설명으로는 사탄이 유다의 마음속에 들어간 것(「누가복음」 22장 3절)이라느니 마귀가 유다에게 못된 생각을 집어넣은 것(「요한복음」 13장 2절)이라느니 하는 식의 간단하면서도 상투적인 언급밖에 나오지 않는데 백도기는 이런 수준의 언급이 만들어낸 텅 빈 공간을 '정의에 대한 유다의 열정'이라는 참신하면서도 의미심장한 착상을 가지고 채워 놓으면서 인간 윤리의 근본 문제와 관련된 무게 있는 질문을 효과적으로 제기하고 있으며 그렇게 함으로써 작품에 상당한 무게를 부여하고 또 독자들의 마음을 움직이는 데 성공하고 있는 것이다.

그리고 백도기는 유다와 관련된 자신의 착상을 하나의 '소설

작품'으로 구체화시키는 과정에서 시므온이라는 인물을 만들어내고 그에게 화자의 지위를 부여하면서 이야기를 끌어가는데, 이러한 방법이 작품 전체에 상당한 수준의 긴장감을 불어넣어 주고 있다. 사실 유다와 관련된 사건의 기본적인 전개와 결말은 기독교에 관한 초보적 수준의 지식만 있으면 누구나 다 아는 것이어서 그것을 가지고 긴장감 있는 소설적 전개를 펼쳐나간다는 것은 노련한 작가에게도 쉬운 일만은 아닐 터인데 백도기는 시므온이라는 화자의 설정과 그 효과적인 운용을 통해 이러한 과제를 무리 없이 달성하고 있는 것으로 보인다.

그러나 이 소설에 한계가 없는 것은 아니다. 무엇보다도, 유다가 주장하는 '정의'와 대립하면서 궁극적으로 그것을 넘어서는 원리로 소설 속에서 상정되고 있는 예수의 '사랑'이라는 것에 대해 작가가 지나치게 소박하고 무비판적인 절대 지지 · 절대 존중의 자세를 취하고 있는 것으로 보인다는 점을 문제점으로 지적하지 않을 수 없다. 작가인 백도기가 또 한편으로 목사의 신분을 가지고 있다는 사실을 감안하면, 소설에서 이러한 입장이 강력하게 드러나고 있다는 사실이 이해되기는 한다. 하지만 이해가 된다고 하여, '소설'로서의 『가룟 유다에 대한 증언』을 논의하고 그 작품의 '문학적' 성취를 평가하는 자리에서, 작품의 그러한 특징을 그대로 긍정하기는 어려운 노릇이다. 그러한 특징을 그대로 긍정하기에는, 예수의 '사랑'에 대한 작가의 절대 지지 · 절대 존중을 뒷받침해 줄 수 있는 '소설적' 장치가 너무나 허술하다.

기독교 문제에 대한 탐구와 좌파 진영에 대한 비판
—이문열의 『호모 엑세쿠탄스』

이문열이 1979년에 발표한 장편소설 『사람의 아들』은 기독교적 구원의 문제에 대한 탐구를 상당히 높은 수준에서 행해 보인 작품이었다. 이 작품은 당시의 문단으로부터 호의적인 평가를 받았을 뿐 아니라, 일반 독자들로부터도 큰 호응을 불러일으킨 바 있다. 이문열은 이 작품을 발표함으로써 진지성의 무게와 대중적인 명성을 함께 갖춘 작가로서의 지반을 확립했다고 할 수도 있을 것이다.

그런데 이문열은 『사람의 아들』을 발표한 이후 많은 분량의 소설들을 꾸준히 썼지만 기독교적인 문제를 전면적으로 다룬 작품에는 좀처럼 다시 손을 대지 않았다. 이런 점 때문에 어떤 사람들은 "기독교 문제는 이문열의 문학세계 속에서 어떤 의미를 갖는 것인가? 고작해야 다양한 지적 관심의 표출 대상 가운데 하나라는 정도에 불과한가?"라는 의문을 품게 되기도 했다.[1]

---

[1] 이런 의문을 품었던 사람들 가운데에는 나 자신도 포함된다. 이동하, 『한국소설과 기독교』(국학자료원, 2003), p.105 참조. 나보다 앞서서 이보영이 이문열의

그러던 차, 2006년에 이르러, 이런 의문을 해소시킬 수 있게 하는 작품이 발표되었다. 세 권이라는 큰 부피를 갖춘 장편『호모 엑세쿠탄스』(민음사)가 그것이다. 생소한 느낌을 주는 이 작품의 제목 '호모 엑세쿠탄스(Homo Executans)'는 '처형하는 인간'이라는 뜻으로 이문열 자신이 만들어낸 조어(造語)이다.

이 작품은 기독교 문제를 전면적으로 다루려는 의욕을 보인 소설이라는 점에서『사람의 아들』과 동일한 면모를 갖는다. 이 작품을 보면, 이문열이『사람의 아들』이후 오랫동안 기독교 문제를 전면적으로 다룬 작품을 쓰지 않았지만, 내면적으로는 이 주제에 대한 관심을 줄기차게 유지해 왔으며, 그 관심의 수준은 '다양한 지적 관심의 표출 대상 가운데 하나라는 정도'보다 현저히 높은 것임을 확인할 수 있다.

그와 같은 지속적 관심의 소산으로 태어난『호모 엑세쿠탄스』를『사람의 아들』과 나란히 놓고 읽어 보면, 근 30년의 세월을 격하여 서로 떨어져 있는 소설들답게 작품 속에 나타난 의식의 세목에서는 양자간에 얼마쯤의 차이가 존재하지만, 그보다는 동질성 내지 지속성이 더욱 큰 비중을 가진다는 사실을 알 수 있다. 특히 겉이야기와 속이야기의 이중 구조를 가지고 있는『사람의 아들』에서 속이야기에 초점을 맞추고서 검토해 보면, 이 작품과『호모 엑세쿠탄스』는 전편과 후편의 관계로 이어진다는 판단이 가능해

'딜레탕티즘'을 지적한 일도 있다. 이보영, 『한국소설의 가능성』(청예원, 1998), p.60.

짐을 확인하게 된다.

『사람의 아들』의 속이야기는 '신의 아들'인 예수와 '사람의 아들'인 아하스 페르츠 사이의 대결을 중심축으로 하여 펼쳐지고 있거니와, 그 이야기의 끝부분에서 예수는, 비록 이번에는 십자가에 못 박혀 죽지만 훗날 다시 이 세상에 재림할 것이라고 장담한다. 아하스 페르츠는 예수의 그 말을 듣고 큰 충격을 받는다. 그런데 이러한 사태에 직면하자, 일찍이 야웨에 대항하여 일어서면서 인간들 가운데 아하스 페르츠를 선택하여 예수와 맞서도록 만들었던 '위대한 지혜'라는 이름의 신이, 사태를 이대로 두었다가는 자신이 일방적인 패배를 당할 수밖에 없다는 사실을 인식하고, 아하스 페르츠에게 시공을 초월하는 능력을 부여한다. '위대한 지혜'의 그러한 조치 덕분에, 아하스 페르츠는 예수가 재림할 때를 기다려 그와 재대결을 벌일 수 있게 된다.

『사람의 아들』에서 재림에 관한 언급은 이 정도로 나오고 멈추거니와, 『호모 엑세쿠탄스』는, 일찍이 장담했던 대로 이 땅에 다시 온 예수와, 그가 재림하기만 하면 다시 한번 대결을 벌이려고 기다려 왔던 아하스 페르츠 사이에서 벌어진 제2회전의 이야기로 읽힐 수 있다.

그런데 『호모 엑세쿠탄스』를 실제로 읽어 보면, 그 사이에 중요한 변화가 일어났음이 확인된다. 원래 『사람의 아들』에서 나타났던 것은 예수 대 아하스 페르츠의 대립이라는 2자 대결의 구도였다. 그런데 이들 양자가 제2회전을 벌이게 된 『호모 엑세쿠탄스』의 세계로 오면, 그것은 3자 대립의 구도로 바뀐다. 그리스도의 진영,

적(敵)그리스도의 진영, 그리고 이들 양자 모두를 '처형'의 대상으로 삼는 '호모 엑세쿠탄스'의 진영 등 3자가 대립하는 구도로 변경되는 것이다.

이런 구도를 갖고 있는『호모 엑세쿠탄스』속에서 벌어진 일들을 사건 차원에서 간략하게 요약하면, 재림한 예수로 추정되는 보일러공을 적그리스도 진영 쪽에서 살해하는 사건이 먼저 일어나고, 재림 예수를 추종하던 사람들이 복수의 차원에서 적그리스도 진영의 우두머리들을 자살 테러로 살해하는 사건이 뒤따른 것으로 정리된다.

그런데 작품을 면밀하게 읽어 보면, 사태의 심층적 진실은 좀더 복잡하다는 것을 알 수 있다. 즉 먼저 일어난 사건은 알고 보면 호모 엑세쿠탄스들이 적그리스도 진영을 도구로 삼아 그리스도를 처형한 것이었고, 다음에 일어난 사건은 역시 같은 호모 엑세쿠탄스들이 그리스도 진영을 도구로 삼아 이번에는 적그리스도를 처형한 것이었다. 이것은 무척 난해하고도 은밀한 계획 및 실행의 과정을 거친 것이어서, 사건이 진행되는 과정에서는 잘 드러나지 않으며, 드러난 이후에도 쉽게 이해되지 않는다.

『사람의 아들』에서 우리가 보았던 예수 대 아하스 페르츠의 2자 대립 구도는 간명하고 이해하기 쉬웠던 반면,『호모 엑세쿠탄스』에서 이야기되고 있는 3자 대립의 구도는 이처럼 난삽하다. 그렇다면 작가가 굳이 이처럼 난삽한 구도를 만들어서 작품화한 것은 무슨 이유에서일까?

이 물음에 답하기 위해서는『사람의 아들』이 써졌던 시대와『호모 엑세쿠탄스』가 써진 시대 사이에 놓여 있는 상황 면에서의 차이를 감안해야 한다. 『사람의 아들』이 써졌던 시대와 달리, 『호모 엑세쿠탄스』의 시대에 이르면, 마르크스주의의 유산을 적극 수용한 좌파의 힘이 무척 커져서, 이제는 그것 자체가 하나의 또다른 신으로 군림하기에 이른 것과 마찬가지인 상황이 되었다는 것이, 작가의 인식인 듯하다. 이문열은 본래 투철한 동양주의자 혹은 전통주의자의 입장을 견지하고 있는 사람이며, 『사람의 아들』에서도 그런 입장에 서서 기독교와의 정신적 대결을 수행한 터이거니와, 이런 입장에서 보면, 마르크스주의적 좌파 역시 비판받아 마땅한 존재가 아닐 수 없다. 결국 『호모 엑세쿠탄스』에서 이문열은 동양주의자 혹은 전통주의자의 입장에서, 기독교도 비판하고 좌파도 비판하는 양면작전을 수행하지 않을 수 없게 된 형국이며, 바로 이런 이유에서 저 복잡한 3자 대립의 구도가 만들어진 것이다.

그런데 이문열이 보기에, 이처럼 상호 대립하는 세 개의 진영 가운데서 가장 심각한 문제점을 가지고 있는 것은 좌파 진영이다. 그것은 전통주의자의 입장에서 볼 때 마땅히 대항해야 할 서양문명의 한 하위개념인 마르크스주의라는 것을 기반으로 삼고 있을 뿐만 아니라, 그것 자체로서도 자못 난폭하며 인간말살적인 성격을 지니고 있다는 것이 작가의 판단이다. 이러한 그의 판단이 반영된 결과로, 『호모 엑세쿠탄스』 속에 적그리스도 진영의 인물로 등장하는 좌파들은 한결같이 흉폭하거나 음험한 악인들로 그려져 있다. 이들 중 행동대원에 해당하는 인물들은 예외 없이 잔인한 폭력성을 보여주거나 야비하고 천박한 기질을 드러낸다. 그런가 하면 막후의 지휘자에 해당하는 '총재'나 '대표' 같은 사람들은 으스스한 유령이나 기계의 이미지를 풍기는 비인간적 존재로서 또다른 차원의 악을 구현하고 있는 인물로 나타난다.

대략 이상과 같은 윤곽을 지니고 있는 『호모 엑세쿠탄스』는, 부분적으로 다소 논란이 될 만한 점을 안고 있기는 하지만, 근자에 보기 드문 기독교적 문제 탐구의 깊이와 정치적 현실의 심층에 대한 천착의 집요함이 돋보이는 역작이라고 하지 않을 수 없다. 이 작품에서 우리는 "인류 문명사 혹은 정신사의 큰 틀을 어떻게 이해하고 어떤 방식으로 거기에 대응할 것인가?"라는 질문과 곧바로 이어지는 거대한 주제를 자신의 과제로 삼아 씨름하는 작가의 치열한 문제의식과 패기를 새삼 느낄 수 있다. 기법적인 측면에서 이 작품이 사실적 소설과 환상소설 사이의 경계선을 자유롭게 넘나드는 작가의 노련한 솜씨를 보여준 것도 기억될 만한 점이다.

기독교 교회는 「사도신경」을
계속해서 고수할 것인가
—최원영의 『예수의 할아버지』

기독교 교회에서 핵심적인 텍스트로 떠받드는 것 가운데 하나로 「사도신경(使徒信經)」이 있다. 다음은 그 전문(全文)이다.

전능하사 천지를 만드신 하나님 아버지를 내가 믿사오며,

그 외아들 우리 주 예수 그리스도를 믿사오니,

이는 성령으로 잉태하사 동정녀 마리아에게 나시고,

본디오 빌라도에게 고난을 받으사, 십자가에 못 박혀 죽으시고,

장사한 지 사흘만에 죽은 자 가운데서 다시 살아나시며,

하늘에 오르사, 전능하신 하나님 우편에 앉아 계시다가,

저리로서 산 자와 죽은 자를 심판하러 오시리라.

성령을 믿사오며,

거룩한 공회와, 성도가 서로 교통하는 것과,

죄를 사하여 주시는 것과, 몸이 다시 사는 것과,

영원히 사는 것을 믿사옵나이다. 아멘.

지금은 21세기에 들어선 지도 한참이 지난 시점이지만, 지금도 여전히 대부분의 기독교 교회에서는 예배 의식 때마다 이「사도신경」을 전 교인이 필수적으로 봉독(奉讀)하게 되어 있다. 이것이 과연 이치에 합당한 일인가? 하나만 예를 들어서 따져 보자. "하늘에 오르사, 전능하신 하나님 우편에 앉아 계시다가, 저리로서 산 자와 죽은 자를 심판하러 오시리라"라니, 이 무슨 뚱딴지 같은 소리인가? 이런 뚱딴지 같은 소리를 지금도 대부분의 기독교 교회에서 예배 의식 때마다 봉독하고 있단 말인가? 그리고「사도신경」속에 예수의 생전 행적과 예수가 강조했던 사랑의 정신에 대한 언급은 왜 전무(全無)한가?─이것은, 많은 사람들이 품을 만한 의문이다.

이러한 의문을 품은 많은 사람들 가운데, 최원영이라는 인물이 있었다. 그는 이러한 의문을 출발점으로 삼아, 한 편의 소설을 썼다. 『예수의 할아버지』가 그 소설이다. 이 소설의 본문 속에 그는 자신이 생각한 '더 나은'「사도신경」의 텍스트를 기록해 두었다. 그 텍스트의 전문은 다음과 같다.

　　존재의 근원이신 하나님을 내가 믿사오며, 선한 목자 예수님을 따르오니
　　이는 병든 자를 고쳐 주시고, 마음이 가난한 자는 복이 있다 하시고,
　　안식일이 사람을 위해 있다 하시고, 원수를 용서하셨는데
　　이를 용서하지 못하는 사람들에게 고난을 받으사
　　십자가에 못 박혀 죽으시고, 장사한 지 사흘만에 제자들에게 다시 살아나시어

생명의 확장과 사랑의 충만으로 하나님의 빛을 온 세상에 비추셨나이다.

이제 예수님이 내 안에 계시어, 내가 부활의 증인이 되는 것과
모든 생명이 서로 통하는 것과, 우리가 이 땅에 사는 동안
서로 사랑함으로 영원히 사는 것을 믿사옵나이다. 아멘.[1]

그리고 소설 속에 나오는 이 텍스트의 다음 자리를 보면 이 텍스트를 작성한 주체는 "예수님의 제자 마리아, 수산나, 도마, 시몬, 빌립"이라는 사실이 기록되어 있다.

최원영이 『예수의 할아버지』의 앞자리에 써 놓은 서문을 보면, 그는 2014년 터키의 이즈니크 호수 밑에서 옛날의 성당이 발견된 사건으로부터 힌트를 얻었던 모양이다. 그 사건은 소설의 본문 속에 다음과 같은 신문기사의 형태로 기록되어 있다.

영국의 고고학자들이 터키 북서부 지중해 연안의 관광도시 이즈니크의 호수 밑에서 4세기에 세워진 대성당을 발견했다.

(…) 이즈니크는 바로 기독교 최초의 공의회가 개최된 고대도시 니케아의 새로운 이름이다. 니케아 공의회는 AD 325년 당시 신학자들이 예수님에 대한 치열한 교리적 다툼을 계속하자 로마 황제 콘스탄티누스가 직접 회의를 주재하여 결론을 낸 니케아신경으로 유명하다.[2]

---

1   최원영, 『예수의 할아버지』(좋은땅, 2020), pp.301~302.

최원영은 이 기사를 접하고, 자신의 상상력을 적극적으로 발동시켰다. 그리하여, 그 성당의 문서고(文書庫)에서 오늘날 우리에게 「사도신경」으로 알려져 있는 텍스트보다 훨씬 이전의 시점에서 작성되었고 그 작성자들의 이름까지 명시되어 있는 텍스트가 발견되었다, 그 텍스트의 본문이 바로 "존재의 근원이신 하나님을…"로 시작되는 위의 글이다, 라는 식으로 이야기를 만들어낸 것이다.

　　이것은 주목해서 볼 만한 가치를 지니고 있는 착상이다. 「사도신경」의 개선된 버전을 소설 속에 제시하기 위한 방편으로서 이보다 더 자연스러운 것은 생각하기 어렵다고 느껴질 정도로 재치와 신선함이 돋보이는 착상이다.

　　그런데 만약 소설 속에 제시되어 있는 이즈니크 호수 밑 성당의 문서고에서 발견된 텍스트가 현재 일반적으로 받아들여지고 있는 「사도신경」보다 더 오래되고 더 권위 있는 문서로 확인된다면 전 세계의 기독교 교회에서 「사도신경」을 이 문서로 대체해야 하는 문제가 발생할 터이니, 아무리 소설 속의 허구적 사건 전개라고는 하지만 이것은 좀 감당하기 어려운 방향으로 가는 것이 아니겠는가?

　　최원영은 이러한 염려가 생겨날 수 있음을 예상하고, 그런 염려를 불식시킬 수 있는 묘안도 이미 소설 속에 마련해 놓았다. 소설의 끝부분 가까이에 이르러, 새로 발견된 텍스트가 알고 보니 후대의 위작(僞作)일 가능성이 있는 것이었다는 시사를 던져 놓고는, 그

2　위의 책, pp.38~39.

문제에 대한 최종적인 결론이 전문적인 학자들에 의해 확인되기 이전의 시점에서 소설을 종결짓고 있는 것이다.

지금까지 「사도신경」 텍스트의 문제와 관련하여 『예수의 할아버지』라는 소설의 일단을 짚어 보았거니와, 『예수의 할아버지』는, 이 문제 이외의 측면에서도 기독교의 현재 및 미래와 관련하여 다양한 성찰을 가능하게 해 주는 작품이다. 작가의 진지한 고민과 열린 시각을 높이 평가할 만하다.

죽음과 박해의 땅으로 되돌아가기

—그레이엄 그린의 『권력과 영광』

주민들 가운데 다수가 가톨릭 신앙을 지니고 살아 온 어떤 지역[1]
이 있다. 이 지역에 공산주의 혁명이 일어나, 세상이 뒤집어진다.
새로 절대적 권력을 가지게 된 공산주의자들은 이 지역에서 가톨릭
을 박멸하기로 결심한다. 이제부터 이 지역에서 신부는 잡히기만
하면 사형에 처해지게 된다. 단, 신부라도 배교(背敎)의 증거로 결
혼을 하고 사람들로부터 경멸당하면서 지내는 처지를 받아들이면
그럭저럭 살아갈 수 있다. 호세라는 이름의 늙은 신부는 이 길을
택한다. 다른 대부분의 신부들은 이 지역을 벗어나 탈출한다. 얼마
가 지난 후, 이 지역에는 단 한 명의 신부밖에 남아 있지 않게 된다.
그 한 명의 신부는, 가톨릭의 믿음을 남몰래 지켜 가는 신도가 이

---

1 소설 속에서 이 '지역'은 멕시코의 타바스코주(州)로 설정되어 있으나 이러한
　　지리적 배경에 특별한 의미를 부여할 필요는 없다. 카뮈의 『페스트』가 알제리의
　　오랑을 무대로 삼고 있지만 실제의 오랑과 관계가 없듯 『권력과 영광』도 실제의
　　멕시코와는 별 관계가 없다. 두 소설 모두에 있어서 정말로 중요한 것은 작가가
　　작품을 통해서 전하고자 하는 사상적 메시지이지, 무대가 되는 지역의 역사적
　　현실을 사실적으로 반영하는 것이 아니다.

지역에 여전히 존재하는 한 성직자의 사명과 책임을 포기할 수 없다는 생각에서 목숨을 걸고 남은 것이다.

여기까지 기술된 내용을 읽고 난 사람은 누구라도 그 한 명의 신부를 영웅적인 인물로 상상할 것이다. 하지만 그 사람은 영웅과는 거리가 멀다. 영웅과는 정반대되는 유형의 인간이라고 해도 과언이 아닐 정도이다.

그는 늘 무서움에 떨면서 지낸다. 그의 공포와 고뇌를 달래줄 수 있는 것은 술뿐이다. 그가 술을 찾아다닌다는 것이 세상에 알려져서, 그에게는 '위스키 신부'라는 별명이 붙는다. 하지만 극도로 금욕적인 생활을 모든 주민들에게 강요하는 공산주의 정권 아래에서는 술을 구하는 것도 힘들어서 그는 이중으로 고생이 많다.

그에게는 자식도 있다. 언젠가 한 번 술에 취한 상태에서 파계를 해 버렸는데 그 결과로 딸이 태어난 것이다. 딸에게 그는 절절한 부성애를 느낀다. 하지만 그의 처지에서는 딸도, 그 딸의 어머니도 돌보아줄 수가 없다. 그는 늘 도망만 다녀야 하는 신세이니까.

공포와 도망의 나날만 이어지는 삶에 그는 드디어 지치고 만다. 그는 이 지역을 떠나기로 결심한다. 이루 말로 표현할 수 없을 정도의 고생을 겪고 여러 번 죽을 고비를 넘긴 끝에 드디어 그는 지역 경계선을 넘어 안전지대로 들어선다. 새로 찾아간 곳에서 그는 공개적으로 미사를 집전할 수 있게 된다. 이제는 자유다. 해방을 얻었다. 세상 사람들이 그를 보는 시선에서도 경의(敬意)가 느껴진다. 그는 여기서 머무르지 않고 다시 대도시에로 나아가 의욕적인, 아니 야심적인 성직자로서의 새 삶을 시작하려고 한다.

그런 판에, 과거 그가 도망자의 신세로 허덕일 때 집요하게 그를 따라다니던 염탐꾼이 다시 그를 찾아온다. 강도와 살인의 혐의로 현상 수배를 받아 오던 어떤 자가 경찰과의 총격전 끝에 치명적인 부상을 입고 죽어가면서 마지막으로 신부를 찾고 있다는 것이 그의 전언이다. 신부는 이것이 교묘하게 만들어진 함정임을 직감한다. 함정임을 눈치챘으니, 그런 전언 따위는 무시해 버리면 그만인가? 아니다, 그럴 수는 없다. 신자가 죽어가면서 신부를 찾고 있는데 자기의 생명이 위험하다고 해서 그것을 외면할 수는 없다. 신부는 염탐꾼을 따라서, 자기가 탈출해 왔던 그 무시무시한 지역으로 되돌아간다. 그 살인자를 만나 그의 임종을 지켜준다. 그리고는 진작부터 잠복해 있던 경찰에게 체포되어, 처형당한다. 이로써 그는 순교자의 반열에 오르게 된다.

지금까지 내가 적어 온 것은 영국 작가 그레이엄 그린이 1940년에 발표한 장편『권력과 영광』의 간략한 줄거리이다. 위와 같은 줄거리만 보아도 알 수 있는 것처럼 '위스키 신부'라는 별명으로 불리는 이 소설의 주인공은 여러 가지 인간적 약점을 가지고 있다. 그는 술에 과도하게 의존하고 있으며, 비록 취한 상태에서이기는 했지만 신부로서의 가장 무거운 계율을 어기고 성관계를 하여 자식까지 낳은 경험을 가지고 있기도 하다. 그는 겁이 많다. 얼마나 겁이 많은가 하면, 총탄을 맞고 처형당할 때 신체적인 고통이 오래 가지 않을까 하는 것이 두려워서, 자신을 체포한 경위에게 체면도 잊고 그 점에 대해 물어보기까지 할 정도이다.

하지만 이러한 인간적 약점들에도 불구하고 그는 고귀한 존재이다. 다른 신부들이 모두 도망치거나 권력자들에게 굴복해 버린 땅에 목숨을 걸고 홀로 남은 그를 고귀한 존재라고 말하지 않을 수 있는가? 홀로 남은 그는 가톨릭 사제로서의 의무를 최선을 다해 수행한다. 그 땅에서 묵묵히 하느님을 우러러보며 살아가는 순박한 평신도들을 차마 버릴 수 없다는 마음 하나 때문에 그는 자신을 송두리째 위험의 한복판으로 던지는 것이다.

이런 그도 한때는 지칠 대로 지친 나머지 그 땅을 벗어나고자 하는 생각을 내고 그 생각을 실행에 옮기기까지 했다. 하지만 어느 누가 이 점 때문에 그를 나무랄 수 있겠는가? 그가 탈출을 시도한 적이 있다는 사실이야말로 그가 도식적인 성인전(聖人傳) 부류에 나오는 화석 같은 존재가 아니라 우리와 마찬가지로 살아 숨쉬는 인간이며 바로 우리의 이웃일 수 있다는 사실을 보여주는 증거가 아니겠는가?

그리고 이 대목, 즉 그가 탈출을 시도했고 거기에 성공하기까지 했음을 독자들에게 알려주는 대목에 곧장 뒤이어서 나오는 장면을 우리는 각별한 관심을 갖고 주목해 볼 필요가 있다. 그 장면은 위에 제시된 줄거리 요약 부분에서 언급된 바 있듯 염탐꾼이 전해 주는 말을 듣고 그가 겨우 벗어났던 저 죽음과 박해의 땅으로 되돌아가기로 결심하는 장면이다. 그는 염탐꾼의 전언에 함정이 들어 있음을 인식한다. 염탐꾼의 말을 무시하고 원래 예정했던 것처럼 대도시로 올라가 가톨릭 사제로서의 출세 코스를 밟아 나가면 아무런 문제도 일어나지 않을 것임을 인식한다. 염탐꾼의 전언을 받아들여 되돌아갔다가는 결국 붙잡히고 죽임을 당하게 되리라는 것을 명료하게 인식한다. 그 모든 인식을 종합하여 그가 내리게 되는 결론은, 되돌아가는 것이다. 이런 결론을 내리면서 그는 일종의 유쾌한 감정을 느낀다. 놀라운 일이 아닌가! 여기서 소설의 본문을 조금 인용해 보기로 하자.

> 이상하게도 기분이 퍽 좋았다. 이렇게 평화로움을 느끼리라고는 예기치 못했던 일이었다. (…) 그는 무슨 노래 하나를 휘파람으로 불기 시작했다. 언젠가 어디서 들었던 노래였다. "우리 마당에서 장미 한 송이를 보았네." 그만 환상에서 깨어나야 할 것 같았다.[2]

소설의 텍스트 속에서 이 부분은 아무런 눈에 띄는 장치도 없이 덤덤하게 처리되어 있기 때문에 무심하게 읽다 보면 이 부분을 그냥 넘어가기 쉽다. 하지만 이 부분이야말로 위스키 신부의 내면에 깃든 고귀함의 진면목을 가장 선명하게 드러내 주는 부분이 아닐까 싶다. 그렇게 겁이 많은 그가, 체포와 죽음을 예견하지 않을 수 없는 길로 들어서면서, 유쾌함을 느끼는 것이다. 출세의 길이 아니라 순교의 길을 선택하는 것이 성직자의 본분임을 그는 통찰하고 있기 때문이다. 그 통찰은 복잡한 사고의 과정을 거쳐서 오는 것이 아니다. 윤리적인 당위 명제로서 다가오는 것도 아니다. 순전히 직관적인 깨달음으로 그것은 온다. 그렇기 때문에, 그 순간에 누군

---

2 그레이엄 그린, 『권력과 영광(외)』(이정은 역, 학원사, 1982), p.192.

가가 그에게 왜 당신은 지금 유쾌함을 느끼는가라고 묻는다면 그는 아무런 대답도 하지 못할 것이다. 하지만 대답을 하지 못하는 바로 그 지점에, 아니, 대답을 할 수 있느냐 없느냐라는 차원을 아예 넘어서는 지점에, 위스키 신부가 지닌 고귀함의 핵심이 들어 있는 것이라고 생각된다. 이런 고귀함을 간직한 인간으로서 그는 당당하게 되돌아오고 당당하게 죽는다. 겉으로 보면 신체적인 고통이 오래가지나 않을까 두려워할 만큼 겁이 많은 인간으로 죽는 것이지만 내적으로 보면 고귀한 순교자로서 당당하게 죽는 길을 스스로 선택하여 가는 것이다. 이것이야말로 그를 죽인 자들의 '권력'에 맞서고 궁극적으로는 그것을 이겨낸 그의 '영광'이 아니겠는가.

연민의 마음에서 자살로 나아간 사람

—그레이엄 그린의 『사건의 핵심』

그레이엄 그린은 1948년에 한 편의 신작 장편소설을 발표하면서, 그 작품의 제목을 *The Heart of the Matter*라고 붙였다. 이 작품의 제목으로 사용된 'the heart of the matter'라는 표현은 소설의 본문 속에 한 차례 등장한다. 주인공인 50세의 경찰관 스코비가 "이렇게 불행에 차 있는 세계에서 행복을 찾는 것은 얼마나 불합리한 일인가?"라는 의문에 사로잡힌 채 밤길을 산책하는 장면에서이다. 이 장면을 보면, 그는 인간들이 살고 있는 이 세계 전체가 얼마나 지독한 비참과 부조리로 뒤덮여 있는가를 고통스럽게 확인하면서, 만약 'the heart of the matter'에 도달한 사람이라면, 얼핏 보기엔 멀리서 평화스럽게 빛나는 것으로만 여겨지는 밤하늘의 별들에 대해서조차도 연민을 느끼게 되지 않을까 하는 물음을 스스로에게 던져보는 것이다.

소설의 본문 속에서 'the heart of the matter'라는 말이 위와 같은 방식으로 나타나고 있는 것을 볼 때, 나로서는, 이 소설의 한국어 번역본들이 하나같이 작품의 제목을 『사건의 핵심』이라 옮기고 있는 것은 재고해 볼 필요가 있지 않을까 하는 생각이 든다. 『사건의 핵심』보다는 『사물의 핵심』이나 『사태의 핵심』이 더 나은 번역이 아닐까? 하긴 내가 읽은 이군철 번역의 텍스트에서는, 제목은 관행에 따라 『사건의 핵심』이라고 붙였으면서도 본문의 해당 대목에서는 'the heart of the matter'를 '사물의 핵심'이라는 말로 옮겨놓은 것을 볼 수 있다.[1]

제목과 관련된 논의는 이 정도로 하고, 작품 자체에 대한 이야기에로 넘어가 보자. 이 작품의 주인공은 앞에서도 말했던 것처럼 경찰관이다. 시간적 배경은 제2차 세계대전이 진행되고 있는 시기이며, 공간적 배경은 그 당시 영국의 식민지였던, 서아프리카에 위치하고 있는 시에라리온이다. 주인공 스코비는 이곳에서만 15년을 근무해 온 고참 영국인 경찰 간부로서 풍부한 현장 경험과 높은 윤리적 품성을 갖고 있는 인물이며, 가톨릭 신자이다. 앞에서 그가 'the heart of the matter'를 아는 인간이라면 밤하늘의 별들에 대해서조차도 연민을 느끼게 되지 않을까 하는 물음을 스스로에게 던지는 장면을 언급했지만 실제로 그의 개성을 이루는 가장 중요한 인자가 바로 이 '연민'의 감정이다. 좀더 구체적으로 말하자면, 세상의 온갖 불행한 사람들에 대하여 남달리 강한 연민의 감정을 느끼고 그러한 감정에 기초한 행동에로 나아가곤 하는 인물이 바로 이 스코비인 것이다. 소설은 이러한 스코비가 여러

---

1   그레이엄 그린/D. H. 로렌스, 『사건의 핵심/여우/죽은 사나이』(이군철 역, 범한 출판사, 1984), p.130.

복잡한 갈등을 거친 끝에 결국 자살에까지 이르게 되는 과정을 보여준다. 대부분의 자살이 비극적인 것이 아닐 수 없는 터이지만, 그의 자살은, 그가 자살을 절대적인 금기로 삼고 있는 가톨릭의 신앙을 가진 사람이기 때문에, 더욱 강렬한 비극성을 지니고 독자들에게 다가온다.

지금 이 자리에서, 스코비가 자살을 결행하기까지, 소설이 진행되어 가는 과정을 자세히 설명할 필요는 없을 것이다. 다만 우리가 『권력과 영광』을 읽으면서 확인할 수 있었던 그레이엄 그린의 비범한 작가적 역량이 이 작품에서도 유감없이 발휘되고 있다는 사실만 언급해 두면 족하리라. 구성은 빈틈이 없고, 인간과 삶에 대한 통찰은 심오하며, 표현 또한 원숙의 경지를 보여준다.

이처럼 비범한 역량을 발휘하면서 소설을 전개해 나간 작가는 그렇다면 왜 스코비로 하여금 자살을 하게 만드는가? 이 문제 한 가지만 조금 살펴보기로 하자. 그가 처음으로 죽음을 생각하게 되는 대목은 다음과 같이 되어 있다.

그는 다른 사람에게는 행복을, 자기 자신에게는 고독과 평화를 원했다. "나는 이제 이 이상 아무것도 하고 싶지 않습니다." 하고 그는 갑자기 소리 내어 말했다. "만일 내가 죽는다면 아무도 죽은 사람을 필요로 하지는 않습니다. 죽은 사람의 일은 잊어버립니다. 오오, 하느님, 내가 모두에게 불행을 주기 전에 나에게 죽음을 주옵소서."[2]

스코비는 그의 아내인 루이즈와 또 한 사람의 여인인 헬렌에 대하여 똑같이 강렬한 연민의 정과 책임의식을 느끼고 있다. 그런데 자신이 살아 있는 한 이 두 사람은 진정한 행복을 얻을 수 없으며, 자신이 죽으면 그들은 잠시 충격을 받겠지만 조금만 시간이 지나면 자신에 대한 망각을 통한 해방을 얻고 행복의 상태로 나아갈 수 있으리라는 결론에 그는 도달하게 된다. 이러한 결론이 그를 치밀하게 준비된 자살에로 이끌어가는 것이다.

그렇다면 신은 어떻게 되는가? 가톨릭의 신앙을 지닌 사람으로서 그는 신과 관련된 문제를 외면하고 지나갈 수가 없다. 그는 이 문제 앞에서 깊은 고민에 빠진다.

그런데 신과 자신의 관계를 생각할 때 그에게 가장 절실한 고민거리는, 자신이 이른바 불신과 불륜의 죄를 계속 범하는 채로 미사에 참여하여 영성체를 할 때마다 신을 모욕하는 셈이 된다는 점이다. 자신이 그런 모욕의 죄를 저지를 때마다 "매를 맞고 옆으로 비틀거리는 하느님의 얼굴"[3]을 그는 괴롭게 상상한다. 자신이 모범적인 신자라는 자부심을 갖고 있는 루이즈가 스코비도 영성체 행사에 반드시 참석하도록 강요하기 때문에 거기서 빠질 수도 없다. 이 난제 앞에서 오래 고뇌한 끝에 스코비가 도달한 결론은, 자신이 사라지는 것이 신에게도 도움이 되리라는 것이었다.

---

2 위의 책, p.204.
3 위의 책, p.261.

하느님, 당신 또한— 당신도 또 나 때문에 상처를 입으셨습니다. 나는 매달마다 당신을 계속해서 모욕할 수는 없습니다. 나는 크리스마스에—당신의 생일을 축하하러—제단에 찾아와서 허위를 위해, 당신의 피와 살을 받는 것을 견디어낼 수 없습니다. 당신께서 나를 영원히 잃으시면 훨씬 편해지시겠지요. 나는 자신이 하고 있는 일을 알고 있습니다. 나는 자비를 부탁드리는 것이 아닙니다. 나는 그 결과가 어떻게 되는가를 묻지 않고 자기를 저주받은 자로 하려 하고 있습니다. 나는 평안함을 바랐지만 이제는 결코 평안함을 알지 못할 것입니다. 그러나 내가 당신의 손이 닿지 않는 곳에 가면 당신께선 평안함을 얻으실 것입니다. 그때 나를 찾아보려고 바닥을 쓸어 보거나, 산을 넘어 나를 찾아다니신다 해도 소용없을 것입니다. 당신은 영원히, 나를 잊으실 수 있을 것입니다.[4]

물론 이런 결론을 상정해 보게 되었다 하여 스코비가 정말 완전한 확신을 얻게 된 것은 아니다. 어떻게 그럴 수가 있겠는가? 그는 약한 인간으로서, 계속 흔들리고, 주저하고, 다른 가능성은 없는가 자문해 본다. 가톨릭 신자로서, 비록 지옥이라는 것이 문자 그대로의 "불길"이나 "영원한 형벌"은 아닐지 모르지만 "영원히 버려졌다는 느낌"[5]으로서의 지옥이라는 것은 부정할 수 없다는 생각을 가져온 그이기에 그의 고민은 더욱 절실하다.

---

4 위의 책, p.285.
5 위의 책, p.211.

하지만 아무리 생각해도 딴 방법이 없다. 그리하여 마침내 스코비는 치사량의 약을 먹고 자살을 결행한다. 그런데 정작 자살을 결행하는 시점에서조차도 그는 자신의 윤리적 품성을 잃지 않는다. 구체적으로 말하자면 자신이 지닌 '연민의 사람'이라는 특성을 잃지 않는다. 연민의 사람으로서 행동에 나서는 데 주저하지 않았던 자신의 면모를 고스란히 유지한다. 그가 약을 먹은 후 정신을 잃어가는 시점에서 그의 마음속에서 어떤 일들이 전개되고 있었는지를 작가는 다음과 같이 그리고 있는 것이다.

마치 방 밖에 누군가가 있어, 그를 찾으며 부르고 있는 것처럼 여겨졌다. 그리고 그는 자기가 여기에 있다는 것을 알리기 위해 필사의 노력을 했다. 그는 일어나 그의 심장의, 망치로 두드리는 듯한 고동이 대답하는 것을 들었다. 그에게는 전해야만 할 말이 있었던 것이다. 그러나 어둠과 폭풍우가 그것을 그의 가슴 안으로 밀어 넣었다. 그리고 그 사이 내내 집 밖을, 그의 귓속에서 망치로 두드리는 것처럼 고동치는 세계의 밖을, 누군가가 헤매고 다니며 안으로 들어오려고 애쓰고 있었다. 누군가가 그에게 구원을 청하는 소리를 듣고, 희생자의 외치는 소리를 듣자, 스코비는 순간적으로 행동하려고 몸을 도사렸다. 그는 뭐라고 대답하려고 무한한 깊이에서 자기의 의식을 끌어올렸다. 그는 소리내어 말했다. "그리운 하느님, 나는 사랑하…" 그러나 그 노력은 너무나도 힘들었다. 그리고 그는 자신의 몸이 쓰러져 마룻바닥을 때렸을 때에도 그것을 느낄 수 없었으며 메달이 금화처럼 냉장고 밑으로 데굴데굴 굴러가서 조그맣게 짤랑하는 소리를 냈을 때도 그것을 들을 수 없었다―아무도 그 이름을 알 수 없는, 저 성자의 상(像)이 달려 있는 메달이.[6]

스코비는 이렇게 죽었다. 이런 그의 죽음을 두고, 어떤 사람은 그를 비난할 수도 있다. 따지고 보면 그는 지나치게 교만했던 셈이라고 비난할 수 있는 것이다. 하지만 나로서는 그러한 비난에 동의하기가 어렵다. 그러한 비난에 동의하기에는 스코비의 삶과 죽음으로부터 전해져 오는 감동이 너무 강렬한 것이다.

생각해 보면, 서양의 문학사는 대문호(大文豪)들에 의해 창조된 자살자들의 긴 명단을 가지고 있다. 셰익스피어는 로미오와 줄리엣을, 그리고 오델로를 창조했다. 괴테는 베르테르를 창조했고, 플로베르는 보바리 부인을, 톨스토이는 안나 카레니나를, 졸라는 클로드 랑티에를 각각 창조했다. 그러나 이 분야의 제일인자는 뭐니뭐니 해도 도스토예프스키이다. 그는 스비드리가일로프, 키릴로프, 스타브로긴 그리고 스메르자코프를 만들어냈던 것이다. 그레이엄 그린은 『사건의 핵심』에서 스코비라는 인물을 창조함으로써 이 전통을 계승했다. 아니, 단지 계승하는 것으로 그치지 않고, 거기에 완전히 새로운 영역을 보탬으로써 그 전통을 보다 풍요롭게 만드는 데 성공하였다.

---

6 위의 책, p.294.

제3부

자유와 제도 그리고 문학

복음서의 예수와 『구약성서』의 야웨

1. 소년 시절에 4대 복음서를 읽고 느낀 것

내가 아직 어렸던 시절, 우리 집에는 『신약성서』가 한 권 있었다. 당시의 우리 집은 기독교와 아무런 상관도 없는 처지였는데 어떤 연유로 그 책이 우리 집에 있게 되었는지 나로서는 아는 바가 없다. 어쨌든 그런 연유로 해서 나는 초등학교를 졸업하기 전에 이미 『신약성서』의 4대 복음서 모두를 한 차례 독파할 수가 있었다.

4대 복음서를 처음으로 다 읽었을 때 내가 느낀 '문학적' 감동은 대단히 강렬한 것이었다. 그 감동이 하도 강렬하였기 때문에, 그 후 중학생 시절과 고등학생 시절을 거치면서 나는 그 복음서들을 몇 차례나 다시 읽었다. 다시 읽을 때마다 변함없이 강렬한 '문학적' 감동을 느꼈던 것은 새삼 말할 나위도 없다.

나는 복음서에 묘사된 예수를, 감동적인 명작 소설에 나오는 긍정적 인물을 좋아하고 존경하는 것과 비슷한 심정으로 좋아하고 존경했다. 이를테면 『레 미제라블』의 미리엘 주교를 좋아하고 존경하듯이, 『카라마조프가의 형제들』의 조시마 장로를 좋아하고 존경하듯이, 그렇게 좋아하고 존경한 것이다. 복음서에 묘사된 예수는 미리엘 주교나 조시마 장로가 그랬던 것처럼 선하고 자비롭고 유능한 인물이었다. 나는 그렇게 선하고 자비롭고 유능한 예수가 좋았고 존경스러웠다.

물론 엄밀하게 따지면 이렇게 예수를 좋아하고 존경하는 마음에는, 미리엘 주교나 조시마 장로를 좋아하고 존경하는 마음과는 약간 다른 점이 있었다. 전자의 경우에는, 후자의 경우와 다르게, "이건 어쩐지 이상한데?", "이분이 왜 이러시지?" 등등의 의문을 품지 않을 수 없게 만드는 부분이 얼마쯤 존재했기 때문이다. 예를 들면 다음과 같은 「마태복음」 11장 20절에서 24절까지의 부분에서 내가 만나게 되는 예수는 도무지 선하지 않았고 도무지 자비롭지 않았으며 별로 유능해 보이지도 않았다.

예수께서 권능을 가장 많이 베푸신 고을들이 회개치 아니하므로 그때에 책망하시되, "화(禍)가 있을진저 고라신아, 화가 있을진저 벳세다야. 너희에게서 행한 모든 권능을 두로와 시돈에서 행하였더라면 저희가 벌써 베옷을 입고 재에 앉아 회개하였으리라. 내가 너희에게 이르노니, 심판날에 두로와 시돈이 너희보다 견디기 쉬우리라. 가버나움아, 네가 하늘에까지 높아지겠느냐? 음부(陰府)에까지 낮아지리라. 네게서 행한 모든 권능을 소돔에서 행하였더면 그 성이 오늘날까지 있었으리라. 내가 너희에게 이르노니 심판날에 소돔 땅이 너보다 견디기 쉬우리라" 하시니라.

오랜 세월이 흐른 후, 한국의 불교 승려인 회암 스님이 쓴 『말하

지 않을 수 없다』라는 책을 보았더니, 바로 위의 대목에 대하여
다음과 같이 언급한 내용이 있었다.

열심히 설교해 주었는데 청중의 반응이 냉랭하다면 기분이 나빠지
는 건 사실이다. 그러나 이와 같이 저주를 퍼부어 "씨도 안 남기고
다 죽여 버리겠다"고 저주를 한다는 것은 상식에서는 크게 어긋나는
일이다.[1]

회암 스님의 이러한 지적은, 내가 「마태복음」의 위에 인용된
부분을 처음 읽었을 때부터 느꼈고 그 후로도 이 부분을 다시 읽을
때마다 반복해서 느낀 의아심을 명료한 표현으로 대신 말해준 것에
다름 아니었다.

그러나, 복음서 속에 비록 위와 같은 부분이 있기는 했지만,
그리고 위에 인용된 부분과 같은 성격을 지니는 것으로 이해될 만
한 대목이 복음서 속의 다른 곳에서도 여럿 발견되기는 했지만,
그런 것들이 예수를 좋아하고 존경하는 나의 마음을 근본적으로
뒤집어 놓을 만큼의 힘을 발휘하지는 못했다. 예수를 선하고 자비
롭고 유능한 인물로 부각시켜 놓은 압도적으로 많은 부분들에 비하
면 그런 부분들은 워낙 양적으로 미미한 수준의 것이었기에 우선
그러했다. 당시의 내가 아직 학생이었던 만큼 그런 부분들에 대해

---

1   회암, 『말하지 않을 수 없다』(논장, 1992), p.230.

서는 "아직 내가 어려서 복음서의 깊은 뜻을 잘 모르니까 의문을 갖게 되는 것이겠지", "나중에 더 커서 다시 생각해 보면 이해가 되는 날이 올 거야"—이런 식으로 대충 넘어갈 수가 있었기 때문에 또한 그러했다.

2. 『구약성서』를 처음 읽고 내리게 된 판단

『신약성서』를 초등학생 시절에 이미 접했고 중·고등학생 시절에 다시 여러 번 반복해서 읽을 수 있었던 것과 달리, 『구약성서』를 내가 처음으로 완독한 것은 대학생이 되어서였다. 물론 그 전에도 『구약성서』 속의 중요한 사건과 등장인물들을 일반적인 교양의 수준에서 대강 알고는 있었다. 하지만 그 텍스트를 직접 자세하게 읽어 보고자 하는 욕구가 생겨나고 그것을 실천에 옮기게 된 것은 대학생이 된 이후의 일이었다.

『구약성서』의 텍스트를 직접 찾아서 자세히 읽어보는 날이 오기 전부터 나는 이 텍스트에 대해서 별로 좋은 인상을 갖고 있지 않았다. 고등학생 시절에 많은 공감을 가지고 읽었던 클라분트라는 독일 시인의 '세계문학사 개관(概觀)'에 해당하는 글 속에서 다음과 같은 대목을 만난 적이 있었기 때문이다.

여호와, 그것은 얼마나 놀라운 불륜의 신일 것인가? 그는 인간을 창조하고, 그것에 죄를 범하게 하고, 그리고 괴롭히고, 스스로의 손으로 인간 속에 뿌린 종자의 열매 때문에 벌하는 것이다. 그는 복수의 신이다. 그리고 또한 눈에는 눈, 이빨에는 이빨을 설법하는 참혹한 율법의 신인 것이다. 여호와, 그것은 참으로 피비린내 나는 폭력과 준엄한 율법의 신—유대의 신, 마카베일의 신이며, 사랑과 은혜의 신인 인도의 신의 개념에서는 엄청나게 후퇴한 신이었다.

(…) 이 신은 자비를 모른다. 아브라함에 대해서는 자식을 죽이라고 명령하지 않았던가? 그는 조상의 죄에 대해서는 자손 대대에 이르기까지 복수를 부르짖는 것이다. 그는 관용이라는 것을 모른다. 『구약성경』은 본질적으로 종교의 교과서가 될 책이 아니다.[2]

그러나 클라분트의 말은 나에게는 어디까지나 남의 말인 것이고, 『구약성서』에 대한 나의 최종적인 판단은 나 자신이 그 텍스트를 직접 찾아서 자세하게 읽은 다음에 내려야만 하는 것이었다.

그런데 실제로 내가 『구약성서』를 다 읽고 나서 내리게 된 판단은, 클라분트의 말이 한 치의 어긋남도 없는 진실이라는 것이었다. 사실 나는 『구약성서』를 다 읽고 나서 정말 엄청나게 놀랐다. 세상에, 무슨 이런 기괴한 책이 지금까지 무려 2천 년 동안이나 거대 종교의 경전 노릇을 해 오고 있단 말인가!

내가 『구약성서』를 읽고 어떤 충격을 받았으며 어떤 괴로움을 느꼈던가에 대해서는 다른 글들을 통하여 이미 몇 차례나 언급해

---

2 클라분트, 『세계문학신강(新講)』(곽복록 역, 을유문화사, 1966), p.63.

온 바 있기 때문에 여기서 새삼 되풀이할 필요까지는 없을 것이다.[3] 다만 『구약성서』를 다 읽고 난 지 얼마 안 된 시점에서 내가 만났던, 그리고 깊은 공감과 더불어 거듭거듭 음미하게 되었던 영국의 역사가 존 B. 베리의 다음과 같은 지적은 다시 인용해 두고 싶은 충동을 느낀다.

불행하게도 초기의 기독교도는, 저급한 문명 단계에 속하는 관념을 반영하고 있어서, 만행(蠻行)의 기록으로 가득 차 있는 유대 문서를 『성서』 속에 넣었던 것이다. 『구약』에 실려 있는 잔인하고 포학하고 괴팍한 명령과 실례들은, 『성서』의 계시를 맹신하는 경건한 독자라면 인정하지 않을 수 없게 마련이니, 그 때문에 인간 도덕을 타락시키는 데 얼마나 큰 해독을 끼쳤는지 알 수가 없다. 『성서』는 박해의 이론의 병기고(兵器庫)였던 것이다. 『성서』는, 어떤 특정 시대의 사상과 관습을 신이 정한 것으로 신성화함으로써, 도덕적 진보와 지적 진보에 대한 방해물로 되었다는 것이 진상이다. 기독교는 먼 옛날의 책을 채택함으로써, 인류의 발전을 가로막는 무엇보다도 심술궂은 방해물을 내놓은 셈이었다.[4]

---

3 여기서는 그러한 글의 예를 둘만 들어 두기로 한다. 하나는 『한국 현대소설과 종교의 관련 양상』(푸른사상, 2005)에 실려 있는 「"그들은 우리 밥이라"」이고, 다른 하나는 『한국소설과 예수 그리고 유다』(역락, 2011)에 실려 있는 「야웨와 여호수아」이다.

4 존 B. 베리, 『사상의 자유의 역사』(양병우 역, 박영사, 1975), p.45.

3. 새로이 느끼게 된 심각한 문제점

『구약성서』를 제대로 다 읽고 나서 『신약성서』로 돌아와 그 텍스트를 다시 보게 되었을 때 나는 예전에 거의 인식하지 못했던 한 가지 문제점을 자못 심각한 것으로 새로이 느끼게 되었다. 『신약성서』에서는 예수가 『구약성서』의 신의 아들이라는 주장을 펼치면서 바로 이 예수를 『구약성서』의 신과 밀접하게, 긍정적으로 연결시켜 이해하고자 하는 노력이 집요하게 전개되고 있는데, 나는 『구약성서』를 직접 읽어보기 전까지는 이런 노력에 대해서 별로 주의를 기울인 적이 없었지만, 『구약성서』를 읽으면서 그 텍스트를 온통 채우고 있는 '잔인하고 포학하고 괴팍한 명령들과 실례들'을 질리도록 경험하고 나니, 생각이 달라지는 것이었다. "『신약성서』에서는 야웨[5]와 예수가 부자지간(父子之間)이며 예수는 아버지인 야웨를 절대적으로 믿고 따르는 아들이라는 것을 거듭거듭 강조하고 있는데, 아니 이게 말이 되는 소리냐?"라는 의문을 갖지 않을 수 없게 되었던 것이다.

문제는 그것뿐만이 아니다. 『신약성서』라는 책의 범위를 넘어서서, 이후 2천 년 동안 전개되어 온 기독교의 역사 전체를 살펴보면, 삼위일체설(三位一體說)이라는 것이 문제가 된다. 325년 니케아 공의회(公議會)에서 공인되었고 그때부터 기독교 신앙의 기본 원리

---

5 『구약성서』에 나오는 신의 이름은 '야웨'로 표기하는 것이 정확하므로 이 글에서는 인용의 경우를 제외하고는 '야웨'로 통일하여 쓴다. 조철수, 『유대교와 예수』 (길, 2002) 참조.

로 자리 잡은 삼위일체설 말이다. 이것을 의심하거나 부정하면 대번에 이단으로 정죄당하게끔 규정되어 있을 정도로 막강한 교리가 삼위일체설이다. 이 교리에 따르면 성부인 신과 성자인 예수는, 위격(位格)은 서로 다르지만(그러니까 성령과 더불어 삼위가 된다), 결국 한 몸이라고 한다(그러니까 일체이다). 아니, 저 난폭하고 잔인한 야웨 신과 저 선량하고 자비로운 예수가 어떻게 한 몸이란 말이냐?

이런 의문을 품은 사람은 물론 나 하나만일 수가 없다. 과거에도 무수히 많았고 앞으로도 무수히 나올 것이다.

세상에는, 위와 같은 의문을 품고 그 의문과 맞붙어 씨름한 끝에 '예수만 인정하고 야웨는 부정해 버리는 것이 옳다'라는 결론에 도달한 사람이 많이 있다. 그러한 사람이 쓴 책도 많이 있다. 그런 책의 하나로 『예수는 골고다에서 죽지 않았다』를 들 수 있을 것이다. 이 책에서 그 저자 김동진은 세상의 모든 기독교 교회들을 향하여 분노에 찬 어조로 다음과 같은 질문을 제기하고 있다.

어떻게 교회는 아직도 그 잔인무도하기 짝이 없는, 율법으로 대표되는 신 야웨를 교회에서 과감하게 내어 쫓아 버리지 못하고, 아니 오히려 예수 그리스도의 아버지 하나님으로 떠받들면서, 예수 그리스도와 한 자리에 모시어놓고서 아니, 조금은 더 높은 자리에 올려놓고서 "할렐루야!" 찬양할 수 있단 말인가?[6]

---

6 김동진, 『예수는 골고다에서 죽지 않았다』(한미르, 2004), p.30.

그런가 하면 어떤 사람은 기본적으로 나나 김동진과 동일한 문제의식에서 출발하여 나름대로의 사유를 발전시킨 끝에 상당히 독특한 결론에 도달하게 되기도 했다. 그 좋은 예가 우희종이다. 우희종은 2006년 한국교수불자연합회와 한국기독자교수협의회에서 공동으로 개최한 '인류의 스승으로서 붓다와 예수'라는 주제의 학술대회에 참가하여 「삶의 자세와 십자가의 의미」라는 제목의 발표를 했는데 거기서 다음과 같은 주장을 펼친 바 있다.

십자가에 못 박혀 대속(代贖)의 길을 걸으신 예수님의 보혈은 결국 인간이 아니라 에덴 동산에서 폭력을 행사한 하느님의 원죄를 위하여 흘린 것임을 확신한다. 관계의 복원을 위해서는 하느님 스스로를 거룩하게 해야만 했던 것이기에(「요한복음」 17:19), 십자가 사건은 선악을 알게 된 인간과의 관계를 끊어야 했던 공의(公義)의 하느님이자 정의와 분노로 나타나는 구약 하느님의 죄를 스스로 사하고 거룩하게 함으로써, 이제 용서와 사랑의 하느님으로서 새로운 계약 속에 거듭 태어나는 순간이자 이를 받아들인 인간 역시 거듭 태어나 부활할 수 있게 되는 대사건이다.

하느님/예수님은 에덴에서 자신이 인간에게 행한 폭력에 대하여 인간이 느꼈던 고통과 괴로움을 똑같이 느끼기 위해 수많은 모욕과 희롱 속에 골고다 언덕에서 스스로를 십자가에 못 박음으로써 진정한 속죄를 해야 했기 때문에, 십자가에서의 고통 속에서 가능하면 이 잔을 거두어 달라는 예수님의 간청은 결코 이루어질 수 없는, 진정한 관계 회복을 위해 예정된 필연적 의식이었다(「요한복음」 10:17

~18, 12:27).[7]

내가 보기에, 우희종의 위와 같은 주장에는 문제가 없지 않다. 그는 『구약성서』의 야웨가 어쨌든 '공의의 하느님', '정의로운 하느님'이기는 했다는 것을 전제하고 있지만, 실제로 『구약성서』에서 확인되는 야웨의 모습은 참다운 의미에서의 공의니 정의니 하는 것과는 거리가 먼, 잔인하고 이기적인 부족신에 지나지 않기 때문에 우선 그러하다. 그는 야웨가 에덴 동산에서 아담과 하와를 상대로 저지른 '관계 단절'의 폭력을 문제 삼았지만, 『구약성서』의 텍스트는 그 때 저질러진 그 정도의 일회적 폭력 따위는 명함도 못 내밀만큼 잔인하고 무절제한 폭력을 야웨가 부단히, 대규모로 행사해 왔다는 사실을 입증해 주는 기록으로 가득 차 있기 때문에 또한 그러하다. 그렇기는 하지만, 야웨가 자기의 범죄 행위를 반성하고 참회할 수도 있다고 본 우희종의 발상 자체는 어쨌든 상당히 독특한 것이며 또한 인상적인 것이 아닐 수 없다.[8]

나 자신은, 김동진처럼 세상의 모든 교회들을 향하여 분노에

---

7 한국교수불자연합회·한국기독자교수협의회 편, 『인류의 스승으로서 붓다와 예수』(동연, 2006), pp.49~50.

8 우희종은 위 발표문 속의 다른 부분에서는 직접 '참회'라는 표현을 사용하고 있다. "에덴에서 자신의 자식인 인간을 정죄하며 폭력을 행사했던 하느님은 자신 스스로를 못 박은 십자가 사건을 통해 스스로 참회하면서 관계의 단절이라는 폭력을 이기는 길은 오직 이와 같은 사랑이며, 사랑이란 상대를 판단하지 않고 정죄하지 않으며 용서하는 것임을 우리에게 몸소 보여주고 있다"(위의 책, p.51).

찬 비판을 던질 만큼 대담하지도 못했고, 우희종처럼 '자기의 범죄 행위를 반성하고 참회할 줄 아는 야웨'라는 착상을 제시할 만큼 창의적이지도 못했다. 오랜 세월이 흐른 후에조차도 겨우 다음과 같은 정도의 말을 해 보는 정도에 그친 것이 나의 수준이었다.

현재 우리가 대할 수 있는 『성서』의 텍스트 자체를 순전한 '실감'의 차원에서 읽어볼 때에 자연스럽게 드는 느낌은, 야웨는 예수에게 걸 맞는 아버지로 인정받기에는 여러 가지로 모자라는 점이 많다는 느 낌이다. 이를테면 못된 아버지 밑에 그 아버지보다 훨씬 훌륭한 아들 이 태어나서 여러 가지로 좋은 언행을 보여준 덕분에 그 못된 아버지 도 덩달아 동네 사람들로부터 실제 이상의 과분한 칭찬을 받게 된 어떤 집안을 보는 듯한 느낌이 드는 것이다.[9]

4. 『구약성서』는 누가, 언제 쓴 책인가?

나의 이 글을 여기까지 읽어 온 사람이라면, "대체 저 『구약성 서』라는 책의 텍스트는 맨 처음에 누가, 언제, 어떤 연유로 써서 세상에 내놓게 되었던 것일까?"라는 의문이 자연스럽게 떠오르는 것을 느끼게 될 것이다. 사실 이런 의문은 나 자신이 『구약성서』를

---

9 이동하, 『한국소설과 기독교』(국학자료원, 2003), p.38.

처음 완독했던 당시부터 느꼈던 것이었다. 하지만 이런 의문에 대한 답을 줄 만한 사람이나 글을 나는 오랫동안 만나지 못한 채 세월을 보내 왔다.

그랬다가, 한참 후인 2002년에 이르러, 『성경: 고고학인가 전설인가』라는 책[10]을 읽게 되었는데, 바로 이 책 속에, 위의 물음에 대한 답이 뚜렷하게 제시되어 있었다. 그 책에서 제시하고 있는 답을 요약하면 다음과 같다.

기원전 7세기의 일이다. 유다 왕국의 왕으로 요시야라는 인물이 있었다. 그는 당시에는 이미 앗시리아에 멸망당하여 사라진 지 오래였던 옛 이스라엘 왕국의 땅을 병합하여 하나의 통일된 강국을 건설하고자 하는 야심을 가졌다. 다른 사람들이 보기에도 그의 이런 야심은 실현 가능성이 있어 보였다. 당시는 앗시리아가 중동 지방의 새로운 강대국으로 떠오른 신(新)바빌로니아와의 대결에서 계속 패퇴하여, 옛 이스라엘 왕국의 영역에 대한 지배권을 제대로 유지하기 어려운 시기였기 때문이다. 그러니까 옛 이스라엘의 영역은 이때에는 '힘의 공백지대'가 되어 있었던 것이다. 요시야는 자신의 야심을 실현하기 위한 현실적 준비를 다양하게 갖추어 나가는 한편, 그 야심의 실현에 도움이 되는 이데올로기적 장치를 완비하

---

10 이스라엘 핑컬스타인·닐 A. 실버먼, 『성경: 고고학인가 전설인가』(오성환 역, 까치, 2002). 이 책의 원제는 *The Bible Unearthed*이다(New York: Free Press, 2001).

는 작업에도 심혈을 기울였다. 유다 왕국의 수많은 궁정 지식인들이 그러한 작업에 동원되었다. 바로 그러한 작업의 결과로 써진 텍스트가 오늘날 『구약성서』라는 이름으로 알려져 있는 경전의 주축을 이루고 있다.

물론 『구약성서』에 담겨 있는, 아담과 하와에게서 솔로몬에게까지 이르는 기간의 이야기 전체가, 요시야 시대의 궁정 지식인들에 의해 창작된 것은 아니다. 그 이야기들의 골격은 이미 그 이전부터, 오랜 세월에 걸쳐 형성되어 온 전설의 형태로 존재했다. 하지만 그것이 현재의 『구약성서』에서 보는 바와 같은 형태로 멋있게 정리되고, 윤색되고, 체계화되고, 편집된 것은 요시야의 시대에, 요시야의 명을 받은 일군의 궁정 지식인들에 의해서였음이 확실하다. 그들은 많은 부분을 자기들의 필요에 맞춰 정리·윤색·체계화·편집했겠지만, 또 많은 부분을 아예 창작하기도 했을 것이다.

그런데 정작 이런 프로젝트를 기획하고 주도한 요시야 왕은 이집트 왕에게 무리하게 대들다가 때 이른 죽음을 자초하고 말았다. 그래서 요시야의 정치적인 야망은 허망하게 무산되었다. 하지만 그가 기획하고 주도한 '이데올로기적 장치 만들기' 프로젝트는 『구약성서』라는 방대한 텍스트의 주축을 이루는 존재로 남아, 그 후 수천 년 동안 인류의 역사에 어마어마한 영향을 끼쳐 왔다.

대략 이상과 같은 것이, 『성경: 고고학인가 전설인가』라는 책 속에 들어 있는 '위의 물음에 대한 답'의 요지이다.

만약 이러한 해답이 진실과 부합한다면, 참으로 어처구니없는 노릇이 아닐 수 없다. 요시야 왕이라는 야심가가 대체 무엇이며, 그의 왕궁에서 밥을 얻어먹고 살았던 궁정 지식인들이 대체 무엇이란 말인가? 이런 시시한 수준의 인간들이 벌인 소동의 결과물이, 그 후 수천 년의 세월을 통하여 무수한 사람들로부터 '거룩한 성서'라는 이름으로 떠받들어지면서, 온갖 드라마를 펼쳐 왔단 말인가?

5. 슐로모 산드가 제시한 수정안

『성경: 고고학인가 전설인가』를 읽고 나서 20년이 더 흐른 후, 나는 『만들어진 유대인』이라는 책을 읽다가, 『성경 :고고학인가 전설인가』의 위와 같은 주장에 대해 언급한 부분을 만나보게 되었다. 『만들어진 유대인』의 저자인 슐로모 산드는 『성경: 고고학인가 전설인가』의 위와 같은 주장에 여러 가지 허점이 있음을 지적하고, 다음과 같은 수정안을 제시한다.

그보다는 고대 이스라엘 왕국과 유다 왕국이 그 통치자들의 상세한 연대기와 허세 가득한 승전 기록을 지어냈으며, 말 잘 듣는 궁정 서기들—이를테면 성서에 등장하는 아살리야의 아들 사반이 그런 사람인데—을 시켜서 그것들을 작성했다고 보는 것이 더 그럴 듯하다. (…) 그 연대기들이 어떤 내용을 담고 있었는지는 알 수 없고 앞으로도 알 수 없겠지만, 그 일부가 왕국의 잔존 기록물 안에 보관되어 있다가 유다 왕국 멸망 후 성서 기자들이 그 원재료에 놀라운

창의력을 가하여 근동지역 일신교 탄생에 가장 큰 영향을 준 문헌을 작성했을 가능성이 매우 높다.[11]

산드의 위와 같은 설명은 확실히『성경: 고고학인가 전설인가』에 담겨 있는 다분히 과격한 주장보다 더 높은 정도의 설득력을 지니고 있는 것으로 생각된다. 하지만 설령『성경: 고고학인가 전설인가』의 주장을 버리고 산드의 설명을 받아들인다 하더라도 앞에서 내가 말했던 '어처구니없다'는 느낌이 사라지지는 않는다. 현저하게 줄지조차 않는다. 산드의 설명에 따르더라도『구약성서』의 주축을 이루는 내용이 '통치자들'의 이데올로기적 요구에 영합하고 복종한 '말 잘 듣는 궁정서기들'에 의해 써졌다는 사실은 조금도 바뀌지 않고 남아 있기 때문이다. 단지 그 통치자가 요시야 한 명이었느냐, 이스라엘 왕국과 유다 왕국의 여러 왕들이었느냐 하는 차이가 있을 뿐인 것이다.

6. 복음서의 성립 경위와 그것의 성격에 대한 논의들

『구약성서』라는 텍스트가 성립된 경위와 그것의 성격에 대한 산드의 설명이 이 문제에 관한 최종적이고 객관적인 결론에 해당하

---

11 슐로모 산드,『만들어진 유대인』(김승완 역, 사월의책, 2022), pp.239~240.

는 것이라고는 물론 말할 수 없을 것이다. 하지만 "『성경: 고고학인 가 전설인가』에 제시되어 있는 그 저자들의 주장과 방금 위에서 언급된 산드의 설명을 종합해서 음미해 보면 『구약성서』의 성립 경위와 그것의 성격에 대해 얼마쯤 윤곽이 잡힌다"는 정도의 판단 은 확신을 가지고 내려도 좋을 것 같다.

『구약성서』와 관련하여 이런 이야기를 할 수 있다면, 복음서들 의 경우는 어떨까? 사실 '복음서 텍스트의 성립 경위와 그것의 성 격'이라는 문제는 『구약성서』의 경우와 비교할 수 없을 만큼의 중 요성을 갖는 것이고, 그렇기 때문에 나 자신은 이 문제에 대해서 일찍부터 많은 관심을 기울여 온 터였다. 그리고 이 문제를 다룬 학계의 연구물로서 내가 접할 수 있었던 것들도 상당히 풍부하고 다양한 면모를 보여주고 있었다.

그중에서도 가장 이채로웠던 것을 하나만 들라고 하면, 티모시 프리크와 피터 갠디가 함께 쓴 『예수는 신화다』를 지목하지 않을 수 없다. 이 책에서 그 저자들은 '예수라는 인물은 역사적으로 존재 한 일이 없다'고 하는 자못 파격적인 주장을 펼치고 있다. 2002년 동아일보사에서 승영조의 번역으로 출간된 이 책을 나는 매우 인상 깊게 읽은 바 있다. 디오니소스 숭배라든가 영지주의(靈智主義) 등 에 관한 저자들의 해박한 설명을 접하고 많은 것을 배우기도 했다. 하지만 예수는 실존했던 인물이 아니라고 하는 저자들의 주장에 궁극적으로 동의하게 되지는 않았다. 예수는 분명히 역사적으로 실존했던 인물이고, 그 인물의 실상을 우리가 정확하게 아는 것은 불가능하지만, 어쨌든 비상하게 선하고 자비롭고 유능한 인물이었음에는 틀림없는 것 같다는 것이 나의 결론이었다.

그렇다면 이러한 예수의 면모를 우리에게 알려주는 유일한 매개체라고 말할 수 있는 복음서들은 어떤 텍스트인가? 이 물음에 대한 답은 이미 엄청난 분량으로 나와 있다. 그리고 나는 그 답들 가운데 상당 부분을 제법 긴 세월에 걸쳐 다양하게 섭렵해 왔다. 그렇게 해 오는 과정에서 나의 관심을 특히 강하게 끈 책은 서중석이 쓴 『복음서해석』(대한기독교서회, 1991)과 존 쉘비 스퐁이 쓴 『2000년 동안의 오해로부터 예수를 해방시켜라』(최종수 역, 한국기독교연구소, 2004) 두 권이었다.[12] 이 두 권의 책은 몇 번을 다시 읽어보아도 감탄을 자아내는 명저라고 하지 않을 수 없다.

그런데 이런 책들을 비롯해서, 복음서들에 대한 기왕의 연구 성과들을 폭넓게 살펴보면 살펴볼수록 점점 더 강하게 나의 마음속에 자리 잡게 된 판단은, 복음서들을 아무리 천독(千讀) 만독(萬讀)해 보았자 예수라는 인물의 실상은 도저히 정확하게 알 수 없다는 것이었다. 하지만 그러한 판단 때문에 특별히 답답한 느낌을 갖게 된 바는 없다. 나로서는 그가 비상하게 선하고 자비롭고 유능한 인물이었다는 정도의 결론만으로도 충분했던 것이다.

---

12 이 두 권의 책에 대해서 나는 이미 여러 차례 언급한 바가 있다. 예를 들면 나의 책 『현대소설과 기독교의 만남』(보고사, 2019)에 실린 「'가난한 자'와 '심령이 가난한 자'」에는 『복음서해석』에 대한 언급이 있고, 같은 책에 실린 「복음서 속의 기적담들은 어떤 연유로 만들어졌는가?」에는 『2000년 동안의 오해로부터 예수를 해방시켜라』에 대한 언급이 있다. 반복을 피하기 위해 이 글에서는 위의 두 권에 대한 논의를 생략하기로 한다.

여기서 잠깐, 이 글의 앞부분에서 이야기했던, 내가 소년 시절에 처음 복음서를 읽었을 때 의문을 갖지 않을 수 없도록 만들었던 「마태복음」 11장 20절 이하의 대목에 대해 한 번 짚고 넘어가기로 하자. 나이를 먹어 가면서 복음서와 관련된 저작들을 지속적으로 읽다 보니 바로 그 대목에 대해 언급한 글들도 제법 많이 접하게 되었다. 그중 하나인 회암 스님의 발언은 앞에서 이미 소개한 바 있지만, 그런 성격의 발언은 참으로 희유한 것이었다. 그 대목을 논한 글들의 대부분은 충분히 예상할 수 있는 바와 같이 기독교인들 쪽에서, 즉 목사들이나 신학자들이나 설교자들에게서 나온 것인데, 역시 충분히 예상할 수 있는 바와 같이 예수의 저주를 절대적으로 옹호하고 그 저주의 대상이 된 사람들을 비난하면서 "우리는 저 저주의 대상이 된 사람들처럼 처신하지 말자"고 다짐하는 내용이었다. 나는 이런 글들을 아무리 열심히 읽어도 그 필자들의 주장에 설득되지 않았다.

「마태복음」 11장 20절 이하에 나오는 예수의 저주는 옹호될 수 있는 것이 아니다. 그것은 마땅히 비판되어야 한다.

그리고 여기서 한 가지 분명히 하고 넘어가야 할 것은, 우리가 예수의 그 저주를 옹호하지 않고 비판한다 해서 그것이 예수 자신에게 마이너스가 되는 것은 아니라는 사실이다. 예수가 고라신과 벳세다에 대해서, 그리고 가버나움에 대해서 실제로 무슨 말을 했는지 우리는 알 수 없기 때문이다. 우리가 알 수 있는 것은 「마태복음」 기록자가 그렇게 기록해 놓았다는 사실뿐이다. 그러니까 그 대목을 보고 우리가 확실하게 판단할 수 있는 것은 「마태복음」 기록자의 수준과 정신세계이지 예수의 그것이 아니다. 그 대목으로 보건대, 다른 대목의 경우는 몰라도, 최소한 그 대목을 쓸 당시에는, 「마태복음」 기록자의 정신세계가 『구약성서』적인 사고나 표현에 상당히 심하게 감염되어 있었던 것 같다. 그 대목을 채우고 있는 저주의 언어와 정신은 『구약성서』에서 내가 자주 만나고 만날 때마다 질리곤 했던 바로 그 언어와 정신을 곧바로 연상시키는 것이다.

7. 예수와 『구약성서』와 복음서

1세기 초, 지금은 이스라엘의 영토가 되어 있는 땅에, 예수라는 사람이 살았다. 그는 비상하게 선하고 자비롭고 유능한 사람이었다. 그런 그를 숭배하고 따르는 사람이 많았다. 그런데 그는 당대 이스라엘의 지배층과 대립한 끝에 사형을 당해 죽었다. 그의 죽음은 그를 숭배하고 따르던 수많은 사람들에게 엄청난 아픔과 충격을 주었다. 그 수많은 사람들이 지녔던 숭배와 추종의 마음, 그리고 그들이 느꼈던 아픔과 충격—이런 모든 것들이 복잡한 화학반응을 일으키면서 계속 이어지고 더 나아가서는 발전해 갔다. 수십 년의 세월이 흐른 후, 그 화학반응의 결과가 다양한 복음서들의 출현으로 열매를 맺게 되었다.

복음서는 적지 않은 수가 나왔지만, 나중에까지 공식적으로 남게 된 것은 결국 네 편이었다. 그런데 이 네 편의 복음서를 쓴 사람들이나, 나중에까지 공식적으로 남지 못하고 파묻히게 된 복음서를 쓴 사람들이나, 그 시대의 이스라엘에 살면서 글을 쓸 수 있을 정도의 식자층에 속했던 사람들은 모두 『구약성서』를 절대적인 진리로 믿고 배우고 따르는 것이 당연시되는 풍토 속에서 자란 사람들이었다. 그러했기에 그들은 자기들이 숭배하고 추종했던 예수를 어떻게든 『구약성서』와 긴밀하게 연결시켜 보려 했다. 그렇게 해야 예수를 높이게 되는 것이라고 믿었기 때문이다. 그들은 예수에 대한 이야기를 쓰면서 그를 『구약성서』의 신인 야웨의 아들로 만들어 놓았다. 그렇게 해야 예수를 높이게 되는 것이라고 믿었기 때문이다. 야웨의 아들인 예수가 야웨를 절대적으로 믿고 따르는 효자였다고 적어 놓았다. 그렇게 해야 예수를 높이게 되는 것이라고 믿었기 때문이다.

앞에서도 말했지만, 나는 『구약성서』를 완독하기 전에는, 복음서를 기록한 사람들이 예외 없이 취하고 있는 그러한 태도에 대하여 별다른 문제의식을 갖지 않았었다. 하지만 『구약성서』를 다 읽고 난 후에는 그들의 그러한 태도가 과연 옳은 것이었는가에 대하여 의문을 품지 않을 수 없게 되었다.

간단하게 생각해 보자. 자신의 이른바 공생애(公生涯)가 시작되기 이전의 어느 시기에 예수는 분명히 『구약성서』를 읽었을 것이다. 그런데 우리가 알고 있는 예수는 어떤 인물인가? 비상하게 선하고 자비롭고 유능한 인물이다. 아무리 오늘날의 우리가 예수라는 인물의 실상을 도저히 정확하게 알 수 없다고 하지만, 그가 비상하게 선하고 자비롭고 유능한 인물이라는 것 정도는 단언할 수 있다. 그런 예수가, 『구약성서』를 읽으면서, 「신명기」 7장 2절의 메시지를 긍정할 수 있었을까? 「신명기」 7장 2절을 보면, 유대인들로 하여금 다른 부족들이 살고 있는 땅을 침략해 들어가도록 지시하면서 "너는 그들을 진멸(殄滅)할 것이며 그들과 무슨 언약도 말 것이요 그들을 불쌍히 여기지도 말라"는 명령을 내리는 야웨 신이 등장한다. 「신명기」 20장 16절은 또 어떤가? 여기에는 "네 하나님 여호와께서 네게 기업으로 주시는 이 민족들의 성읍에서는 호흡 있는 자를 하나도 살리지 말지니"라는 명령이 나온다. 청소년 시절 『구약성서』를 읽으면서 예수는 이런 구절들을 앞에 놓고 무슨 생각을 했을 것인가?

이런 의문이 하나도 해결되지 않은 상태에서 야웨와 예수를 부자지간으로 만들어 놓고, 또 그것만으로는 만족이 되지 않아, 예수를 '아버지에게 끝까지 순종하는 아들'로 만들어 놓기까지 하려 드니, 불가피하게 갖가지 억지와 무리가 난무하게 되는 것이다. 사태가 이 모양인데, 325년 니케아 공의회에서 처음 선포되고 그 후 2천 년 가까운 세월 동안 기독교 교리의 핵심 가운데 하나라는 지위를 유지해 온 삼위일체설은 또 무엇이란 말인가?

8. 이 글에는 결론이 없다

나의 이 글에는 결론이 없다. 결론이라고 할 만한 것을 내가 갖고 있지 않기 때문이다. 앞에서도 말했지만 나는 『예수는 골고다에서 죽지 않았다』의 김동진처럼 대담하지도 못하고, 「삶의 자세와 십자가의 의미」의 우희종처럼 창의적이지도 못하다. 그러나 지난 수십 년 동안 '예수와 야웨' 문제에 대한 내 나름대로의 해답을 찾기 위한 모색을 꾸준하게 계속해 왔다는 것만은 이야기할 수 있다. 그 모색의 여정이 장차 어떤 방향으로 이어질지 나는 모른다. 긴 모색의 여정을 걸어오는 동안 상당한 피로가 내 안에 쌓였다는 사실도 부정할 수 없다. 많은 시간이 지난 다음에 혹시 이 글의 후속편을 작성할 수 있을지도 모르겠다. 어쨌든 오늘의 이야기는 이 지점에서 끝내기로 한다.

'반항'의 정신과 국가 테러리즘의 현실

—알베르 카뮈의 『반항하는 인간』

프랑스의 작가 알베르 카뮈는 『이방인』(1942)이나 『페스트』(1947)와 같은 뛰어난 소설들을 쓴 사람으로 널리 알려져 있다. 그러나 그는 소설 분야에서만 명작을 남긴 사람이 아니다. 『오해』(1944)나 『정의의 사람들』(1949)과 같은 인상적인 희곡들, 『안과 겉』(1937)이나 『여름』(1954)과 같은 아름다운 산문집들, 그리고 『시지프의 신화』(1943)나 『반항하는 인간』(1951)과 같은 무게 있는 철학적 저술들이 또한 그에 의해 써졌다.

이데올로기적 투쟁의 드라마로 점철된 역사의 문제에 대해 적극적인 관심을 가진 사람이라면, 위에서 열거된 카뮈의 중요한 저작들 중에서 『반항하는 인간』에 대하여 가장 커다란 흥미를 느낄 법하다. 바로 그 문제를 직접적으로, 상세하게 다루고 있는 책이 바로 『반항하는 인간』이기 때문이다. 카뮈는 이 책의 서문에서, 자신이 이 책을 쓴 의도를 다음과 같이 밝히고 있다.

이 시론(試論)의 의도는 (…) 논리에 의한 범죄라고 하는 시대의 현실을 인정하고 그것에 대한 갖가지 정당화의 양상을 면밀히 검토해 보자는 데 있다. 이는 우리 시대를 이해하기 위한 하나의 노력이다. 사람들은 아마도, 50년 동안에 7,000만 명에 달하는 인간들을 제 땅에서 몰아내어 노예로 만들거나 살해해 버리는 한 시대는 오직, 그리고 우선적으로 심판받아 마땅하다고 생각하리라. 그렇다 하더라도 우선 그 시대가 유죄라는 것을 이해하는 것이 순서일 터이다. (…) 자유의 기치 아래 조성된 노예 수용소, 인간에 대한 사랑, 혹은 초인의 지향을 내세워 정당화하는 대량 학살은 어떤 의미에 있어서 판단력을 마비시키기에 족하다. 우리 시대 특유의 기이한 전도(顚倒) 현상으로 인하여 범죄가 무죄의 가면을 쓰고 나타나는 날에는, 무죄한 쪽이 도리어 스스로의 정당성을 증명하라는 다그침을 받는다. 이 시론이 감히 의도하는 바는 이 기이한 도전을 받아들여 그것을 검토해 보자는 데 있다.[1]

카뮈는 히틀러의 나치 독일에 의해 프랑스가 점령당했을 당시에는 적극적으로 항독(抗獨) 지하투쟁에 가담하여 싸웠고, 전쟁이 끝난 후에도 휴머니즘의 신념에 입각한 현실 참여의 행동을 다양한 방법으로 꾸준히 계속했던 지식인이었다. 이러한 지식인으로서 그는 "50년 동안에 7,000만 명에 달하는 인간들을 제 땅에서 몰아내어

---

1   알베르 카뮈, 『반항하는 인간』(김화영 역, 책세상, 2003), pp.16~17.

노예로 만들거나 살해해 버리는 시대"의 비극이 도대체 어디에 뿌리를 두고 있는지, 그 궁극적인 지점을 탐사해 보아야 할 필요를 느꼈다. 그리고 이러한 탐사의 결과를 토대로 하여, 그 비극으로부터의 출구를 찾아 나아가야 할 필요를 또한 느꼈다. 이와 같은 요청에 대한 카뮈 나름의 응답으로 써진 저서가 바로 『반항하는 인간』이다.

상당히 방대한 분량을 갖고 있는 이 저서 속에는 따로 떼어놓고 보아도 인상 깊은 대목들이 많다. 니체와 랭보에 대한 기존의 통념을 뒤엎는 평가라든가, 프랑스 대혁명과 19세기 러시아 테러리스트들에 대한 독창적인 해석과 같은 것들은 그중에서도 특히 두드러지는 예이다. 그러나 우리는 이런 대목들을 주의 깊게 읽고 그것들로부터 다양한 발견의 기쁨을 누리면서도 이 책 전체를 통하여 카뮈가 독자들에게 궁극적으로 전하고자 하는 메시지를 또한 놓치지 말아야 한다. 그 메시지란, 한마디로 말하자면, '혁명'을 표방하면서 20세기를 뒤흔들고 1950년대 당시만 해도 전 세계의 절반 가까이를 지배하고 있었던 공산주의의 이념과 체제는 진정한 '반항'의 정신을 철저히 배반한 자리에서 비로소 성립된 것이며 그러니 만큼 자유와 평화를 되찾기 위하여 진정한 반항의 정신을 되살리고자 하는 사람은 이러한 이념과 체제에 단호히 맞서야만 한다는 것이다.

카뮈에 따르면, 진정한 반항의 정신은 '노'라고 말하는 바로 같은 그 순간에 '예스'라고 말하는 정신이다. 반항하는 노예의 '부정'은 무언가 '긍정'할 것이 그에게 있기 때문에 가능해지는 것이다. 그 '긍정할 것'의 핵심은 바로 그 노예가 다른 모든 인간과 마찬가지로 갖고 있는 인간으로서의 존엄성에 대한 확신이며, 생명에 대한 사랑이다. 이러한 확신과 사랑이 그의 반항을 낳는다. 반항의 본질이 이런 것이기 때문에 반항하는 노예는 "적어도 자신이 만인과 공유하고 있다고 여기는 어떤 가치의 이름으로 행동하는 것"[2]이다. 따라서 반항은 허무주의를 용납할 수 없다. 살인행위를 용납할 수 없다. 더더구나 겉치레의 화려한 이데올로기적 구호를 내세워 대량살인을 저지르고 곳곳에 강제수용소를 세우는 따위의 행위는 절대로 용납할 수 없다.

그런데 20세기의 전체주의는 위와 같은 반항의 원리를 끌어내어 이용하면서 실제로는 역사상 유례가 없을 정도의 대량 학살을 저지르고 또 대규모의 강제수용소를 만들어냄으로써 그 원리를 여지없이 짓밟아 놓았다. 이런 '짓밟기'는 두 차례에 걸쳐 나타났던 바, 무솔리니와 히틀러의 파시즘 체제가 그 첫 번째였고, 러시아에 세워진 공산주의 체제가 그 두 번째였다. 이들 양자는 모두 국가 테러리즘의 성격을 가진다는 점에서 공통된다. 단지 전자는 비합리적 테러의 성격을, 후자는 합리적 테러의 성격을 가진다는 점에서 차이가 있을 뿐인데, 이들 가운데서도 후자가 더 무서운 것이다. '보다 진지하고 효율적으로 정비'된 것이 후자이기 때문이다.

카뮈는 상세하고 밀도 있는 논증의 과정을 통하여 위와 같은 판단을 도출해 내고, 비합리적인 국가 테러를 일삼던 세력은 패망했지만 합리적인 국가 테러를 자행하는 세력은 바야흐로 전성시대

---

2 위의 책, p.35.

를 구가하고 있던 1950년대 당시의 시점에서, '사랑이요 풍요'인 '진정한 반항'의 정신을 다시 살려내어 그 시대의 어둠과 대결할 것을 독자들에게 간곡하게 호소한 것이다.

카뮈가 『반항하는 인간』에서 제시한 위와 같은 메시지는, 그 책이 나온 지 70여 년이 지난 현재의 시점에서도 우리에게 깊은 공감을 불러일으킨다. 우리는 소비에트 러시아를 정점으로 하는 국가 테러리즘의 집단이 전 세계의 절반 가까이를 지배했던 시대에 대한 기억을 지금도 생생하게 간직하고 있기에 그러하다. 우리는 그런 집단의 문제점을 그 원조(元祖)의 경우보다도 훨씬 더 심각하게 증폭시킨 형태로 계속해서 보여주고 있는 북한과 지금도 마주서야 하는 상황에 놓여 있기에 또한 그러하다.

그런데 정작 카뮈 자신은 『반항하는 인간』을 출간한 이후, 악의에 찬 수많은 프랑스 좌파 지식인들의 공격 때문에, 죽을 때까지 고통을 겪어야 했다. 김화영은 그러한 사정을 다음과 같이 전하고 있다.

1952년 『반항하는 인간』과 스탈린주의를 에워싸고 월간 『현대』지를 무대로 하여 벌어진 사르트르-카뮈 논쟁 이후 카뮈는 너무나도 빈번히 그리고 무참하게 프랑스 좌파 지식인들의 공격 대상이 되었다. 그 악의에 찬 공격들은 알제리 전쟁과 카뮈의 노벨상 수상을 거쳐 그의 죽음의 순간에까지도 계속되었다. 그때 카뮈가 겪은 고통은 그의 가장 암울한 작품인 『전락』 속에 가슴이 섬뜩한 조롱과 고백 그리고 자기 고발의 형태로 그 흔적을 깊이 남기고 있다.[3]

그러나 이제 우리는 알고 있다—역사의 상고심(上告審)에서 승리한 것은 결국 카뮈쪽이었음을. 소비에트 러시아가 붕괴하고, 그 전까지 많은 부분 베일 속에 감추어져 있던 그쪽 세계의 진실이 백일하에 드러나게 되면서, 그것은 최종 판정이 난 것이다. 프랑스의 소설가 로제 그르니에는 최종 판정이 났던 바로 그 무렵에 위와 같은 사정을 다음과 같은 말로 간명하게 요약한 바 있다.

> 지금도 사르트르-카뮈 논쟁은 계속 중이다. 프랑스 사람들은 볼테르 대 루소 하는 식의 결투를 좋아하니까. 그러나 이제는 공산주의의 붕괴로 인하여 카뮈의 생각이 옳았었다는 것을 (너무 일찌감치 옳았다는 것이 그의 잘못이었다) 사람들이 깨닫게 되었다.[4]

하지만 그처럼 옳은 입장에 섰기 때문에 카뮈는, 다시 말하지만, 죽는 날까지 악의적인 좌파 지식인들의 공격에 시달려야만 했었다. 일찍이 『소련에서 돌아오다』(1936)를 발표한 이후 앙드레 지

---

3 김화영, 「가장 오래된 것과 가장 싱싱한 것의 만남」, p.372. 이 글은 알베르 카뮈, 『최초의 인간』(김화영 역, 책세상, 1995)에 그가 번역자로서 붙인 해설이다. 참고로 언급해 두자면, 위의 인용문 속에서 '사르트르-카뮈 논쟁'이라는 말로 지칭되고 있는 논쟁의 텍스트는 모두 네 편이다. (1) 사르트르의 추종자인 프랑시스 장송이 『현대』지에 발표한, 카뮈에 대한 공격의 글, (2) 카뮈가 장송을 무시하고 『현대』지의 발행인인 사르트르를 상대자로 해서 쓴 답변서, (3) 사르트르가 카뮈를 상대자로 해서 쓴 반박문, (4) 장송이 역시 카뮈를 상대자로 해서 쓴 반박문이 그것들이다. 박이문은 이 중 (2)와 (3)을 한국어로 번역해서 『어떻게 사느냐』라는 제목의 문고판 단행본으로 출간한 바 있다(경지사, 1959).

4 「가장 오래된 것과 가장 싱싱한 것의 만남」, p.371에서 재인용.

드가 겪었던 수난을 그 후에 카뮈가 다시 체험하게 되었던 것이다. 이처럼 프랑스에서 탁월한 양심적 작가에 의해 공산주의 종주국에 대한 정당하고 진실한 비판이 제기될 때마다 악의적인 좌파 지식인들이 무리를 지어 집요한 '논리적 테러'를 일삼곤 했다는 사실은 우리에게도 먼 나라의 일로만 느껴지지 않는다.

정신치료의 세계, 소설로 재탄생하다

—어빈 얄롬의 『쇼펜하우어, 집단심리치료』

어빈 얄롬은 미국의 저명한 정신과 의사이자 학자이다. 그가 자신의 전공 분야에서 출간한 학술적 저서 가운데 국내에는 『실존주의 심리치료』, 『입원환자의 집단 정신치료』, 『집단 정신치료의 이론과 실제』(공저) 등이 번역되어 있다. 이러한 책들의 제목만 보아도 짐작할 수 있듯 그는 정신의학의 여러 유파들 가운데 실존주의 학파에 속하는 학자이며, 정신치료에 있어서는 특히 집단 정신치료에 깊은 관심을 가지고 그 방면의 학문적 연구와 실제적 치료 활동을 계속해 온 사람이다. 실제로 집단 정신치료 분야에서 그가 가지고 있는 세계적인 학자로서의 권위는 매우 큰 것으로 알려져 있다.

그런데 흥미로운 사실은 이처럼 정신의학 분야의 학자로, 또 의사로 일관된 길을 걸어 온 그가 탁월한 작가적 역량을 보여준 소설가이기도 하다는 점이다. 물론 그가 쓴 소설은 모두 그의 전문 분야와 관련된 내용을 담고 있는 작품들이다. 그는 1992년에 그의 첫 장편소설 『니체가 눈물을 흘릴 때』를 발표했으며, 1996년에는

『카우치에 누워서』를, 2005년에는 『쇼펜하우어 치료』를, 그리고 2012년에는 『스피노자 프로블럼』을 냈다. 이 작품들은 모두 한국어로 번역되어 있는데 그중 『쇼펜하우어 치료』는 한국어로 번역되면서 『쇼펜하우어, 집단심리치료』로 제목을 바꾸어 달았다. 이 네 편의 장편소설은 모두 많은 독자들의 주목을 받을 만한 가치를 지니고 있거니와, 이 자리에서는 『쇼펜하우어, 집단심리치료』(이혜성·최윤미 공역, 시그마프레스, 2006)를 살펴보기로 한다.

이 작품은 샌프란시스코에 살고 있는 줄리어스라는 65세의 정신과 의사가 피부암으로 인해 앞으로 기껏해야 일 년 정도밖에 건강한 상태를 유지할 수 없다는 선고를 받는 데서 시작된다. 깊은 고뇌에 시달리면서도 그는 자신이 그때까지 이끌어 오고 있던 심리치료 대상 집단을 일 년 후의 마지막 순간이 올 때까지 최선을 다해서 계속 지도하기로 결심한다. 그러면서 그는 자신이 과거에 치료를 시도했으나 실패했던 경우들을 떠올리고, 그중 대표적인 사례에 해당하는 필립이라는 인물을 다시 찾아보기로 마음먹는다. 필립은 섹스 중독증에 빠져 허덕이던 20대의 청년 시절에 줄리어스로부터 3년간이나 치료를 받았으나 전혀 증세가 호전되지 못한 상태에서 치료받기를 그만두고 말았던 것이다. 그런데 22년 만에 다시 만나 본 필립은 섹스 중독증에서 벗어났을 뿐 아니라, '필립 슬레이트 박사: 철학적 상담'이라는 간판을 걸고, 정신적 치료를 필요로 하는 사람들에게 철학적 사색을 통한 치유의 길을 열어 주는 전문가가 되어 있었다. 필립은 줄리어스에게, 줄리어스를 포함한 여러 정신과 의사들이 모두 치료에 실패했던 자신을 깨끗하게 치유해 준 것은 다름 아닌 쇼펜하우어의 철학이었다고 말한다. 그러면서, 자신이 상담전문가 자격증을 취득하기 위해서 필요로 하는 실습 교육지도를 자신에게 해 달라고 줄리어스에게 부탁한다. 줄리어스는 그의 부탁을 수락하고, 그 대신 자신이 이끄는 치료 대상 집단의 새로운 구성원으로 그가 참가해 줄 것을 요청하여 그의 승낙을 받는다.

이런 식으로 시작된 소설은, 필립이 새로 참가함으로써 일곱 명으로 늘어난 치료 대상 집단과 여기에 다시 의사인 줄리어스까지 포함한 총 여덟 명이 매주 한 번씩 가지는 모임이 계속된 일 년 동안 그들 사이에서 일어나는 드라마를 생동감 넘치는 필치로 전개해 보여준다. 그리고 이러한 이야기와 더불어, 어떤 정신과 의사도 치료하지 못했던 필립에게 건강한 삶의 길을 열어 준 쇼펜하우어라는 철학자의 생애가 흥미진진하게 펼쳐진다. 이러한 두 개의 이야기 흐름이 마무리되는 것은 두 개의 죽음을 통해서이다. 그 하나는 줄리어스의 죽음이고, 다른 하나는 쇼펜하우어의 죽음이다. 줄리어스는 자신이 보람 있는 삶을 보냈다는 확신 속에서 평화롭게 죽음을 맞이하며, 쇼펜하우어는 쇼펜하우어대로 역시 평화로운 죽음을 맞이한다(버트란드 러셀은 "그는 피로하고 김빠진 승리보다 평화에, 개혁의 시도보다 은둔주의에 더 가치를 부여한다"[1]는 말로 쇼펜하우어의 사상을 요약한 일이 있는데, 쇼펜하우어의 평화로운 죽음은 그러한 그의 사상에 잘 어울리는 것이었다). 이러한 두 개의 죽음을 언급하고 난

---

1   버트란드 러셀, 『서양철학사(하)』(중판, 최민홍 역, 집문당, 2006), p.384.

뒤, 작품은 2년을 건너뛰어, 필립이 그 자신의 집단치료 모임을 시작하는 장면을 보여주며 끝을 맺는다.

대략 이상과 같은 줄거리를 가지고 있는 『쇼펜하우어, 집단심리치료』라는 소설의 중요한 등장인물은 이미 말한 바와 같이 여덟 명이다. 얄롬은 이 여덟 명의 인물을 설정하면서 그들 하나하나에게 뚜렷한 개성과 실감을 부여하고 있다. 그렇게 해 놓고서 얄롬은 이들 사이에서 다채로운 상호관계들이 맺어지도록 만든다. 그러한 상호관계들의 전개 과정을 통해, 인간이라는 존재의 심층에 숨어 있는 복잡하면서도 의미 있는 진실이 다양하게 드러난다.

그중에서도 독자들에게 가장 강렬한 인상을 남기는 인물은 역시 필립이다. 필립의 인생은 이 소설 속에서 세 개의 단계를 거친다. 첫 번째 단계는 섹스 중독증에 걸린 인간의 요란스러우면서도 비참한 삶이었다. 이 단계는 그가 쇼펜하우어의 저서들을 읽고 감화를 받아 섹스 중독증으로부터 해방되면서 끝난다. 하지만 그렇게 해서 인생의 제2단계로 접어든 다음에도 그는 얼음 같이 냉정한 성격을 지닌 인간혐오자의 면모까지는 떨쳐버리지 못한다. 그런 그가 따뜻한 감수성과 인간애를 가진 '정말 살아 있는 사람'으로 변모하는 것은 치료 대상 집단의 한 구성원으로 일 년의 기간을 보내면서이다. 그러한 변모를 통해 그는 법률적인 '자격증'의 기준에서뿐 아니라 내면적인 기준으로 볼 때에도 나무랄 데 없는 치료자의 자격을 갖춘 사람으로 거듭나게 된다. 필립의 이와 같은 변화 과정은 소설 속에서 무척 세련된 솜씨로 자연스럽게 처리되고 있다.

집단치료를 받는 동안 자신의 내면에 도사리고 있던 문제들을 차츰차츰 극복하고 개선의 길로 나아간다는 점에서는 필립을 제외한 나머지 여섯 사람들도 다 마찬가지이다. 그리고 이 모든 사람들의 삶에 진정 의미 있는 도움을 주었고 또 그 점을 인식했기에 평화로운 마음으로 죽음을 맞이할 수 있었던 줄리어스 역시 그들과 마찬가지로 집단치료 과정의 수혜자라고 말할 수 있을 것이다.

『쇼펜하우어, 집단심리치료』의 등장인물들이 보여주는 이와 같은 변화의 경로를 따라가는 동안 우리 독자들은, 엄청나게 복잡하고 요란한 현대 문명사회 속에서 각자 나름의 심각한 내면적 문제들을 껴안고 스트레스에 시달리는 가운데 정신없이 살아 온 자신의 삶을 돌아보는 기회를 얻게 된다. 그런가 하면, 얄롬이 그 분야의 대표자 가운데 한 사람으로 활동하고 있는 '집단 정신치료'라는 것이 어떤 것이며 그것이 실제 임상의 현장에서 얼마나 효과를 거둘 수 있는가에 대하여 많은 지식을 얻게 되고, 또 긍정적인 인식을 가지게 된다. 그리고 더 나아가서는, '집단' 정신치료라는 특정의 방법론을 넘어, 정신치료 일반에 대한 이해의 폭을 넓히고, 그 의의를 생각하게 되기도 할 것이다.

물론 정신치료라는 것의 긍정적인 가능성을 무한정 확대해서 생각하는 것은 위험한 일수 있다. 얄롬 자신의 또다른 장편소설인 『카우치에 누워서』만 주의 깊게 읽어 보아도 그 점을 실감하게 된다. 이 작품을 보면, 궁극적으로는 역시 정신치료의 적극적인 가치를 인상 깊게 부각시키는 방향으로 마무리가 지어지고 있지만, 그러한 결말로 나아가는 중간 과정에서는 정신치료에 수반될 수 있는 다양한 문제점들이 솔직하게 피력되고 있는데, 바로 이런 측면에 주목해서 이 작품을 읽는 사람들은, '정신치료의 효능을 무조건적으로 신뢰하는 것은 위험하다'는 결론을 내리지 않을 수 없게 되어 있다.

그뿐만이 아니다. 얄롬의 이론을 포함한 정신치료의 다양한 이론들은 기본적으로 예외 없이 서양식 가족구조·사회구조와 인간관·세계관에 토대를 두고 있는 것이기에, 동양인인 우리들로서는 그것의 실제적인 효능을 따지는 자리에서 더욱더 신중을 기할 수밖에 없는 입장임을 유념할 필요도 있다.

이러한 사정들이 가로놓여 있기는 하지만, 정신치료의 방법론에 입각하여 상담·분석·진료를 행하는 전문가들의 노력이 비록 제한된 범위 내에서나마 수많은 사람들의 건강한 삶을 위하여, 또 현대사회 전체의 건강한 운행을 위하여 소중한 기여를 행해 오고 있음에는 틀림이 없다. 다시 말하거니와 『쇼펜하우어, 집단심리치료』는 이러한 사실을 새삼 독자들에게 확인시키면서 독자들 자신이 영위하고 있는 삶의 실상과 그 의미를 진지하게 되돌아보도록 만드는 역할을 잘 수행하고 있는 소설이다.

자유주의 시장경제 체제에 대한 부당한 공격을 논박한다

―로버트 P. 머피의 『정치의 자본주의 비틀기』

미국의 레그너리 출판사에서 기획하여 지속적으로 간행해 온 시리즈물 가운데 하나로 '정치적으로 올바르지 않은 안내서 (Politically Incorrect Guide)' 총서가 있다. 『정치적으로 올바르지 않은 사회주의 안내서』, 『정치적으로 올바르지 않은 미국 역사 안내서』, 『정치적으로 올바르지 않은 지구 온난화 안내서』 등등. 여기서 사용되고 있는 '정치적으로 올바르지 않은'이라는 표현에는, 말할 나위도 없이, 온갖 방면에서 이른바 '정치적 올바름'을 강요해 대고 있는 요즘 미국의 속된 유행 풍조에 대한 날카로운 비판의식이 개재되어 있다.

일단 '정치적으로 올바르지 않은 안내서' 시리즈가 계속 나오게 된 마당에, 『정치적으로 올바르지 않은 자본주의 안내서』가 빠질 수는 없는 노릇이다. 과연 그런 제목의 책이 2007년에 나왔다. 2016년에는 이 책의 한국어 번역서가 나왔다.

그런데 이 책의 한국어 번역을 결정하고 추진한 사람들은 번역서의 제목을 어떻게 붙일 것인가 하는 문제를 놓고 상당히 고심하지 않을 수 없었을 것이다. 한국의 독자들은 미국의 독자들과 달리 '정치적 올바름'이라든가 '정치적으로 올바르지 않은'과 같은 표현에 그다지 익숙하지 않은 편이기 때문에, 원서의 제목을 직역하여 가져올 수는 없는 노릇이고, 완전히 새로운 제목을 지어 붙여야 할 형편인데, 그렇다면 어떤 제목을 만들어 붙이는 것이 좋을까?

이 문제를 놓고 고민하다가 그들이 내린 결론은, 『정치의 자본주의 비틀기』를 번역서의 제목으로 삼는 것이었다. 내가 보기에는 잘한 결정인 것 같다. 실제로 이 책의 내용 대부분이 바로 좌파 정치인들 혹은 좌파 지식인들에 의해 행해지는 자유주의 시장경제 체제(즉, 정통적인 의미에서의 자본주의 체제)에 대한 부당한 공격을 논박하는 것으로 되어 있다. 그런데 '정치적으로 올바르지 않은'이라는 표현을 쓰면 미국의 독자들이 금방 그 뜻을 알아보는 것처럼, 한국의 독자들은, '정치의 자본주의 비틀기'라는 말을 들으면, "아, 바로 그거!" 하면서 대번에 그 뜻을 알아듣게끔 되어 있는 터이다. 이러니, 『정치의 자본주의 비틀기』라는 번역서 제목은 적절한 것으로 평가받아서 부족함이 없지 않겠는가?

이 책은 16개의 장과 짧은 에필로그로 구성되어 있다. 본문을 이루고 있는 16개의 장에서는 자유주의 시장경제 체제에 대한 좌파 정치인들 혹은 좌파 지식인들의 공격을 다양한 각도에서 요약하여 소개하고 난 다음 그들의 공격이 왜 부당한 것인지를 차근차근 밝혀서 설명하는 방식을 취한다.

그 모든 장의 첫머리에는 그 장에서 다루고 있는 주제에 관한 저자의 입장을 요약하는 구절이 세 가지 혹은 네 가지 정도로 제시되어 있다. 예를 들어 보면 다음과 같다.

제1장의 제목은 「자본주의, 이윤 그리고 기업가들」인데, 이 제1장의 서두에는 다음과 같은 세 개의 요약문이 제시되어 있다.

- 자본주의(capitalism)는 마르크스주의자들이 처음 사용한 중상모략적 용어이다.
- 자본주의보다 더 지속적으로 인간의 삶의 수준을 향상시키는 데 성공한 체제는 없다.
- 이윤은 자원이 효과적으로 사용되었음을 보여주는 증거이다.[1]

제2장의 제목은 「가격은 (그 정의상) 정당한 것이다」이며, 제2장의 서두에는 다음과 같은 세 개의 요약문이 제시되어 있다.

- 거대 정유회사의 이윤은 정당하다.
- 임대료 규제는 가난한 사람들을 괴롭힌다.
- 정부가 가격을 통제할 때 품귀현상이 발생한다.[2]

제3장의 제목은 「노동의 고통」이며, 그 서두에는 다음과 같은 네 개의 요약문이 제시되어 있다.

---

1 로버트 P. 머피, 『정치의 자본주의 비틀기』(이춘근 역, 비봉출판사, 2016), p.17.
2 위의 책, p.28.

- 프로 운동선수들의 임금은 정당한 것이다.
- 해고된 사장님에게 '금빛 낙하산'(엄청난 퇴직금)을 주는 것은 이해할 수 있는 일이다.
- 노동조합은 노동자들에게 피해를 입힌다.
- 정부가 최저임금을 정하는 것은 실업률을 높이는 원인이다.[3]

더 이상의 예시를 하면 너무 장황해질 것 같기에 이 정도로 멈추거니와, 위에서 든 세 개 장의 예만 보더라도, 이 책이 어떤 주제를 다루고 있으며 어떤 입장에서 그 주제에 접근하고 있는지 독자들이 짐작하기에는 모자람이 없을 것이다.

실제로 이 책에서 다루고 있는 주제들은 하나같이 막중한 무게를 갖는 것들이다. 그 하나하나가 자유주의 시장경제 체제의 사활에 관련된다고 해도 과언이 아닐 만큼 중요한 것들이다. 그리고 자유주의 시장경제 체제에 대한 좌파들의 집요한 공격에서 단골로 거론이 되는 것들이기도 하다. 이런 점을 지적하면서 한 가지 서둘러 덧붙이지 않을 수 없는 것은, 그것들 모두는 자유주의 시장경제 체제를 공격하는 자들이 얼마나 무지하거나, 악의적이거나, 무지하고도 악의적인가를 선명하게 드러내 주는 것들이기도 하다는 사실이다.

이 책의 저자인 로버트 P. 머피는 그 모든 주제와 관련하여,

---

3 위의 책, p.39.

자유주의 시장경제 체제를 공격하는 좌파들이 무지하거나, 악의적이거나, 무지하고도 악의적인 자들로 규정될 수밖에 없는 이유를, 감탄할 만큼의 침착성과 치밀성을 가지고 차분하게 설명해 주고 있다. 그리고 에필로그 부분에 가서, '자유 시장을 이해하기 위한 12단계 계획'을 보여주며 독자들의 동참을 권유한다. 그것을 전부 소개하고 싶지만 역시 장황하다는 느낌을 줄 우려가 있기 때문에 그중 앞 절반만 여기에 적어 보기로 한다.

1. 정부가 말하는 해결(solution)은 오히려 문제(problem)라는 사실을 인정하자.
2. 인간들은 서로 평화롭게 거래할 수 있고, 모두가 경제적인 축복을 누릴 수 있다는 신념을 갖자.
3. 어떤 특정한 사회적 질병은 강제력 혹은 정치적인 의지(will)로 제거될 수 없다는 사실을 인정하자.
4. "자족(self-sufficiency)과 자발적인 수단을 말하고 있는가? 혹은 무엇인가 하기 싫을 때마다 정치가들이 그 일을 대신해 주기를 기대하고 있는가?" 스스로에게 물어 보자.
5. 정부가 경제 계획(planning) 혹은 다른 개선 방안들을 들고 나왔을 때마다 결과가 어떠했는지 과거의 기록들을 살펴보자.
6. 정부가 개입할 경우, 피상적인 이익이 아니라 숨겨진 비용을 찾는 방법을 배우자.[4]

---

4 위의 책, pp.256~257.

174 제3부 자유와 제도 그리고 문학

생각해 보면, 자유주의 시장경제 체제, 즉 정통적인 의미에서의 자본주의 체제는, 오래전 복거일이 갈파했듯이 가장 정의로운 체제임에도 불구하고,[5] 정의의 사도 혹은 정의파라는 이름을 참칭하는 자들에 의해 그 본질을 왜곡당하고, 그 명예를 박탈당하고, 그 미덕을 부정당하는 고난의 세월을 이어 오고 있다. 이런 세월이 끝날 가능성은 있는가? 그것을 우리는 알 수 없다. 하지만 이런 세월을 끝내기 위한 노력만은 계속되어야 한다. 그런 노력을 계속해야 할 의무가 우리에게는 있다. ―이렇게 생각하는 사람들에게 이 책 『정치의 자본주의 비틀기』는 훌륭한 지원군의 하나가 되어 준다.

---

5 복거일, 『정의로운 체제로서의 자본주의』(삼성경제연구소, 2005).

제사를 폐지하자

1. 제사는 폐지되어야 한다

유교를 국교로 삼았던 조선 왕조가 멸망한 지 어느덧 1백 년이 넘은 지금도 이 나라 사람들 중의 대다수는 여전히 유교식으로 각자 자기의 조상에 대한 제사를 지내고 있다. 그러나 이제 조상에 대한 제사는 폐지되어야 한다. 왜 폐지되어야 하는가? 이제부터 그 이유를 몇 가지 조목으로 나누어서 차근차근 설명해 보겠다.

2. 조상 제사의 기원

'조상에 대해 제사를 지낸다'고 하는 발상이 동아시아 문명권에서 처음으로 나타난 것은 고대 중국의 은(殷) 왕조 시절, 조갑이라는 인물에 의해서였다. 조갑은 은왕 조강의 동생이었는데, 그가 형을 내몰고 왕위를 빼앗는 쿠데타를 일으켜 성공한 후, 자기 조상에 대해 제사를 지내자는 착상을 하고 그것을 실천에 옮긴 것이 '조상에 대한 제사'라는 풍속의 기원인 것이다. 중국 고대 갑골문 연구의 대가인 김경일이 이 점과 관련하여 제시해 주고 있는 설명을 조금 인용해 보기로 한다.

왕이 된 조갑이 취한 첫 번째 조치는 제례 문화의 정비였다. 그는 이전에 있던 모든 토템, 즉 황하신, 천신 등에 대한 제례를 폐지했다. 그리고는 자신의 직계 혈족들의 제례만을 강화했다.

(…) 이것은 중국 역사상 최초로 일어난 인위적 문화혁명으로, 유교 문화의 시발점이 되는 사건이었다.

왜냐하면 유교 문화의 핵심 내용의 하나가 바로 조상에 대한 제사이기 때문이다. 이 사건은 갑골문을 통해서만 확인할 수 있는 일이기 때문에 후대의 한자로 된 문헌들, 이른바『시경』·『상서』·『주역』·『주례』 등 이른바 '13경'을 통해서는 알 방법이 없다. 그리고 알 방법이 없기 때문에 고대 문화에 대한 오해가 쌓이며 새로운 오해를 낳곤 했던 것이다.

어쨌든 조상신을 가장 위대하고 유일한 신령으로 삼겠다는 이 행동은 당시의 종교 문화적 행태들을 볼 때 여간 돌발적인 것이 아니었다.

(…) 그것은 자신의 정치적 위상 강화를 위한 고도의 전략이었다. 조갑과 그의 신하들은 우선 자신들 조상들의 족보를 재수정했고 조상에 대한 제사를 정례화했다. 이것은 주변 부족들에게 자신들의 조상이 모든 토템과 샤머니즘적인 숭배 대상들을 초월한 존재임을 과시하기 위한 대단히 정치적인 전략이었다.[1]

이처럼 조갑의 쿠데타를 계기로 하여 처음으로 출현한 '조상에 대한 제사'라는 발상과 그 실천은 그 후 공자를 비롯한 유가(儒家) 그룹에 의해 새롭게 다듬어지고 미화되어 가더니 어느새 김경일의 표현대로 '유교 문화의 핵심 내용' 중 하나로 자리 잡는 데까지 이르게 되었다. 그리고 그것이 지금에 이르도록 그 생명력을 강고하게 유지하고 있는 것이다.

그러나 사실 21세기의 대한민국에 살고 있는 우리에게 있어서 조갑이니 그의 쿠데타니 하는 것이 도대체 무슨 의미를 갖는단 말인가? 무슨 의미를 갖기에 조갑이 만들어낸 '조상에 대한 제사'라는 제도를 우리가 지금도 계속 따라야 한단 말인가?

3. 속되고 비루한 요인들

조갑이 처음 만들어내고 공자와 그 추종자들에 의해서 중국에 널리 퍼진 유교식 조상 제사라는 제도는 이곳 한반도에서는 고려 말까지 별다른 힘을 갖지 못했다. 그것이 엄청난 권위를 지니고 한반도에 군림하게 된 계기는 이성계의 쿠데타에 의한 조선 왕조의 건국이었다(이번에도 쿠데타가 계기가 된다). 조선 왕조를 세운 이성계와 그의 그룹은 그들의 새로운 지배 체제를 공고히 하기 위해 그때까지의 전통적 제사 문화를 쓸어버리고 새로운 것으로 대치하

---

1 김경일, 『공자가 죽어야 나라가 산다』(바다출판사, 1999), pp.103~104.

는 그들 나름의 '문화 혁명'을 수행할 필요를 느꼈다. 필요는 발명의 어머니라고 한다. 그들이 느낀 '필요'는 곧 새로운 제사 문화를 '발명'하게 만들었다. 아니, 엄밀하게 말하면 발명이 아니다. 발명은 조갑이 했고, 그들은 그것에 약간의 수정과 보완을 곁들였을 뿐 기본 골격은 그냥 그대로 가져온 것이다. 그리고 그들의 발명 아닌 발명은 15세기 말, 성종대에 이르러 더욱 번듯한 외관을 갖추게 되었다. 사회학자 송호근은 이 문제에 대해 자신이 연구한 결과를 다음과 같이 요약해서 들려주고 있다.

> 고려 말까지도 명절은 하늘과 자연을 경외하는 집단축제였다. 불교에서 유교로 전환한 조선은 민간신앙을 일소할 방법을 주자학에서 찾았다. 제천(祭天)과 제사(祭祀)가 그것이다. 경복궁 우측에 사직단을 지어 하늘신과 토지신에게 제례를 올리고, 좌측에 종묘를 지어 제사의 기원을 마련했다. 15세기 말 성종은 아예 『경국대전』을 편찬해 국법으로 반포했다. 예제(禮制)에 이런 조항이 있다. "6품 이상 문관이나 무관은 3대까지 제사 지내고, 7품 이하는 2대까지, 일반 서민은 부모에게만 제사 지낸다." 잡신을 섬기는 자는 처벌되었다.[2]

그런데 사태는 위의 인용문에서 설명되고 있는 것으로 그치지 않는다. 조상에게 제사를 지내는 것이 한번 지배적인 풍습으로 정

---

2 송호근, 「조상숭배의 나라」, 『중앙일보』 2010.9.28.

착되고 난 후 짧지 않은 세월이 흐르면서 그것은 날이 갈수록 '대외
(對外) 과시용'의 성격을 띠게 됨으로써 악화(惡化) 일로, 비대화(肥
大化) 일로의 길을 가게 되는 것이다. 송호근은 그가 쓴 또 다른
글에서 이 점을 다음과 같이 언급하고 있다.

> 먹을 게 없던 시절, 빈곤한 서민은 위패에 절하는 것으로 족했고,
> 제수(祭需)는 형편에 따랐다. 그런데 가문과 문벌의 위세 경쟁이 격
> 화됐던 조선 후기 봉제사는 문중 대사, 가족의 최대 행사로 변질됐
> 다. 1년 20회 정도 제사를 행하지 않으면 양반이 아니었던 당시의
> 풍조에서 신분 향상을 열망했던 서민들도 제례 경쟁에 뛰어들었던
> 것이다.[3]

이 땅에서 조상에 대한 제사라는 것이 엄청난 비중을 가진 '종교
적 의무'로, '도덕적 책무'로 자리 잡게 된 것은 바로 위에서 설명된
바와 같은 과정을 거쳐서였다. 거기에는 쿠데타로 권력을 탈취한
자들의 냉철한 전략적 계산, 누가 더 잘났나를 두고 겨루는 양반들
의 자기과시욕과 허영, 남들 보기에 멋있는 모습으로 제사를 지냄
으로써 열등감을 극복하고자 노력한 서민들의 집념 등등이 두루
엉키고 겹쳐 있는 것이다.

이처럼 다분히 속되고 더 나아가 비루하다고까지 말할 수 있을

---

3 송호근, 「제사를 회상함」, 『중앙일보』 2013.2.12.

법한 요인들에 근거하여 이 땅에 정착되고 또 확대되어 온 '조상에 대한 제사'라는 풍속을 왜 21세기에 사는 우리가 여전히 끌어안고 있어야 한단 말인가?

4. 유치한 풍경

유교식 제사가 실제로 진행되고 있을 때, 아무런 선입견 없이 그 진행되는 광경을 처음으로 대하는 관찰자의 입장에 서서 본다면, 좀 유치하다는 느낌이 저절로 들지 않을 수 없을 것 같다. 더 나아가서는 좀 웃긴다는 생각이 들 수도 있을 것 같다.

우선, 조상의 귀신이 들어올 수 있게끔, 대문을 살짝 열어 놓는다. 귀신은 별다른 재주가 없기 때문에 대문을 열어 놓지 않으면 들어오지도 못한다는 것이다.

그렇게 하고 나서 조금 시간이 지나면, 이제는 조상의 귀신이 들어왔다고 치고, 술을 주며 마시라고 한다. 그다음에는 밥과 반찬을 주며 먹으라고 한다. 관혼상제의 의식 일체를 자세하게 정리해 놓은 『최신(最新) 가정보감(家庭寶鑑)』이라는 책을 보면 제사 중 이 단계에 대한 설명이 다음과 같이 나와 있다.

유식(侑食) 다음에 계반삽시(啓飯揷匙)를 하는데 메 그릇의 뚜껑을 열고 메에 숟가락을 꽂는 의식이다. 숟가락은 아랫부분이 동쪽으로 향하도록 꽂고, 젓가락은 손잡는 쪽을 동쪽으로 향하도록 하여

접시 가운데에 가지런히 놓는다.[4]

유식이니 계반삽시니 하는 따위의 한자로 된 어려운 용어들이 등장하고 있지만 요점인즉 밥과 반찬을 먹게 한다는 이야기 이외에 아무것도 아니다.

이처럼 귀신이 밥과 반찬을 먹고 있는 동안 산 사람들은 모두 자리를 피하고 나가서 기다린다. 귀신이 조용하고 편안한 가운데서 마음 놓고 밥과 반찬을 먹게 하자는 취지에서다. 『최신 가정보감』에서 "제주 이하 모두 문밖으로 나와 문을 닫는 의식을 합문(闔門)이라 한다"고 설명해 놓은 부분이 여기에 해당한다.

'지금쯤이면 귀신이 밥과 반찬을 다 먹었겠구나' 싶은 생각이 들 만큼 시간이 흐르고 나면 산 사람들은 다시 들어온다. 그 시간은 '약 구시지경(九匙之頃: 밥을 아홉 숟가락 떠먹는 사이)'으로 정해져 있다.

다시 들어와서는 귀신을 향하여 '이제 숭늉을 마시라'고 한다. 『최신 가정보감』을 보면 이 단계가 다음과 같이 설명되고 있다.

합문하였던 문을 여는 것을 계문(啓門)이라고 한다. (…) 계문 다음 절차는 헌다(獻茶)이다. 집사는 국(羹)그릇을 물리고 숭늉을 올린다. 메를 숟가락으로 조금씩 세 번 떠서 물에 만다.[5]

---

4   최호 편저, 『최신 가정보감』(홍신문화사, 1992), p.282.
5   위의 책, p.283.

역시 계문이니 헌다니 하는 어려운 용어들이 등장하고 있지만 요점은 산 사람들이 다시 들어와서 귀신으로 하여금 숭늉을 마시게 한다는 것 이외에 아무것도 아니다. 귀신으로 하여금 숭늉을 마시도록 하는 구체적인 방법은, 산 사람이 밥그릇에 들어 있는 밥을 숟가락으로 조금씩 세 번 떠서 물에 마는 것이다. 그렇게 하면 귀신이 숭늉으로 알고 마신다는 것이다. 그렇게 하고 나서 조금 있다가 '지금쯤이면 귀신이 숭늉을 다 마셨겠구나' 싶은 시점에서 상을 치운다.

이런 식으로 진행되는 것이 제사의 구체적인 절차이다. 아무래도 좀 유치하지 않은가?

5. 어느 노파의 고민

김동리가 1946년에 발표한 「미수(未遂)」라는 단편소설을 보면, 한 무식한 노파가 등장한다. 그에게는 결혼한 딸이 하나 있었는데, 그만 젊은 나이로 죽고 말았다. 사위는 새로 장가를 들었다. 그런데 이 노파는 달리 갈 데가 없기 때문에 어쩔 수 없이 그 사위에게 계속 얹혀서 살고 있다. 이런 처지에 놓여 있는 노파를 괴롭히는 가장 심각한 고민은 다음과 같은 것이다. "사람이 살아서야 여간고생을 하더라도 죽은 뒤의 복을 타야지, 한 해 한 번씩 떳떳이 제사 지내줄 사람도 없다면 그 무궁한 세월을 또 어떻게 굶주리며 도라다닌단 말인가."[6] 노파는 이 문제 때문에 도저히 견딜 수가 없어서 자살을 기도하게 될 만큼 괴로워한다.

지금도 유교식 제사를 꼬박꼬박 지내고 있는 사람이라면 이런 노파의 고민에 대해 그것을 달래주거나 반박할 만한 말을 찾을 수 없을 것이다. 바로 앞에서 유교식 제사의 풍경을 묘사해 보인 바 있거니와, 거기서 묘사된 제사 풍경의 기저에 깔려 있는 생각이 무엇인가? 자손이 제사 때마다 밥을 먹여 주고, 반찬을 먹여 주고, 숭늉까지 대접해 주어야만 죽은 자가 굶지 않고 지낼 수 있다는 생각, 그것 아닌가? 그런 생각을 받아들인다면, 「미수」에 등장하는 노파와 같은 입장이 되었을 경우, '그 무궁한 세월을 어떻게 굶주리며 돌아다닌단 말인가'라는 고민에 사로잡히는 것이 당연하고 필연적이다.

당신은 이런 노파의 고민을 당연하고 필연적인 것으로 인정하는 데 동의하지 않는가? 그와 같은 고민이 잘못된 것, 혹은 어리석은 것이라고 보는가? 당신 자신은 노파와 다른 부류의 사람이라고 믿는가? 만약 그렇다면, 당신이 지금 당장 해야 할 일이 하나 있다. 앞으로 유교식 제사를 지내는 일 따위는 그만두겠다고 결심하는 일이 그것이다.

---

6 김동리, 「미수」, 『백민』 1946.12, p.81.

6. 부계혈통주의의 망상

이제는 조금 다른 이야기를 해 보기로 하자.

조갑이 만들고 행한 제사나, 이성계와 그의 그룹에 의해 이 땅에 뿌리내리게 된 제사나, 21세기 현재의 시점에서 행해지고 있는 제사나, 모두 부계(父系) 조상을 숭모의 대상으로 삼고 있다는 점에서 공통된다. 예를 들어 제사를 받들어 모실 대상의 하나로 '2대 조상'을 거론할 경우 그것은 아버지의 부모를 가리키는 것이지 어머니의 부모를 가리키는 것이 아니다. '3대 조상'을 거론할 경우라면 그것은 아버지의 아버지, 즉 할아버지의 부모를 가리키는 것이지 다른 누구를 가리키는 것이 아니다. 이런 식으로, 유교식 조상 제사가 말해지고 행해지는 모든 자리에서는 철두철미하게 부계 조상이 문제될 뿐이다. 가문의 시조나 중시조를 따질 때에도 예외 없이 부계로만 거슬러 올라간다. 모계(母系) 조상은 전혀 안중에 없다.

이렇게 오로지 부계로만 조상을 찾아 올라가 섬기고 모시면서, 그렇게 하는 사람들은, 이구동성으로 다음과 같은 표현을 반복한다: "바로 이 부계 조상들이 우리 후손들의 뿌리이다. 근본이다. 이 부계 조상들의 계보를 통하여 생명이 대대로 이어지고, 혈통이 대대로 전승되어 온 것이다."

이처럼 부계 조상만을 찾아 올라가 섬기고 모시며 그들만을 자신의 '뿌리'로, '근본'으로 간주하는 사람들의 마음속 깊은 곳에는 대개의 경우 한 가지 믿음이 공통적으로 자리 잡고 있다. 그것은 '남자가 씨를 뿌리는 존재라면, 여자는 밭을 제공하는 존재에 불과하다'라는 믿음이다. 그러니까 혈통은 능동적으로, 적극적으로, 주체적으로 '씨를 뿌리는' 남자쪽, 즉 부계를 통해서만 지속적으로 이어진다고 그들은 믿고 있는 것이다.

그러나 이들의 그러한 믿음은 틀린 것이다. 생물학자 최재천의 다음과 같은 설명을 들어보라.

핵이 융합하는 과정에서는 당연히 암수의 유전자가 공평하게 절반씩 결합하지만 핵을 제외한 세포질은 암컷이 홀로 제공하는 것이기 때문에 미토콘드리아의 DNA는 온전히 암컷으로부터 옵니다. 바로 이런 이유 때문에 생물의 계통을 밝히는 연구에서는 미토콘드리아의 DNA를 비교 분석합니다. 철저하게 암컷의 계보를 거슬러 올라가는 것입니다. 전통적으로 남자만 이름을 올릴 수 있는 우리 족보와는 달리 생물학적인 족보는 암컷 즉 여성의 혈통만을 기록합니다. 부계 혈통주의는 생물계 그 어디에도 존재하지도 않을뿐더러 존재할 수도 없습니다.[7]

최재천은 '씨'와 '밭'이라는 비유에 입각한 사고가 잘못되었다는 사실을 구체적으로 지적하고 있기도 하다. 그의 설명에 따르면 19세기 이전 서양의 생물학자들도 오로지 부계로만 조상을 찾아 올라가 섬기고 모시던 이 땅의 수많은 사람들과 꼭 마찬가지로 '씨'와 '밭'이라는 비유적 사고를 동원하여 부계혈통주의를 정당화하려 했

---

7 최재천, 『여성시대에는 남자도 화장을 한다』(궁리, 2003), p.234.

다고 한다. 그런데 이런 사고는 '결국 과학의 객관성 앞에 무너질 수밖에 없는' 망상이었다는 것이다.

DNA의 존재를 모르던 시절이긴 하지만 당시 생물학자들은 정자 안에 이미 작은 인간이 들어앉아 있다고 주장했습니다. '씨'는 이미 남성에 의해 결정되어 있고 이름하여 '씨받이'로 간주된 여성은 그저 영양분을 제공하여 씨를 싹틔우는 밭에 불과하다고 설명하려 했습니다. 정자 속에 이미 작은 사람이 들어 있다는 이론을 받아들이면 실로 어처구니없는 모순에 빠질 수밖에 없습니다. 마치 러시아의 전통 인형처럼 그 작은 사람의 정자 속에는 더 작은 사람이 웅크리고 있어야 하고, 또 그 사람의 정자 속에는 더 작은 사람이 있어야 하고, 그 사람의 정자 속에 또 더 작은 사람이 들어 있어야 하고 하는 식의 무한대의 모순을 범할 수밖에 없습니다. 그릇된 이념은 결국 과학의 객관성 앞에 무너지게 되어 있습니다.[8]

이처럼 자연과학의 객관성에 입각해서 볼 때, 오로지 부계로만 조상을 찾아 올라가 섬기며 거기에다 '뿌리'니 '근본'이니 하는 단어들을 가져다 붙이는 행위는 아무런 설득력을 지니지 못하는 '헛소동'에 지나지 않는다.

물론 인간에게는 자연의 차원 이외에 문화의 차원이라는 것이

---

8 위의 책, pp.234~235.

있고, 문화의 차원이 자연의 차원과 반드시 일치해야만 한다는 법은 없는 것이니 만큼, 자연의 차원에서 볼 때 단순한 '헛소동'으로 그치는 것이라는 이유만으로 그런 행위가 백 퍼센트 무의미한 것이라는 판정을 내린다면 그것은 성급한 처사라는 지적을 받을 수 있다. 그렇기는 하지만, 자연과학이 가르쳐 주는 객관적 진실이 어떤 것인가를 알고 나서 다시 생각해볼 때 그런 행위에 내재된 한계 혹은 문제점이 전보다 더욱 선명한 것으로 다가오게 된다는 사실까지를 우리가 외면할 수는 없는 노릇이다.

7. 몰염치한 남자들

위에서 살펴본 바와 같이 유교식 제사는 자연과학이 가르쳐 주는 객관적 진실을 위반하면서 오로지 부계로만 조상을 찾아 올라가 섬기고 모계는 무시해 버리는 것이어니와, 제사를 이런 방향으로 몰아간 것은 말할 나위도 없이 남자들이다. 그런데 이 남자들은, 그처럼 부당하게 모계를 무시하고 부계만 섬기면서, 정작 그 제사를 지내기 위해서 요구되는 육체적 노고는 전적으로 여자에게만 떠맡기는 몰염치함을 또한 보여준다. 이것은 조선시대부터 그러하였다. 아니, 한참 더 거슬러 올라가, 고대 중국에서부터 그러하였다. 강명관은 그의 저서에서 이 점을 다음과 같이 언급한 바 있다.

봉제사(奉祭祀), 접빈객(接賓客)이 여성의 소임이라는 것은 이미

『예기』혹은『소학』에서 규정된 여성의 역할이었다. 곧 '제수를 준비하는 책임과 요리하여 차리는 절차는 모두 주부의 책임'이었다.[9]

그것뿐만이 아니다. '봉제사, 접빈객'에 소요되는 비용을 마련하는 것까지도 주부의 책임으로 돌려졌다. 조선시대에 엄숙한 어조로 여자들을 훈계하는 책을 써서 널리 권위를 인정받았던 송시열이라든가 한원진 같은 남자들의 '가르침'을 보면 이런 내용이 계속 발견된다. 강명관의 저서를 조금 더 인용해 보자.

한원진은 말한다: "가난한 집은 또 순서대로 제물을 마련하기 어려울 것이나, 주부 된 사람이 또한 소홀한 마음으로 받들 수 있겠는가. 새로 난 물건을 보면 감히 먼저 먹지 않고, 천신하는 데 쓸 만한 것이 있으면 함부로 허비하지 않아 단단히 간직해 두고 평소에 저축해 두었다가 지극히 정결하게 삶고 익히고, 지극한 정성으로 진설하여 올린다면, 제물은 비록 박하더라도 귀신이 반드시 흠향할 것이다." 제수 준비에 정성을 다하라고 말하고 있지만, 비용의 준비는 사실 주부에게 떠맡긴 것이다. 즉 조리를 말하는 것이 아니라, 제수를 준비하는 것, 제사의 경제적 비용에 대한 주문이다. 이것 역시 여성에게 전적으로 맡겨진 책임이었다. 접빈객의 비용 역시 동일하다. 송시열은 머리카락을 잘라 팔아서 손을 위한 음식의 비용을 마련한 예를 들고 있거니와, 한원진 역시 이 예를 인용하면서 가난한 경우에도

---

9   강명관, 『열녀의 탄생』(돌베개, 2009), p.415.

마련하기 어렵다는 뜻을 표시하지 않고 정성을 다해 준비할 것을 요구한다. 이런 요구는 남성이 원래 맡아야 할 책임을 여성에게 전가한 것이다. 제사와 빈객은 모두 남성을 위한 것이었다.[10]

'유교식 제사를 지극한 정성으로 모셔야 한다'는 명제가 절대적인 권위를 가지고 이 땅에 군림했던 시대—좀더 구체적으로 말하자면 조선시대, 그중에서도 특히 조선 후기—의 남자들은 위의 인용문에서 언급된 송시열과 한원진이 대표하는 바와 같이 몰염치한 남성이기주의를 자못 근엄한 어조로 주장하고, 가르치고, 실천했다. 이런 남성이기주의는 그 시대 사람들의 생활 구석구석에서 일사불란하게 관철되었지만 특히 유교식 제사가 시행되는 현장에서 그 가장 생생하고 역동적인 표현을 보인 것으로 생각된다. 이런 남성이기주의가 정의(正義)로, 도덕으로, 규범으로 떠받들어지는 세상에서, 여성의 기본적 인권이 조직적으로, 제도적으로 유린당하는 것은 보편적인 일상(日常)이 되었던 것이 사실이다.

8. 현장의 풍경은 바뀌지 않았다

그러면 조선시대가 역사의 뒤안길로 사라져간 지도 1백 년이

---

10 위의 책, pp. 415~416.

넘게 지난 오늘의 상황은 어떠한가? 생활의 다른 영역에서는 많은 변화가 있었다고 하겠지만 유교식 제사가 시행되는 현장의 풍경은 거의 바뀌지 않았다. 오늘의 시점에서도 여전히 '제수를 준비하는 책임과 요리하여 차리는 절차는 모두 주부의 책임'으로 되어 있는 것이다. 송시열과 한원진의 시대 그대로이다. 아니, 『예기』와 『소학』이 써졌던 시대 그대로이다.

시장을 돌아다니며 갖가지 제수를 사 오고, 그것을 가지고서 이런저런 요리를 만들어내는 것은 상당히 복잡하고 힘들며 지루하고 단조로운 노동이다. 가정을 가지고 있는 여자들은 이런 노동을 일 년에 몇 번씩이나 반복해야 한다. 제사가 많은 집에서는 열 번 넘게라도 반복해야 한다.

여자들이 이런 노동을 하고 있는 동안, 그 여자가 속해 있는 가정의 남자들은 어떤 일을 하는가? 대부분의 경우, 남자들끼리 모여 앉아 TV를 보거나 잡담을 나누거나 할 뿐, 아무 일도 하지 않는다. 맥주를 마시거나, 고스톱을 즐기기도 한다.

그런 식으로 놀면서 시간을 보내다가, 준비가 다 끝나 제사상이 차려지면, 남자들끼리만 모여서 절을 한다, 축문을 읽는다, 술을 올린다, 밥과 반찬을 권한다, 숭늉을 권한다 하며 기세를 올린다. 그렇게 하면서 제사라는 의식의 주인공이 되고, 효성스러운 후손이 된다. 대개의 경우 여자들은 여기에 끼지 못한다. 남자들이 끼워주지 않는 것이다.

하긴 여자들의 입장에서도, 대부분의 경우, 거기에 굳이 끼고 싶지 않을 것이다. 제사라는 의식에서 숭배의 대상이 되는 조상 귀신이 모두 남자 집안의 조상 귀신인데, 다시 말해 여자의 입장에서 보면 타인의 조상 귀신인데, 무엇이 아쉬워서 거기에 끼고 싶을 것인가?

그런데 바로 이런 남자 집안의 조상 귀신을 받들어 모시고 술과 밥과 반찬을 권하는 의식을 진행하기 위해 여자들은 그토록 복잡하고 힘든 노동을 한 것이다. 남자들이 TV를 보거나 고스톱을 즐기고 있던 그 시간에.

조금만 주체적인 의식이 있는 여자라면 분노가 치밀 수밖에 없는 상황이다. 이런 상황이 일 년에도 몇 번씩—많게는 열 번도 넘게—줄기차게 반복되는 것이다.

그렇다면 이런 상황 속에 놓여 있는 남자들은 마음이 편한가? 게으르고 이기적이며 반성적 사고와 거리가 먼 남자들이야, 마음이 편할 것이다.

하지만 조금이라도 반성적 사고를 행할 줄 아는 남자라면 마음이 편할 수 없다. 이토록 심한 성차별과 인권유린이 공공연하게 자행되고 있는 현장에서 어떻게 마음이 편할 수 있으랴?

그러나 마음이 편하고 편하지 않고를 떠나, 대부분의 남자들은, 여자들이 복잡하고 힘든 노동에 시달리는 동안, 할 수 있는 일이 별로 없다. 뭘 할 줄 아는 것이 있어야 하지?

비교적 젊은 연령층에 속하는 남자들 중에는 '뭘 할 줄 아는 남자'가 되어서 실제로 제수를 준비하고 만드는 노동에 참여하고자 시도하는 경우도 가끔 있지만, 그런 경우에는 아직까지도 낡은 인습에 사로잡혀 있는 노년층으로부터 대번에 '그렇게 하지 말라'는 명령이 떨어진다.

　최근에는 '설거지는 남자가 하자'는 이야기가 나오고 있으며 일부의 가정에서는 그런 이야기가 실천에 옮겨지고 있기도 하다. 그정도만 해도 약간의 개선이 이루어진 셈이기는 하다. 그렇지만 설거지를 해 본 사람이면 누구나 다 실감하는 바이거니와 음식을 준비하고 만드는 노동에 비하면 설거지 따위는 사실 아무것도 아니다.

9. 최길성이 지적한 것

　지금까지 살펴본 바와 같이 유교식 제사는 성차별을 당연한 것으로 여기는 의식에 바탕을 두고 있으며 실제로 진행되는 과정에서도 노골적인 성차별을 행하게 되는 것이 불가피하다. '성차별을 극복하는 일'과 '유교식 제사를 계속해서 행하는 일'은 서로 공존하는 것이 절대로 불가능한 관계에 있다. 그러니 만큼 유교식 제사가 앞으로도 계속해서 유지될 경우 그것은 성차별이 제대로 극복된 세상을 만들어가고자 하는 노력에 대하여 심각한 장애로 작용하게 될 수밖에 없다.

　유교식 제사가 폐지되어야 마땅한 이유는 그밖에도 또 있다. 그 또 다른 이유의 핵심은 지금으로부터 수십 년 전에 이미 민속학자 최길성에 의해 정확하게 지적된 바 있다. 그는 1986년에 초판을 내고 1991년에 증보판을 간행한 『한국의 조상숭배』라는 저서에서 다음과 같이 말하고 있는 것이다.

필자는 유교의 제사는 크게 개혁되거나 중지되는 것이 바람직하다고 믿는다. 왜냐하면 조상 제사를 인정하게 되면 그 안에 포함된 구조적 가치관으로서의 조상 중심의 신분제적 사회를 인정하는 것이 되기 때문이다.[11]

'유교식 제사를 인정하게 되면 조상 중심의 신분제적 사회를 인정하는 것이 된다'고 한 최길성의 지적을 다른 말로 풀어서 다시 정리하면 대략 다음과 같은 내용이 될 것이다. "유교식 제사에 대한 긍정은, 과거에 대한 숭배, 씨족(가문)이기주의의 긍정, 양반과 상민을 차별하는 신분제에 대한 긍정 따위를 그 효과로서 불러오게 된다." 이런 효과는 의식의 차원에서 발생할 수도 있고, 무의식의 차원에서 발생할 수도 있을 것이다. 의식의 차원에서 발생하는 것도 큰 문제이고, 무의식의 차원에서 발생하는 것도 그것 못지않게 큰 문제가 된다.

10. 제사를 폐지하자

지금까지의 논의에 의해, 유교식으로 치러지는 '조상에 대한 제사'가 왜 폐지되어야만 하는가 하는 것은 충분히 설명되었으리라

---

11 최길성, 『한국의 조상숭배』(증보판, 예전, 1991), p.112.

고 믿어진다. 대부분의 가정에서 일 년에 최소한 네 번 넘게, 많게
는 열 번 넘게까지 치러지고 있는 '조상에 대한 제사'라는 이 이상한
행사를 더 이상 존속시켜야 할 아무런 이유가 없다.

제4부

한국사의 빛과 그늘

조선시대의 노예제도에 대한 몇 가지 생각

　　복거일은 그의 소설에서 작가인 복거일 자신을 모델로 한 인물을 등장시킬 경우 그 인물에게 '현이립'이라는 이름을 부여하고서 작품을 진행해 나가곤 한다. 그러니까 복거일의 소설 속에 현이립이 등장하여 이런저런 발언을 하는 것을 보게 되면 우리는 그 발언이 복거일 자신의 육성을 담고 있는 것이라고 이해해도 크게 틀리지 않다. 그런 식으로 복거일의 소설 속에 등장하는 현이립의 여러 발언들 가운데서도 나에게 각별히 인상적이었던 발언이 하나 있다. 그의 작품 『보이지 않는 손』에 들어 있는 다음과 같은 발언이 그것이다.

　　"내가 알기로는 우리 사회보다 더 철저하게 노예제도를 운영한 사회는 없었어."[1]

　　이러한 현이립의 발언은 역사적 진실을 정확하게 가리키고 있

1　복거일, 『보이지 않는 손』(문학과지성사, 2006), pp.92~93.

는 것이라고 나는 생각한다. 우리 사회—조금 더 엄밀하게 표현하자면 조선시대의 우리 사회—보다 더 철저하게, 더 지독하게 노예제도를 운영한 사회는 동서고금의 인류사를 두루 살펴보아도 좀처럼 발견되지 않는다. 그래서 세계 각지의 노예제도를 폭넓게 검토하고 비교 고찰한 올란도 패터슨 같은 학자도 "코리아에서 우리는 동양에서 가장 발달한 노예제를, 그리고 전근대 세계 어디에서보다 가장 발달된 노예제의 하나를 발견한다"[2]고 단언하였던 것이다.

다시 『보이지 않는 손』으로 돌아가서 보면, 현이립은 위에 인용된 발언에 바로 이어서 다음과 같은 말도 하고 있다.

"노예사회로 악명이 난 남북전쟁 이전의 미국 남부 사회도 조선조 사회보다는 노예사회의 특징이 훨씬 덜했어."[3]

현이립이 위와 같이 판단하는 근거가 작품 속에 구체적으로 제시되어 있지 않기 때문에 그가 어떤 점에 주목해서 위의 발언을 하고 있는 것인지는 확인하기 어렵다. 하지만 우리 나름대로 다음과 같은 두 가지 사항을 잠깐 떠올려 보면 조선시대의 노예제도가 남북전쟁 이전 미국 남부 지방의 노예제도보다 더 나쁜 것이었다는 결론이 금방 나온다.

---

2 Orlando Patterson, *Slavery and Social Death: A Comparative Study*(Harvard University, 1982), p.143. 이영훈, 「한국사에 있어서 노비제의 추이와 성격」, 역사학회 편, 『노비・농노・노예』(일조각, 1998), p.305에서 재인용.

3 복거일, 앞의 책, p.93.

(1) 조선 시대의 유력한 양반들이 소유했던 노예 집단의 규모는 참으로 대단한 것이었다. 미국 남부의 노예 소유주들이 들었더라면 경악을 금할 수 없었으리라고 생각될 정도의 규모였다. 조윤민이 제시하고 있는 다음과 같은 예를 보면 그 점을 확인할 수 있다.

> 퇴계 이황(1501~1570)의 장남은 360여 명의 노비를 거느렸고, 문신이자 시인인 윤선도(1587~1671)의 집안에는 700명의 노비가 있었다. 15세기에서 17세기에 고위 관료를 지낸 양반의 경우 대체로 500~600명의 노비를 보유했으며, 중앙의 하급관직 이력을 가진 양반도 최소한 200~300명의 노비를 둘 정도였다. (…) 세종(재위 1418~1450)의 아들 영응대군은 무려 1만여 명의 노비를 두었다고 하며, 선조의 맏아들인 임해군은 전국에 걸쳐 수천 명의 노비를 거느렸다고 한다.[4]

그렇다면 남북전쟁 이전 미국 남부에 살았던 노예 소유주들이 거느린 흑인 노예의 수는 어느 정도였는가? 이영훈이 미국 학자들의 여러 저술들을 토대로 하여 제시하고 있는 설명을 들어 보면 다음과 같다.

> 미국 남부에서 '농장주'로 불리기 위해서는 20명 이상의 노예를 소유할 필요가 있었다. '귀족적 농장주'는 50명 이상의 노예를 소유

---

4 조윤민, 『두 얼굴의 조선사』(글항아리, 2016), p.114.

하였다. 100명 이상을 소유하면 '극단적으로 부유한 가문'으로 분류
되었다. 그 가운데 250명 이상을 소유한 초극단적으로 부유한 귀족
은 남부 전역에 걸쳐 125호에 불과하였다.[5]

어떤가? 미국 남부의 노예 소유주들이 조선 왕조 시대 양반들의
노예 소유 규모를 알았더라면 경악을 금할 수 없었을 것이라고 판
단하는 게 당연하지 않은가?

(2) 미국의 남부 지방에서 노예제도가 시행되고 있는 동안, 수
많은 백인 지식인들이 노예제도를 근원적으로 부정하고 규탄하는
이론적 투쟁을 전개했다. 또 수많은 백인 활동가들이 노예들을 구
출하기 위한 실천적 행동에 나섰다. 그러나 조선시대의 어떤 지식
인도 노예제도를 근원적으로 부정하는 이론을 제시하지 않았다.
노비들의 고난에 연민을 느끼고 좀더 인간적인 대우를 해 줄 방안
을 모색한 사람은 몇 명 있었으나 노예제도 자체를 근본적으로 문
제 삼고 비판 혹은 부정의 대상으로 삼은 지식인은 단 한 사람도
나오지 않았다. 정약용 같은 사람은 오히려 그와 정반대되는 방향
으로 자신의 주장을 펼쳐 나갔다. 박지원도 별 수 없었다.

가장 대표적인 실학자인 정약용은 오히려 1801년의 공노비 해방
조치를 강도 높게 비판했다. 노비 해방으로 인해 국가 기강이 무너지

---

5 이영훈, 『세종은 과연 성군인가』(백년동안, 2018), pp. 28~29.

고 상하가 문란해질 것이니, 속히 노비제도를 복구하지 않는다면 사회 혼란이 걷잡을 수 없을 것이라 하여, 관노비 해방으로 인한 사회 신분질서의 붕괴 가능성에 대한 위기의식을 노골적으로 드러냈다. 그런가 하면, 양반에 대해 신랄한 비판을 가한 박지원도 노비제도를 폐지해야 한다는 말은 한마디도 하지 않았다. 이런 선비들이었기에, 어느 누구도 노비제도의 즉각적인 완전 철폐를 주장하지 않았다.[6]

지금까지, 남북전쟁 이전 미국 남부의 노예제도와 조선시대의 노비제도 사이에서 발견되는 차이점으로 두 가지를 언급해 보았거니와, 이 정도의 비교만으로도, 후자가 전자보다 더 심각한 증상을 지닌 것이었음을 입증하기에는 모자람이 없는 것으로 생각된다.

그리고 기왕 남북전쟁 이전 미국 남부의 노예제도와 조선시대의 노비제도를 비교하는 논의가 나온 김에, 그 양자 사이의 차이점으로서 한 가지 더 언급할 것이 있다. 주지하는 바와 같이, 미국 남부 지방의 지배적 집단이었던 백인 그룹은 자기들과 인종이 다른 흑인들을 노예로 삼았고 자기들과 같은 백인을 노예로 삼지 않았다. 그러나 조선의 지배 그룹이 자기들의 노예로 삼고 날마다 짓밟은 대상은 인종, 언어, 문화 등등 모든 면에서 자기들과 아무런 변별점이 없는 동족들이었다.[7] 그와 같은 차이점 때문에 전자와

---

6 계승범, 『우리가 아는 선비는 없다』(역사의아침, 2011), p.148.
7 조선의 노비 집단이 인종, 언어, 문화 등등 모든 면에서 지배 집단과 아무런 차이가 없는 사람들로 충원되었던 것은 세계사적으로도 비슷한 예를 찾아보기가 쉽지 않은 현상이다. 세계사를 광범위하게 살펴보면, 전쟁 포로라든지 피정

후자 가운데 어느 편이 더 낫고 어느 편이 더 사악한 것으로 판정된다고 간단히 말하기는 어려울 듯하다. 그러나 이러한 차이가 매우 중요한 의미를 갖는 것임에는 틀림이 없다고 할 것이다.

지금까지의 다소 장황한 논의를 통해, "남북전쟁 이전의 미국 남부 사회도 조선조 사회보다는 노예사회의 특징이 훨씬 덜했어"라는 말이 타당한 것이라고 느껴지게 할 만큼 조선시대의 노비제도가 대단한 제도였다는 사실은 충분히 드러난 셈이라고 보아도 좋겠다. 이러한 제도를 고집스럽게 지키며 그 제도 위에서 사회를 운영해 온 필연적인 결과로, 조선 사회는 야만적인 성격을 지니게 된다. 어찌하여 노예제도 위에서 운영되는 사회는 '필연적으로' 야만적인 성격을 지니게 되는 것인가? 복거일은 그의 또 다른 저서인 『역사가 말하게 하라』속에서 이 물음에 대한 답을 다음과 같이 주고 있다.

복지의 주민들과 같은 외부 집단을 노예로 삼고 부린 경우는 많았어도, 순수한 동일 집단 내부의 사람들을 대량으로 노예화하고 그 신분을 대대로 세습까지 시켜 가며 혹사한 경우는 드물었다. 이 점과 관련하여 이영훈은 어떤 미국인과 다음과 같은 대화를 나누었던 기억을 전하고 있다. "언젠가 미국 남부를 여행하는 중에 어느 미국인에게 15~17세기 한국에서도 인구의 30~40%가 노비였다고 이야기한 적이 있다. 그랬더니 그가 묻기를 '그들은 어디서 왔는가'라고 하였다. 다 알다시피 미국 남부의 노예들은 아프리카에서 끌려온 자들이다. 미국인의 노예제에 대한 기억이 그러하기 때문에 그는 한국에서도 인구의 상당 부분이 노예적 존재였다는 나의 이야기에 대뜸 그렇게 물은 것이다. 나는 한국의 노비들은 끌려온 것이 아니라 내부에서 생겨난 자들이라고 설명하였다. 나는 그 미국인이 나의 설명을 납득했다고 믿지 않는다. 그것은 아직 한국인들도 잘 납득하지 못하는 세계사적으로 특이한 현상이기 때문이다"(이영훈, 『세종은 과연 성군인가』, pp.39~40).

다른 사람들을 노예로 부리려면, 누구든 마음을 모질게 먹고 자신과 똑같은 사람들을 사람들이 아니라고 자신을 설득해야 합니다. 사람은 모두 사람답게 살아야 한다는 보편적 이치를 애써 외면하고, 어떤 사람들은 사람 대접을 못 받아야 옳다고, 그것이 하늘이 정한 이치라고, 자신을 설득해야 합니다. 그래서 자신이 비인간적으로 되는 것입니다. 개인들이 그렇게 비인간적으로 되면, 사회도 자연스럽게 야만적 특질을 띠게 됩니다.[8]

노예제도는 그 제도 아래서 짓밟히는 수많은 노예들에게 형언할 수 없는 고통을 안겨준다. 그런가 하면 노예제도는 그 제도가 존재하는 사회 속에서 지배자의 위치를 차지하고 있는 사람들에게도 행복이 아니라 불행을 가져다준다. 원래는 그렇지 않았던 사람을 비인간적인 존재로—잔인하고 추악한 괴물로—바꾸어 버리는 마법을 행함으로써 그렇게 하는 것이다.

19세기 초에 흑인 노예로 태어나 갖은 고난을 겪은 끝에 필사적인 탈출을 감행, 자유인이 된 후 노예해방 운동에 평생을 바친 프레더릭 더글러스의 회고록을 보면 이 점을 잘 말해주는 이야기가 나온다. 그가 아직 남부 지방의 한 노예로 살고 있던 무렵에 만난 어느 여주인에 관하여 그는 다음과 같은 기록을 남기고 있는 것이다.

---

8 복거일, 『역사가 말하게 하라』(다사헌, 2013), p.115.

여주인은 본디 친절하고 부드러운 성품을 갖고 있어서 처음 만났을 때는 그 천진한 성격대로 나를 한 인격체로 대해 주었다. 그러나 노예주의 의무를 인식하면서부터 나를 단순한 소유물로 생각하기로 했는지 가만두지도 않았다. 나를 인간으로 대우하는 것은 잘못일 뿐 아니라 위험했다.

노예제는 나쁜 아니라 그녀에게도 해로운 것이었다. 처음에 그녀는 신심 깊고 온화하고 부드러운 여자였다. 슬프거나 고통스런 일엔 눈물을 흘리던 여자였다. 주변에 굶주린 사람이 있으면 빵을 주고 헐벗은 이들이 있으면 옷을 주고 슬픔에 우는 이들이 있으면 위로하던 여자였다.

그러나 노예제는 곧 놀라운 힘으로 그녀에게서 이런 천사 같은 성품을 빼앗아갔다. 노예제 밑에서 부드러운 마음은 돌로 변했고 양 같던 성품은 호랑이 같은 흉포함에 밀려났다.[9]

위의 기록에 나오는 여주인이 보여준 바와 같은 비인간화 혹은 괴물화의 과정이 사회 전체에 걸쳐, 그리고 오랜 세월에 걸쳐 전방위적으로 이루어지는 세상, 그것이 바로 야만 사회가 아니고 무엇이겠는가? 조선 사회가 바로 그런 사회였던 것이다.

이런 야만 사회에서 돌 같은 마음, 호랑이 같은 마음을 지닌 지배자가 무력한 노예를 상대로 해서 저지르지 못할 죄악은 없었다.

---

9 프레더릭 더글러스, 『노예의 노래』(안유회 역, 모티브, 2003), pp.105~106.

이문열의 연작소설집 『그대 다시는 고향에 가지 못하리』 속에 들어 있는 「인생은 짧아 백 년, 한은 길어 천 년일세-기상곡(奇想曲) 1」이라는 작품을 보면 그 죄악의 희생자가 되어 죽은 노비들의 다음과 같은 사연들이 제시되어 있다.

　(1) 양반집 딸의 몸종이 된 한 여자 노비는 주인의 혹독한 매질을 견디다 못해 자살한다.

　(2) 한 젊은 노비는 혈기를 못 참고 뛰쳐나가 동학농민군에 참여했다가 주인에게 붙잡힌다. 주인은 멍석말이의 사형(私刑)을 가하여 그 젊은이를 죽인다. 잔인하게도 그는 젊은이의 아버지로 하여금 그 사형을 집행하게 한다.

　(3) 주인의 명에 따라 사형을 집행한 후 그 희생자가 자기 아들임을 뒤늦게 안 아버지는 주인에 대한 원한과 절망 속에서 자살을 하고 만다.

　(4) 주인이 미모의 한 여종을 겁박하여 성욕을 채운 후 그 여종은 임신을 하게 된다. 나중에 이를 안 여주인이 갖은 박해를 가하여 그 여종을 죽게 만든다.

　(5) 주인집 아이의 유모로 차출된 한 여성은 같은 날 태어난 자기 자식에게는 제대로 젖을 먹일 수 없어 늘 괴로워하던 중 뜻밖의 전염병으로 주인집 아이가 죽는 변고를 겪게 된다. 격노한 주인 마님의 잔인한 사형으로 이 여성은 참혹한 죽음을 당한다.

　「인생은 짧아 백 년, 한은 길어 천 년일세-기상곡 1」에 나오는 이야기는 위에서 소개한 다섯 가지로 그치지만, 노비제도가 엄존했던 장구한 세월 동안, 현실 속에서는 이런 유형의 일들이 얼마나 숱하게 일어났을 것인가. 수천으로도, 수만으로도 헤아리기 어려울 터이다.

그리고 이런 일들이 수천 번, 수만 번 일어났던 야만 사회의 긴 역사는, 지금 이 시간에도 우리 사회 속에 그 그림자를 짙게 드리우고 있는 것으로 생각된다. 오늘의 우리 사회는 왜 이토록 살벌한가? 왜 이토록 삭막한가? 왜 이토록 비정한가? 그 원인을 탐색하고자 할 경우 우리는 참으로 오랜 세월 동안 '전근대 세계 어디에서보다 가장 발달된 노예제의 하나'가 이 땅에 엄존했었고 그것이 이 땅을 야만의 공간으로 만들어 왔다는 사실에 생각이 미치지 않을 수가 없다.

그 노예제가 법적으로 폐지된 것은 1894년의 일이었다. 참으로 늦게서야 이루어진 변화였다. 그것조차도, 우리 사회 내부의 비판적 지성이 꾸준히 발달한 결과로 마침내 그러한 쾌거가 이루어진 것이 아니었다. 일본의 강요 아래 진행된 이른바 갑오경장이라는 것의 결과로 '마지못해' 그러한 조치가 취해진 것에 불과하였다. 사실이 이런 지경이니, 야만 시대의 여진이 오늘 이 시점까지 이 땅에 끈질기게 남아 있다는 것도 당연한 노릇이 아니겠는가?

앞에서 인용했던 복거일의 저서 『역사가 말하게 하라』의 한 대목 가운데 마지막 구절을 다시 한번 옮겨와 보자.

개인들이 그렇게 비인간적으로 되면, 사회도 자연스럽게 야만적 특질을 띠게 됩니다.

개인들이 너나 할 것 없이 모두 비인간적으로 되면, 그러한 개인들이 모여서 만든 사회가 야만적인 특질을 띠게 되는 것은 필연적이다. 이런 야만적인 사회가 이 한반도에서는 1894년까지 엄존해 있었다. 그 사회의 야만성을 깨트리고 노예제도가 없는 세상을 만들고자 시도한 지배층 지식인은 1894년까지 이 땅에서 단 한 사람도 나오지 않았다. 1894년에 이르러 노예제도가 법적으로 철폐된 것은 외세의 압박에 의해서였다. 그런 식으로 역사가 전개되었으니 우리 사회에서 야만적 사회의 특징이 빠른 시일 내에 제대로 극복되기를 바라는 것 자체가 망상일 수 있다.

물론 1894년 이후로 어느덧 120년이 넘는 세월이 흘렀고, 그 기간 동안 여러 가지 일들이 있었다. 그 '여러 가지 일들'을 겪으면서 우리 사회는 느리게나마 '근대'를 향한 전진을 계속했다. 근대란, 무엇보다도, 노예제도가 사라진 시대를 일컫는 개념이다. 이제 우리 사회에는 노예제도가 없을 뿐 아니라 자신을 노예라고 생각하는 사람도 없다. 얼핏 보기에는 완전한 근대적 평등 사회가 이루어진 것처럼 보인다.

하지만 사람으로서 차마 하지 못할 끔찍한 짓들이 합법적인 노예제도의 이름 아래 지배층에 의해 태연하게 자행되는 사태가 수천 번, 수만 번 일어났던 나라에서 그 야만의 관성이 완전하게 극복되도록 하기에는, 그리고 그 야만의 기억이 깨끗하게 사라지도록 하기에는, 120년이란, 너무나 짧은 시간인 것으로 여겨진다. 우리 사회가 아직도 살벌하고 삭막하고 비정한 것은, 다시 말해 야만적 사회의 면모를 아직도 강력하게 내보이고 있는 것은, 이 점과 결코 무관한 것으로 여겨지지 않는다.

이러한 사실을 내가 여기서 강조하는 것은 물론 절망을 말하기 위해서가 아니다. 오히려 그 반대이다. 나는『현대소설과 기독교의 만남』에 수록한「샘물교회 단기선교단 피랍사건과 한국 사회의 문제」라는 글의 결론 부분에서 '노예 제도라든가, 식민지인으로서의 삶이라든가, 동족상잔으로서의 전쟁이라든가 하는 것들과 정반대의 자리에 놓이는, 건강하고 자유롭고 평화로운 일들의 기록으로 채워진 새로운 역사를 이제부터 만들어 나가는 것'이 우리의 과제라는 말을 한 바 있거니와, 이 자리에서도 그 말을 다시 한번 반복해 두고자 한다. 우리가 이 땅에 오랜 세월 동안 군림했던 노예제도의 존재와 그 폐해를 심각하게 문제 삼는 것은 그것을 진정으로 극복하기 위해서인 것이다.

조선 사람들이여, 깨어나라

─이승만의 『독립정신』

이승만은 1875년 3월 26일 황해도 평산에서 태어났다. 그가
세 살 되던 해에 그의 가족은 서울로 옮겨왔고 그 후 계속 서울에서
살았다. 그의 집안은 세종의 큰형이었던 양녕대군의 후손으로 넓은
의미에서의 왕족이라고 할 수 있었으나 이미 오래전에 몰락한 처지
였다. 집안의 유일한 희망은 이승만이 과거시험에 급제하는 것이었
다. 그러나 1894년의 갑오경장으로 과거시험이 폐지되어 그 희망
은 물거품이 된다. 이승만이 과거시험을 대신해서 선택한 길은 미
국 선교사들이 세운 배재학당에 입학하여 영어를 배우고 그것으로
부터 성공의 열쇠를 찾는 것이었다. 그런데 배재학당에 입학한 이
승만은 출중한 영어 실력을 축적하면서 동시에 비상한 지혜와 신념
을 가진 개화파의 지식인으로, 사상가로, 정치가로 새롭게 탄생한
다. 독립협회가 조직되고 만민공동회가 수많은 사람들의 피를 끓게
하는 시국에서 이승만은 단숨에 세상의 이목을 집중시키는 젊은
지도자로 부상한다. 부패하고 반동적인 군주의 전형이라고 할 수
있는 고종이 독립협회에 대한 탄압을 자행하였을 때 이승만도 역모

의 죄목으로 체포되어 혹독한 고문을 당하고 무기징역을 선고받는다. 1899년 1월에 시작된 그의 옥중 생활은 1904년 8월 특별사면으로 석방될 때까지 이어진다. 그의 최초의 단행본 저작에 해당하는 『독립정신』은 바로 이런 옥중 생활 속에서, 1904년 2월 19일부터 6월 29일까지의 기간 동안에 써졌다.

다행스러웠던 것은, 이승만이 갇혀 있는 감옥의 책임자였던 김영선이 이승만과 개화운동에 동정적인 사람이었다는 사실이다. 그리고 고종의 최측근이었던 엄비(嚴妃)의 비공식적인 도움도 있었다. 엄비는 로버트 올리버의 표현에 따르면 이승만이 투옥되기 전부터 "이승만의 신문 논평을 꾸준히 읽고 심정적으로 개혁운동을 막연히 지지"[1]했던 사람이었고 김영선과도 친교가 있어서 이승만의 옥중 생활이 최악의 것이 되지 않도록 배려해 주었다. 이런 배경 속에서 이승만은 투옥 기간 중에도 지속적으로 독서를 할 수 있었고 익명으로이지만 여러 차례 신문 논설을 기고할 수 있었으며 또한 『독립정신』을 쓰는 데까지 나아갈 수도 있었던 것이다.

『독립정신』의 원고가 완성되었지만, 또 이승만 자신이 석방되기는 했지만, 조선의 정치적 정세는 여전히 어두웠다. 고심을 거듭했으나 그 책을 국내에서 출판하는 것은 불가능하다는 판단을 최종적으로 내릴 수밖에 없었다. 이승만의 동지였던 박용만이 그 원고를 비밀리에 미국으로 가져갔다. 마침내 1910년 로스앤젤레스에서

---

1   로버트 올리버, 『이승만-신화에 가린 인물』(황정일 역, 건국대학교 출판부, 2002), pp.74~75.

여러 교민들의 후원으로 단행본 『독립정신』이 간행되었다. 1917년
에는 하와이에서 다시 출간되었다. 이 책이 국내에서 최초로 출간
된 것은 해방 후인 1946년이 되어서였다.

　지금까지 이승만 생애의 초기 단계와 『독립정신』의 성립 과정
에 대하여 간략한 기술을 해 보았거니와, 위에서 서술한 바와 같은
과정을 거쳐 태어난 『독립정신』은 어느 정도의 가치를 갖는 것일
까? 이 물음 앞에서 내가 맨 먼저 떠올리게 되는 것은 로버트 올리
버의 다음과 같은 말이다.

　『독립정신』이 한국인들에게 기여한 것은 톰 페인과 토마스 제퍼슨
　의 저술이 미국 독립에 기여한 것만큼 컸다.[2]

　『독립정신』에 대한 올리버의 위와 같은 평가는 타당한 것이라
고 할 수 있을까? 내가 생각하기에 그것은, 한편으로는 전혀 타당하
지 않은 것이라고 보아야 할 것 같고, 다른 한편으로는 백번 타당한
것이라고 보아야 할 것 같다.

　어떤 점에서 그것은 전혀 타당하지 않은 것이라고 보아야 하는
가? 위의 인용문에서 올리버가 언급한 두 사람의 미국인, 페인과
제퍼슨을 생각해 보자.

　페인의 저서 『상식』은 1776년 1월에 출간되었는데 출간된 지
3개월이 못 되어 10만 부가 팔려나갔고 일 년 후에는 수십만 부가

2　위의 책, pp.70~71.

나갔다는 기록이 있다. 18세기라는 그 옛날의 시점에서 『상식』이 그토록 높은 판매고를 기록하였다는 것은 곧 이 책이 당대의 미국인들에게 실제로 엄청난 영향력을 발휘하였다는 사실을 의미한다. 제퍼슨의 경우는 어떤가? 올리버가 제퍼슨을 언급하면서 염두에 둔 것은 말할 나위도 없이 그가 초안을 쓴 「독립선언서」일 터이다. 「독립선언서」가 미국인들의 정신에, 그리고 미국의 역사에 미친 영향의 크기가 얼마만한 것인지는 긴 말을 필요로 하지 않는다.

반면에 이승만의 『독립정신』은 1946년이 될 때까지는 국내의 어느 독자에게도 읽히지 않았고 미국으로 건너간 한인들 사이에서 겨우 몇 사람의 독자를 얻었을 뿐이다. 1946년에 겨우 국내 출판이 이루어졌고 그 후 몇 차례 다시 간행이 되기도 했지만 대략 21세기로 넘어오기 이전까지는 국내의 독자들 중 어느 누구도 이 책을 주목하지 않았다. 일반 독자들만이 아니라 전문적인 학자라는 사람들까지도 그러하였다. 이영훈은 이 점에 관하여 다음과 같은 이야기를 하고 있다.

(『독립정신』이) 국내에서 초간된 것은 일제로부터 해방된 1946년이다. 이후 이 책은 오랫동안 잊혔다. 1980년과 1993년에 복간을 보지만, 어느 연구자도 성의껏 그 내용을 천착하지 않았다. 100년 전의 생경한 언어로 쓰인 탓도 있지만, 내용을 이해하고 평가할 지력의 연구자가 없음이 더 큰 이유였다.[3]

2007년에 김충남과 김효선이 『독립정신』을 현대어로 고쳐 표기한 책을 출간하고, 2018년에 박기봉이 다시 완전한 현대어 판본을 간행한다. 이들의 작업과 관련하여 이영훈은 다음과 같이 말하고 있다.

> 『독립정신』을 서지적으로 분류하면 정치학의 저작이다. 그것도 한국사 최초의 근대적인 학술서이다. 마땅히 대학의 정치학과 교수들이 수행할 작업이었다. 그 작업이 대학 밖의 지식인에 의해 이루어졌다. 그들의 역사의식은 대학이란 제도에서 기득권을 향유하는 교수 집단을 능가하였다. 그것이 21세기 초 이 나라 대학사회의 슬픈 현실이다.[4]

지난 수십 년 동안, 이승만을 일방적으로 비난하는 내용을 담은 글이나 책이 참으로 많이 나왔다. 그런 글이나 책을 쓴 사람들 중에서 『독립정신』을 읽어본 사람이 있을까? 이영훈은 없다고 단정한다. 나도 그의 단정이 맞다고 생각한다.

> 책(이승만을 비난한 논서들—인용자)의 앞뒤를 살피니 저자들은 이승만의 『독립정신』을 읽지 않았다. 그들은 이승만이 『독립정신』에서 피력한 인간 본성으로서의 자유, 문명·개화의 논리와 필연, 자유의 통상·정치·외교, 망국에 이른 정치사를 전 체계로 이해하고 평가할 지력의 소지자가 아니었다.[5]

---

3 이영훈, 『이승만의 『독립정신』을 읽자』(미래사, 2020), p.12.
4 위의 책, pp.12~13.

페인의 『상식』에 1년 사이 수십만 부를 구입하면서 호응하고, 제퍼슨이 기초한 「독립선언서」를 정신의 기둥으로 삼아 온 미국의 식자층과, 『독립정신』이라는 책을 읽어보기는커녕 그 존재 자체조차 제대로 알지 못하는 한국의 정치학 전공 교수들까지를 포함한 이른바 식자층—이 양자 사이의 대비가 비극적으로 선명하다. 현실이 이렇기 때문에, 나는 위에서 인용한, 『독립정신』에 대한 올리버의 평가가 전혀 타당하지 않다고 생각하는 것이다.

그런데 나는 위에서, "다른 한편으로는 『독립정신』을 페인과 제퍼슨의 저술에 비긴 올리버의 평가가 백번 타당한 것이라고 보아야 할 것 같다"는 말도 한 바가 있다. 어떤 점에서 그런 판단을 할 수 있는 것일까? 이 물음에 대한 답은 간단하다. 『독립정신』에 담겨 있는 정신의 무게와 깊이를 기준으로 해서 생각할 때 그와 같은 판단을 할 수 있는 것이다.

이승만이 감옥에 갇혀 있으면서 감히 한 권의 단행본 분량을 가진 역저(力著)를 쓰고자 마음먹게 된 계기는 러일전쟁 발발의 소식이었다. 이 전쟁은 조선의 운명을 어떤 식으로 결정할 것인가 하는 문제를 놓고 러시아와 일본이라는 두 강대국이 거칠게 맞붙은 것이었다. 조선이라는 나라 자체의 힘이나 판단이나 입장은 여기서 전혀 고려의 대상이 되지 않았다. 그런데 상황이 이러함에도 불구하고 조선의 지배층은 자기들의 소소한 사적 이익을 노골적으로

---

5 위의 책, p.14.

챙기는 데에만 온통 정신이 빠져 있었고, 일반 백성들은 도대체 아무런 의식이 없어서, 그냥 신기한 싸움 구경이나 한 번 해 보자는 식이었다. 이 얼마나 눈물겹도록 참담한 상황인가? 어찌하여 이 나라는, 이 나라 사람들은, 이렇게도 못나고 어리석고 노예근성에 찌들어 있는가? 이승만은 가슴이 터질 듯한 아픔에 사로잡히지 않을 수 없었다. 바로 그 아픔의 힘이 그로 하여금 감옥 속에서 붓을 일으켜 폭포수와 같은 우국의 열변을 토하지 않을 수 없도록 만든 것이다.

그런데 실제로 써진 『독립정신』을 읽어볼 때 오늘날 우리가 감탄하게 되는 것은 이 책이 단지 뜨거운 우국의 열변만을 담고 있는 것이 아니라 냉철하면서도 튼실한 경세(經世)의 지혜까지를 함께 보여주고 있다는 사실이다. 이 책에서 이승만은 독립의 의미, 독립정신의 의미, 자유의 의미가 무엇인가를 자상하면서도 친절하게 일깨워주고 있을 뿐 아니라, 어떻게 하면 조선인들이 당대의 역경을 이겨내고 새로운 미래를 개척할 수 있을 것인가에 대해, 그 시점에서 가능했던 최상의 방략을 제시한다. 그는 존 로크의 정치사상 및 애덤 스미스의 경제사상의 요체를 높은 수준에서 소화하고 있었으며 그러한 바탕 위에서 자유무역의 중요성을 설득력 있게 강조하고 세계사의 궁극적인 진보에 대한 신념을 설파한다. 그는 정치제도에는 전제정치·헌법정치·민주정치의 세 가지가 있음을 말하면서 그 각각의 특징과 장단점을 정확하게 설명해 나가되, 그러는 가운데서도, 미국이 대표하고 있는 민주정치의 가치와 가능성에 대한 열정적인 관심을 숨기지 않는다. 미국의 역사와 정치를 여러

장에 걸쳐서 자세하게 설명하고 있는 것은 그러한 관심의 반영일 터이거니와, 그중에서도 특히 인상적인 것은, 링컨의 노예해방에 대해서 그가 보인 각별한 관심과, 그러한 관심의 연장선상에서 행해지는, 이 땅에서도 완전한 의미에서의 노비해방을 이룩하자는 절절한 호소이다. 복거일은 이 점과 관련하여 일찍이 다음과 같은 지적을 한 바 있다.

> 지배 계급의 최상층에 속하는 우남이 최하층인 노비들의 해방에 그렇게 마음을 썼다는 것은 그의 인품과 식견에 대해 뜻 깊은 얘기를 들려준다.
> 어쩌면 여기서 우리는 엿볼 수 있을지 모르겠다, 설명하기 어려울 만큼 극적인 우남의 변신의 비밀을. 인품과 식견은 분리되기 어렵다. 고귀한 인품 위에 뛰어난 식견이 세워지는 것이다. 최하층 노예 계급으로 향하는 우남의 따뜻한 마음씨엔 이미 삶에 대해 깊이 성찰한 자유주의자의 생각이 깊이 스몄다.[6]

지금까지 소개한 바와 같은 내용으로 『독립정신』의 전반부를 채운 이승만은 그 후반부에서는 개항 이후 조선의 정치외교사를 자세히 서술하고 분석한다. 옥중에서 쓴 글이라고 믿기 어려울 만

---

6 복거일, 「작가 후기」, 『프란체스카』(북앤피플, 2018), pp.213~214. 여기서 복거일이 말하는 이승만의 '변신'은 과거 공부에 몰두하던 전통적 지식인에서 "단숨에 새로운 지식을 갖춘 혁명가로 변신"(같은 글, p.212)한 것을 가리킨다.

큰 수준 높은 실증적 뒷받침을 동반하고 있는 이 부분에서도 뜨거운 우국의 충정과 냉철하면서도 튼실한 경세의 지혜가 함께 관류하고 있음은 말할 나위도 없다.[7] 그리고 이러한 내용으로 본문을 끝내고도 아쉬움을 금하지 못했던 이승만은 다시 긴 「후록(後錄)」을 붙여 본문에서의 논의를 요약·정리하고, 이 책을 읽은 모든 독자들로 하여금 독립과 자유에 대한 새로운 결의를 다짐하도록 하고 있다.

이상과 같은 경개를 담고 있는 『독립정신』을 실제로 읽어보고 나면, 우리는, 그 속에 담겨 있는 정신의 무게와 깊이에 대해 감동을 느끼지 않을 수가 없고, 『독립정신』을 페인과 제퍼슨의 저술에 비긴 올리버의 판단이 백번 타당하다는 결론에 도달하지 않을 수가 없는 것이다. 20세기 초의 그 절박한 시점에, 이만한 정신의 무게와 깊이를 확보한 다른 조선인의 저술이 단 한 권이라도 있었던가?

---

7 이런 귀중한 기록이 한국사학을 전문적으로 연구한다는 사람들에게조차 오랫동안 잊혀져 있었다는 것은 놀라운 일이다. 이영훈은 다음과 같이 개탄하고 있다. "앞서 지적했듯이 지난 100년간 이 나라 대학사회는 이승만의 『독립정신』을 알지 못하거나 무시해 왔다. 『독립정신』의 후반부인 정치외교사 서술과 관련해서는 더욱 그렇다고 이야기할 수 있다. 한국의 역사학자들은 보통 근대 역사학의 출발을 1908년 신채호가 『대한매일신보』에 기고한 미완의 원고 『독사신론(讀史新論)』으로 잡고 있다. 단군의 정통을 잇는 부여족이 만주대륙을 무대로 펼친 역사를 민족사의 원형으로 간주한 신채호의 역사학이 과연 근대적인지는 의문의 여지가 있다. 어쨌든 역사학자들은 그보다 4년 앞서 이승만이 감옥에서 지은 『독립정신』이 그 이념이나 방법에서 근대 역사학의 효시를 이루고 있음을 알지 못한다. 한국사학사(韓國史學史)의 여러 연구서 가운데 이승만의 『독립정신』에 대해 한마디 언급하고 있는 단 한 책을 찾을 수 없는 형편이다"(이영훈, 앞의 책, p.51).

이승만을 어떻게 볼 것인가

1. 김인서의 저서 『망명노인 이승만 박사를 변호함』

『망명노인 이승만 박사를 변호함』이라는 책이 있다. 저자는 김인서. 1894년에 태어나 1964년에 별세한 사람이다. 그는 일제시대에 독립운동에 투신한 일로 4년간 감옥 생활을 한 경력이 있으나 해방 후에는 일체 정치에 관여한 바 없이 오로지 기독교 교회 목사로서의 활동에만 전념했다. 이승만과는 아무런 개인적 인연도 없다. 그런 그가 왜『망명노인 이승만 박사를 변호함』이라는 책을 쓰게 되었는가? 4.19로 이승만이 대통령직에서 하야하고 하와이로 떠난 후에도 끝없이 쏟아져 나오는 이승만에 대한 온갖 부당한 욕설과 비방들을 보며 의분을 금할 수 없었기 때문이다. 누가 그런 욕설과 비방을 가장 심하게 했는가? 민주당의 정치가들을 제외하고 보면 둘이 대표적인 존재였다. 하나는『사상계』요, 다른 하나는『동아일보』였다. 김인서가 자신의 책 속에서 소개하고 있는 그 생생한 예를 보자.

장준하 씨는『사상계』(84호)에서 말했다.

① "교활하기 비할 데 없는 희대의 협잡꾼, 노흉(老兇) 이승만"

② "사기꾼, 협잡꾼 이승만에게 애국심이 무엇이냐?"

③ "사기꾼으로 천재적인 소질을 가진 이승만"

④ "희대의 협잡꾼이자 정치적 악한인 이승만"

⑤ "인간 이하 비겁한 노인 이승만"

⑥ "양처(洋妻)를 가진 노 독재자는 하와이에서 호사하는 맛에 귀국하지 않을 것이다."

⑦ "재미 반이계(反李系)의 교포들은 어서 본국에 돌아가서 처벌받으라고 외치고 있다."[1]

『동아일보』에서는,

① 이승만은 '독재자', '폭군', '깡패 정치가' 운운하면서 이승만 정권 12년간 매일같이 공격했고, 4.19 후에도 절기(節期) 따라 욕하고 있다.

② 이승만에게는 '씨', '선생', '전(前) 대통령', '박사' 등의 명호(名號)를 쓰지 말자고 했다.[2]

　김인서는 민주당의 정치가들과 『사상계』 그리고 『동아일보』가 벌이는 이런 행태들을 보며 시(是)와 비(非)를 제대로 가려야 하겠다는 일념으로 책 한 권 분량의 원고를 썼다. 그러나 원고의 내용을

1　김인서, 『망명노인 이승만 박사를 변호함』(비봉출판사, 2016), pp.24~25.
2　위의 책, p.25.

알게 된 지인들이 "그 책을 발간하면 장정권의 감옥에 간다. 데모 군중에게 맞아죽는다"[3]고 만류하는 바람에 출간을 단념하고 있다가 3년이라는 시간이 흐른 후에 비로소 책을 내놓게 되었다. 그동안 5.16이 일어나고 장면 정권이 무너지는 변화가 있었기 때문에 책의 내용 일부도 그러한 변화에 상응하는 수정을 겪었다.

1963년에 출간되었던 이 책을 내가 접할 수 있게 된 것은 2016년에 비봉출판사에서 이 책이 다시 간행되었기 때문이다. 이승만 연구의 권위자인 이주영이 이 책의 내용을 검토하고 적절한 설명과 각주를 추가하여 재간행한 덕분에 나도 이 책을 읽어볼 수 있게 되었다. 그리고 예전에는 몰랐던 많은 중요한 사실들을 새로 알게 되었다.

김인서가 이 책에서 이야기해 주고 있는 바에 따르면, 독립운동의 큰 흐름 속에는 원래 네 개의 계열이 존재했다. 이용익 계열, 우남 이승만 계열, 도산 안창호 계열, 인촌 김성수 계열이 그것이다. 이 가운데 이용익 계열은 일찌감치 종말을 맞았고 나머지 세 계열이 계속 세력을 유지해 왔는데, 이들 간에는 반목과 대립이 끊이지 않았다. 김인서의 표현을 직접 인용해서 설명하자면 그 과정은 다음과 같은 것으로 요약된다.

> 이 박사와 도산 계열은 50년 이래 싸워 왔고, 이 박사와 인촌 계열은 건국 이래 싸워 왔다.

---

3 위의 책, p.65.

(…) 도산·인촌 양파(兩派)는 민주당으로 합해 가지고 대(對)이승만 극한 투쟁을 벌였다.

(…) 도산·인촌 양파는 공동의 적을 타도한 후 도산계는 집권 민주당으로, 인촌계는 신민당으로 갈라져 맞섰다. 이 당파 싸움판에 방공(防共) 질서는 무너져서, 국가 위기일발 사태에서 5.16 혁명이 일어났다. 이것은 이 박사의 죄가 아니고 도산·인촌 양계(兩系)의 책임이다.

군정(軍政) 2년간 민정이양(民政移讓)을 부르짖으면서도 인촌계는 민정당으로, 도산계는 민주당으로 또다시 맞서고 있다.[4]

4.19가 성공하여 이승만이 하야, 출국한 이후에도 이승만에 대한 욕설과 비방을 멈추지 않은 양대 언론기관 가운데『사상계』는 도산계의 사실상 기관지요,『동아일보』는 인촌계의 사실상 기관지였다. 그들은 길게는 50년 동안(도산계의 경우), 짧게는 해방 후 15년 동안(인촌계의 경우) 전개되어 온 우남계와의 싸움을, 우남계가 몰락한 이후에도 변함없이 계속한 셈이다. 위에서 인용된 실례들을 보면, 이제 그들은 승리자로서의 자기도취와 의기양양함까지 보태어져서, 별별 기상천외의 모욕적 표현을 동원하고도 만족을 못하는 지경에까지 이른 형국이었다.[5] 김인서는 우남계도 아니고 이승만

---

4 위의 책, p.20.

5 『망명노인 이승만 박사를 변호함』에서 도산계 및 인촌계와 이승만 사이의 악연(惡緣)을 처음 알게 된 이후 나는 '도대체 어떤 이유로 이승만은 도산계와 계속 불화할 수밖에 없었고 해방 후에는 또 인촌계와도 불화할 수밖에 없었는가?' 하는 문제에 관심을 갖게 되었다. 『망명노인 이승만 박사를 변호함』에서는 이

과 아무런 직접적 관련도 없는 사람이지만 그들의 이런 행태를 보고는 참을 수 없는 심정이 되었고, 그래서『망명노인 이승만 박사를 변호함』이라는 책을 쓰는 데까지 나아가게 되었던 것이다.

　나는 이주영과 비봉출판사의 덕분으로『망명노인 이승만 박사를 변호함』을 읽을 수 있었거니와, 이 책을 다 읽고 나서 첫 번째로 든 생각은, 저자인 김인서의 충정(衷情)은 깊이 이해하나, 그의 노력은 아무런 성과 없이 실패했다고 단정할 수밖에 없다는 것이었다. 이것은, 달리 표현하면,『사상계』를 운영했던 도산계 인사들과『동아일보』를 거점으로 삼고 활동했던 인촌계 인사들이 어떤 의도로 이승만에 대한 비방을 그가 물러난 이후까지 줄기차게 계속했건 간에, 그들이 행한 작업 자체는 의문의 여지가 없는 성공을 거두었다는 얘기가 된다. 그렇지 않은가? 그들이 이승만에게 찍은 부정적인 이미지의 낙인은 오늘날까지도 진하게 남아 있다. '이승만' 하면 대부분의 한국인들이 금방 떠올리는 단어가 '독재자'이거나 그와 비슷한 부정적 어휘들이다. 이것은 실로 어이없는 사태이지만 누구도 부정할 수 없는, 엄연한 현실이다.

문제와 관련하여 조선시대의 사색당쟁(四色黨爭)에 빗댄 설명을 제공하고 있었지만 나로서는 그보다 더 구체적인 설명이 필요하다고 판단되었기 때문에 따로 많은 자료와 문헌을 검토하지 않을 수 없었다. 그 결과 이 문제에 대해 나는 내 나름의 결론을 얻을 수 있었으나, 그 결론은 각각 별도의 긴 글을 필요로 할 만큼 복잡하고 미묘한 내용을 담고 있으므로 여기에서는 상술하지 못한다. 다만 그 불화의 모든 당사자들이 역사의 저편으로 사라진 지도 이미 한참이 지난 다음인 오늘의 시점에서 불화의 어느 당사자와도 관련이 없는 제3자의 시선을 가지고 관찰해볼 때 그 불화의 주된 책임이 이승만쪽에 있지 않은 것으로 판단된다는 점만은 이 자리에서 말해둘 수 있다.

이승만을 부정적 이미지의 주인공으로 만든 원동력은 물론 도산 계열이니 인촌 계열이니 하는 부류들만으로 한정되지 않는다. 김인서가 그의 책을 쓰던 시점에서는 선명하게 인식되지 않았기에 그 책에서 별도로 언급되지 않았지만 장기적으로 보면 이런 방향으로 영향력을 행사하는 데 최고로 기여했다고 주장할 자격을 갖춘 집단이 따로 있다. 다음에 인용하는 리영희의 말을 들어보면 금방 감이 올 것이다.

그 사람이 해방 후에 돌아와 미군정에 빌붙어서 분단을 조장하였습니다. 그리고는 단정 수립으로 자기가 대통령이 되고 김구 선생을 제거할 계획을 세웠습니다. 그것을 담당한 자들이 안두희였고 그 뒤의 김창룡, 장택상 이런 자들이었던 것입니다. (…) 이승만 씨는 정권을 잡으면서 어떤 인물을 썼냐 하면 전적으로 일제 앞잡이 노릇을 하던 자들입니다.[6]

이런 식의 악의적 중상모략을 거침없이 행하는 데 있어서라면 누구에게도 선두주자의 자리를 양보할 생각이 없는 좌파의 사람들이 있고 그런 사람들이 이승만에 대한 낙인찍기에 가세하여 지금까지 커다란 힘을 발휘해 온 것이다.

---

6   리영희, 『새는 좌·우의 날개로 난다』(두레, 1994), p.241.

2. 스물여섯 개의 항목으로 정리해 본 이승만의 행적

기왕 김인서의 『망명노인 이승만 박사를 변호함』을 살펴본 김에, 그리고 『사상계』나 『동아일보』, 그리고 좌파의 무리들이 어떤 말로 이승만을 공격해 왔는지 조금이나마 알게 된 김에, 실제로 이승만이 그의 생애 동안 행한 일이 무엇인지를 내 나름대로 한번 항목화해서 정리하는 시간을 가져 보고자 한다. 내가 정리해 본 이승만의 행적은 아래와 같이 모두 스물여섯 개의 항목을 포함하고 있다.

(1) 독립협회 지도부의 젊은 엘리트로서 개화·계몽운동에 온몸을 던졌다.

(2) 서재필이 창간한 『독립신문』에 정력적으로 기고하고, 『협성회 회보』, 『매일신문』, 『제국신문』을 연이어 창간하는 등, 언론인으로서 맹활약을 전개했다.

(3) 고종의 독립협회 박해로 말미암아 역모죄로 무기징역을 선고받고 감옥에 갇혔으나 옥중에서도 독서와 계몽운동을 열정적으로 계속했고 마침내는 20세기 전반기 한국의 대표적 명저 가운데 하나로 기록될 『독립정신』을 옥중에서 완성했다.

(4) 민영환과 한규설의 주선으로 미국에 건너가 시오도어 루스벨트 대통령을 면담하고 러일전쟁의 전후 처리와 관련한 대한제국 정부의 입장을 전달했다.

(5) 조지 워싱턴 대학에서 학사학위, 하버드 대학에서 석사학위, 프린스턴 대학에서 박사학위를 각각 취득했다.

(6) 일시 귀국했다가 1912년에 다시 미국으로 건너가, 1945년

해방을 맞아 귀국할 때까지 독립운동에 전력투구했다.

(7) 윌슨 미국 대통령이 제창한 '민족자결주의'의 의의를 일찌감치 주목하고 국내의 지사들과 긴밀하게 연락하여 3.1운동의 거대한 불꽃을 만들어내는 데 중요한 일익을 담당했다.

(8) 상하이에서 출범한 대한민국 임시정부의 초대 대통령으로 선출되어 취임했다.

(9) 하와이에서 간행되는 『태평양잡지』 1923년 3월호에 「공산당의 당부당(當不當)」을 발표했다. 전 세계적으로 다수의 지식인이 공산주의에 대한 환상을 갖고 있었던 1923년의 시점에서 이미 그것의 문제점을 정확하게 꿰뚫어본 명문으로서, 세계사적으로도 선구적인 의의를 갖는 글이다.

(10) 1941년 6월에 영문 저서 *Japan Inside Out*을 출간했다. 미일전쟁의 가능성을 미국 내의 어느 누구도 예상하지 못하고 있던 시점에서, 불원간 일본이 반드시 미국을 공격할 것이라는 확신을 말하고 그 근거를 구체적으로 제시하면서 미국 조야(朝野)의 각성과 대비를 촉구한 저서이다. 이 책이 나온 지 6개월 후에 과연 일본이 미국의 진주만을 기습하여 미일전쟁이 일어났다.

(11) 1945년 2월에 얄타에서 열린 미·영·소 3국의 정상회담에서 조선을 소련에 맡긴다는 밀약이 있었다는 의심을 품고 집요한 문제 제기를 함으로써 제2차 세계대전 종전 후 실제로 그와 같은 사태가 벌어지는 것을 막아냈다.

(12) 해방 후 미국 국무부의 방해를 이겨내고 귀국하여 혼신의 노력을 기울인 끝에 자유민주주의와 시장경제를 국가 원리로 하는

대한민국이라는 나라를 출범시켰다. 이승만이라는 한 개인이 없었
으면 자유민주주의와 시장경제를 국가 원리로 하는 대한민국이라
는 나라는 세상에 출현할 수 없었다. 복거일이 다음과 같이 말한
바 그대로이다.

> 우남은 대한민국을 세웠다. 건국처럼 거대한 과업을 한 사람이 해
> 냈다는 얘기야 과장일 수밖에 없지만, 만일 우남이 없었다면, 실재해
> 온 대한민국은 없었을 것이다.[7]

위와 같은 이야기가 조금 추상적인 것으로 느껴진다면, 이영훈
이 『대한민국 역사』에서 다음과 같이 정확하게 설명한 바를 가져와
서 이해를 보충해볼 수도 있을 것이다.

> 그의 완강한 반공주의와 탁월한 지도력으로 구축된 자유민주주의
> 세력의 튼튼한 진지가 없었더라면 미국은 소련과 쉽게 합의하여 좌
> 우합작의 임시정부를 구성하였을 터이다. 그 길은 같은 길을 걸었던
> 동유럽 여러 국가의 경험을 두고 볼 때 한반도 전체가 조만간 공산주
> 의 체제로 떨어지는 길이나 다름 아니었다.[8]

이영훈이 말한 바와 마찬가지로, 미국이 운전대를 잡고 어설프

---

7 복거일, 「작가 후기」, 『프란체스카』(북앤피플, 2018), p.211.
8 이영훈, 『대한민국 역사』(기파랑, 2013), p.270.

게 이끄는 대로 한반도 남반부의 역사가 진행되었더라면, 그 최종 적인 결과는, 한반도 전체가 공산주의 체제로 떨어지는 것이었을 터이다. 폴란드를 비롯한 동유럽 여러 나라들이 예외 없이 일치해서 그려나갔던 역사의 궤적을 돌아볼 때, 여기에는 의심의 여지가 없다.

(13) 합리적인 토지개혁을 성공적으로 완수했다. 제2차 세계대 전이 끝난 후에 독립한 나라들 가운데 합리적인 토지개혁을 성공적 으로 완수한 나라는 대한민국밖에 없다. 토지개혁을 성공적으로 완수함으로써, 향후 대한민국이 선진국으로 발전해 가는 데 엄청난 장애를 초래할 가능성이 컸던 방해물을 제거하였다.

(14) 김일성이 스탈린과 마오쩌둥을 등에 업고 전면적 남침을 감행함으로써 6.25가 일어났을 때, 확고한 리더십과 비범한 외교 감각으로 나라를 흔들림 없이 이끌었고 결국 지켜냈다.[9]

(15) 연안수역의 보호를 위해 해양주권선을 선포하였다. 흔히 평화선 혹은 이승만 라인이라고 불리게 된 그 선이다. 일본, 미국, 영국, 대만 등의 반대가 있었으나 이겨내었다.

(16) 제1차 개헌을 통해 대통령 간선제를 직선제로 바꾸었다. 이승만을 비방하는 자들은 이 개헌이 이승만 자신의 재선을 위한

---

9 이승만을 적대시하는 자들은 흔히 6.25 발발 당시의 첫 3일간 이승만이 보여준 행적을 놓고 악의적인 비방을 일삼는다. 그러나 이러한 비방은 부당한 것이다. 남정옥의 저서 『북한 남침 이후 3일간, 이승만 대통령의 행적』(살림, 2015)은 그 기간 이승만이 보여준 행적을 시간 단위로 자세하게 밝힘으로써 그러한 비방 의 부당성을 입증해 주고 있다.

개헌이었다고 비난하지만, 민주주의의 이념에 비추어볼 때 간선제보다 직선제가 더욱 진일보한 대통령 선출 방식임을 부정할 사람은 아무도 없을 것이다.

(17) 탁월한 외교 전문가로서의 역량을 발휘하여, 한미상호방위조약을 체결하는 데 성공하였다. 이로써 대한민국의 안보를 반석 위에 올려놓았고, 장차 국가적 번영을 이루어 나가도록 하기 위해 필요한 기본적 전제조건의 하나를 충족시켰다.

(18) 졸속으로 만들어졌던 제헌헌법에서 다분히 사회주의적인 통제경제 체제를 국가의 노선으로 설정해 놓은 것이 계속해서 심각한 문제를 야기하고 있음을 간파하고 제대로 된 자유주의적 시장경제 체제의 이념을 살리는 방향으로 헌법의 경제 조항들을 대폭 수정하여 제2차 개헌을 행했다.

(19) 제2차 개헌에서 이승만 자신에 대한 연임 제한을 해제했다.

(20) 12년에 걸친 집권 기간 내내, 교육입국의 신념을 갖고, 교육의 진흥에 엄청난 노력을 쏟았다. 그 성과가 얼마만했는지는 다음의 인용문이 말해 주고 있다.

　이승만의 집권기는 대한민국의 역사에서 가장 빈곤했던 시절이었다. 한국은 아프리카보다 못살던 나라였다. 하지만 고통스러운 시절에도 교육에는 정부 예산의 10% 이상을 투자했다. 수많은 학교가 세워졌고 학생들이 배출되었다.

　이승만 집권 후반기에는 학교에 갈 나이가 된 아동의 96%가 취학하는 결과를 낳았다. 일제 시대에 어떤 형태로든 교육을 받아본 사람이 14%에 불과했던 것에 비하면 놀라운 수치이다. 14%를 96%로 끌어올렸으니, 글자 그대로 '교육혁명'이다.

모든 연령대에서 학생들의 숫자가 비약적으로 증가했다. 중학생은 10배, 고등학생은 3.1배, 대학생은 12배로 늘어났다. 이승만이 물러날 당시, 한국의 대학생 비율은 영국보다 많을 정도였다.

(…) 이승만 집권기에 가장 비약적인 증가를 보인 학생층은 여자 대학생이다. 무려 17배나 증가했다. 여성 교육에 관해서, 이승만은 일찌감치 최고의 선구자였다.[10]

(21) 교육을 행함에 있어, 피교육자들에게 자유민주주의의 이념을 가르치도록 하는 데 각별한 정성을 기울였다.

(22) 먼 미래를 내다보고 1956년부터 원자력 분야의 기초 역량을 키우기 위한 적극적 노력을 시작하여 후일의 원자력 강국의 토대를 마련했다.

(23) 경제 분야에서도 많은 노력을 기울였다. 미국의 원조에 크게 의존하는 시대를 일찍 끝내기 위해 자립경제의 건설에 진력하고, 공업의 기반을 확립하기 위해 애썼다. 경제 분야에서의 성과는 단기간에 현저하게 드러나는 것이 아니기 때문에 1950년대는 흔히 경제면에서는 별다른 성과가 없었던 것처럼 기억되고 있지만 실제로는 그렇지 않았다.[11] 이승만 시대에 경제 분야에서 이룩된 성과가

---

10 이호, 『이승만의 토지개혁과 교육혁명』(백년동안, 2015), p.82.
11 김용삼은 『이승만과 기업가 시대』(북앤피플, 2013)에서 이 점과 관련된 풍부한

어떤 것이었는지를 단적으로 증명해 주는 것이, 4.19로 집권한 장면 정부가 1960년의 유엔 총회에 제출한 보고서이다. 이 보고서와 관련된 내용을 인보길은 그의 저서 『이승만 현대사 위대한 3년 1952~1954』 속에서 다음과 같이 기술하고 있다.

1960년, 4.19 넉달 후에 내각제 개헌에 따라 8월 19일 국무총리로 취임한 장면은 그해 유엔 총회에 다음과 같은 보고서를 낸다.

"한국은 1957년까지 6.25동란의 전재(戰災)가 완전히 복구되었다. 1953년 휴전 후 공업 등 각 산업부문이 급속히 복구되었으며 1958년에는 복구기로부터 발전기로 들어갔다. 특히 전력부문은 24.2%가 증가되었다. 시장가격 안정에 따라 개인저축고는 처음 1억 환을 넘어섰으며 (…) 1959년까지 경제가 안정되었다."

즉, 이승만 정부가 휴전 후 총력을 기울인 전후복구 사업이 4년 만에 성취되고 경제 발전이 시작되고 안정되며 국민 저축이 늘었다는 얘기다. 당시 외국으로부터 '예상 밖의 놀라운 성과'라는 호평을 들은 보고서는 '이승만 경제가 대성공을 거두었다'는 결론이다.
아이러니하게도 장면이 유엔에 말한 이 기간이 실은 장면의 민주당이 '못살겠다, 갈아보자!'라는 구호로 이승만 정부와 자유당을 규탄

자료와 설명을 제공하고 있다.

하던 절정기였다. 그래서 일각에선 "이승만은 때려잡고, 그 업적은 빼앗아 제 것인 양 자랑하느냐?"라는 비판이 일었다.[12]

(24) 대중정치가로서의 자질이 전무하다고 해도 과언이 아닐 이기붕이라는 인물을 그릇되게도 높이 평가하여, 1956년과 1960년, 두 차례의 정·부통령 선거에서 그를 부통령 후보로 내세웠다.

(25) 대략 1956년 무렵부터 차츰 노쇠한 면모를 드러내기 시작했으며, 국정에 대한 실질적인 장악 능력을 서서히 상실해 갔다.

(26) 1960년의 정·부통령 선거 당시 야당의 대통령 후보로 나섰던 조병옥이 선거 전에 작고했기 때문에 이승만은 저절로 단독 후보가 되었다. 그러나 여당의 부통령 후보로 선출된 이기붕이 야당의 부통령 후보인 장면에게 승리할 가능성이 거의 없는 것으로 보였기 때문에 정부와 여당은 대대적인 부정선거를 자행했다. 이승만은 선거 과정에서의 부정행위를 몰랐다. 요컨대 1960년의 선거에서 행해진 부정은 이승만을 위한 것이 아니었고, 이승만 자신은 부정선거를 알지 못했다. 그러나 부정선거에 항의하는 시위가 일어나고 200명 가까운 희생자가 발생한 것을 인지하게 되자 이승만은 단 한마디의 구차한 변명도 시도하지 않은 채 주저 없이 하야의 결단을 내렸다.

---

12 인보길, 『이승만 현대사 위대한 3년 1952~1954』(기파랑, 2020), pp.366~367.

3. 이승만과 4.19

지금까지 이승만의 행적을 스물여섯 개의 항목으로 정리해 보 았거니와, 그중 스물여섯 번째 항목, 즉 4.19와 관련된 항목에 대해 조금만 더 이야기를 보태기로 한다. 인보길이 그의 저서 『이승만 현대사 위대한 3년 1952~1954』에서 다음과 같이 말한 것을 논의의 실마리로 삼기로 하자.

나는 4.19를 이승만의 마지막 성공작이라고 본다. 4.19 학생들이 수호하려던 헌정 체제는 이승만이 만든 것이며, 그 자유민주 체제를 수호하고자 이승만이 스스로 사퇴하여 지켜 주었기 때문이다.[13]

위와 같은 말을 하고 있는 인보길은 4.19 당시 서울대 독문과 2학년 학생으로서 부정선거 규탄 시위에 적극적으로 참여하여 경 무대 앞까지 달려갔던 사람이다. 그 당시 경찰의 총격에 친구를 잃은 아픔을 지니고 있는 사람이기도 하다. 이런 그가 위와 같은 발언을 하고 있는 것은 참으로 인상적인 일이 아닐 수 없다. 그런데 깊이 생각해보면 생각해볼수록 그의 말에는 공감이 가게 된다.

앞서 내가 정리한 스물여섯 개의 항목 가운데 (12), (20), (21), (26)의 네 개 항목을 돌이켜보자.

---

13 위의 책, p.385.

(12) 이승만이 대한민국을 세웠다.

(20) 이승만은 교육의 진흥에 엄청난 노력을 기울였다.

(21) 이승만은 교육의 마당에서 특히 자유민주주의의 이념을 가르치도록 하는 데 힘을 쏟았다.

(26) 학생들이 교육의 마당에서 배운 자유민주주의의 이념에 입각하여 시위를 일으켰을 때 그 시위가 정당한 것임을 즉시 인정하고 하야의 결단을 내렸다.

위의 네 항목을 모아 놓고 종합해 보면, "4.19야말로 이승만의 마지막 성공작이다"라는 말의 타당성이 입증되는 것으로 결론짓기에 모자람이 없다.

4. 전체적·종합적으로 볼 때 이승만은 부정적 평가를 받아야 하는가

위에서 내가 스물여섯 개의 항목으로 정리한 이승만의 행적 가운데서 부정적인 평가를 받을 수 있는 것은 (19), (24), (25) 등 세 개의 항목이라고 판단된다. 그런데 이 중 (19)번 항목, 즉 1954년의 제2차 개헌 당시 이승만 자신에 대한 연임 제한을 철폐한 데 대해서는 관점에 따라 긍정적인 평가도 충분히 가능하고, 실제로 그런 평가가 이루어지고 있기도 하다.[14] 그렇다면 결국 이론(異論)의 여지 없이 부정적인 평가가 마땅한 것으로 간주되는 항목은 (24)와 (25) 등 두 개뿐이다. 이 두 개의 항목 모두 작지 않은 무게를 갖는 것임에는 틀림이 없다. 하지만 그것들이 이승만에 대한 전체적·종합적 평가 자체를 부정적인 것으로 몰아가지 않을 수 없도록 할 만큼의 위력을 갖는 것일까? 도저히 그렇게는 생각할 수 없다.

5. 이승만과 장준하와 리영희

이승만은 자유민주주의와 시장경제를 국가 원리로 하는 대한민국이라는 나라를 세웠다. 그는 김일성의 남침에서 대한민국을 지켜냈고, 한미상호방위조약을 체결함으로써, 미래의 남침으로부터도 대한민국을 지켜냈다. 대한민국의 자유민주주의와 시장경제가 지닌 장점을 어떤 방식으로든지 향유하면서 살아온 사람이라면 누구나 이승만으로부터 혜택을 입은 사람이다. 즉 수혜자(受惠者)이다. 이 점을 부정할 수는 없다. 이러한 수혜자들의 명단에는, 이승만에게 "교활하기 비할 데 없는 희대의 협잡꾼, 노흉 이승만"이라는 욕설을 퍼부은 장준하도, 날조된 '김구 제거 계획·실행설'로 이승만을 비방한 리영희도 다 포함된다.

---

14 대표적인 예로 김인서, 앞의 책, pp.34~35 및 인보길, 앞의 책, pp.347~350 참조. 다만 긍정의 내용과 강도에서는 양자간에도 차이가 있다. 김인서는 결과론적으로만(1956년의 선거에서 조봉암이 대통령으로 당선되는 것을 막아냈다는 점에서) 긍정하는 입장이고, 인보길은 명분론적으로도 긍정이 가능하다는 입장이다.

21세기에 다시 생각해 보는 박정희와 '10월유신'

1. 박정희가 '10월유신'을 감행한 동기에 대한 이영훈의 설명

박정희는 1972년 10월에 왜 '10월유신'이라는 이름으로 불리게 된 친위 쿠데타를 감행하였던 것일까? 이 물음에 대한 정확한 답은 박정희 본인만이 알고 있을 것이다. 박정희 본인을 제외한 다른 모든 사람들은 이 물음 앞에서 추측에 기초한 답을 내놓을 수밖에 없다. 이런 '추측에 기초한 답'으로서 지금까지 세상에 나온 것들은 상당히 다양한 양상을 보여주고 있다.

나는 그 다양한 답들을 전부 살펴보았다고 말할 수는 없지만 오랜 세월 동안 비상한 열성을 기울이면서 가능한 한 많은 종류의 답들을 폭넓게 찾아보고 내 나름의 검토를 통해 자신의 판단을 정립하고자 노력해 온 것만은 사실이다. 그렇다면 이런 과정을 통해서 만나본 수많은 답들 가운데서 가장 설득력 있는 답으로 내가 받아들이게 된 것은 무엇인가? 이 물음에 대해서는 쉽게 대답할 수 있다. 이영훈이 『대한민국 역사』 속에서 제시하고 있는 답이 그것이다.

이영훈이 『대한민국 역사』 속에서 어떤 이야기를 하고 있기에 내가 그의 답을 가장 설득력 있는 것으로 인정하게 되었을까? 누가 나에게 이런 질문을 해 온다면, 내가 취할 수 있는 가장 바람직한 태도는 이영훈의 글을 상대방에게 그대로 보여주는 것일 터이다. 그런데 다행스럽게도 이영훈이 『대한민국 역사』 속에서 10월유신에 대하여 논하고 있는 부분은 그다지 길지 않은 분량으로 되어 있기 때문에 그 대목을 인용해서 제시하는 것이 별로 무리라고 느껴지지 않는다. 실제로 그 대목을 한 번 인용해서 제시해 보기로 한다. 중간의 세 부분 정도만 생략하고 대의는 다 보이도록 하겠다.

10월유신의 정치적 배경에는 1960년대 말부터 심각해진 군사안보의 위기가 있었다. 1968년 이래 북한은 군사적 도발을 강화하였다. 1969년 미국의 닉슨 대통령은 장차 동아시아에서 점진적으로 후퇴할 계획의 닉슨 독트린을 발표하였다. 박정희는 한국의 안보는 스스로 책임질 수밖에 없으며, 자주국방을 위해서는 중화학공업화가 시급하다고 생각하였다.

10월유신의 경제적 배경으로서는 1972년을 전후하여 노동집약적 경공업 제품의 수출만으로는 더 이상 고도성장을 지속할 수 없게 된 사정을 들 수 있다. (…) 저수익의 노동집약적 제품을 통해 1971년 한국경제는 수출 10억 달러의 고지를 넘었다. 그렇지만 더 높은 고지를 점령할 성장 동력의 전망은 분명치 않았다. 한국경제가 일종의 한계에 봉착한 징후는 여러 곳에서 분명해지고 있었다. (…) 중화학공업화의 추진은 여기서 출발하였다.

야당과의 정치적 갈등도 다른 한편의 배경을 이루었다. (…) 야당
은 1967년과 1971년의 대통령 선거에서 박정희의 수출주도형 개발정
책을 비판하면서 그 대안으로 대중경제론을 제시하였다. 그것은 해
외 수출시장이 아니라 국내시장을 무대로 하여 대기업이 아니라 농
업과 중소기업을 우선적으로 발전시키자는 개발정책이었다. 박정희
와 야당의 개발정책은 그 전제가 되는 정치철학이나 역사관에서 너
무 달랐다. 자주국방과 수출 100억 달러라는 고지의 점령을 구상하
고 있는 박정희에게 야당의 대중경제론은 아무래도 수용하기 힘든
무책임한 주장이었다. 민주주의 정치제도에 충실하면 야당으로 정권
이 교체되어야 마땅한 시기였다. 그렇지만 정권이 교체되면 개발정
책의 기조가 근본적으로 달라져 새로운 성장 동력의 모색은커녕 지
난 10년간에 걸쳐 구축한 고도성장의 체제가 해체될 터였다.

이러한 요인들을 배경으로 박정희는 10월유신이라는 정변을 감행
하였다. 1973년 6월에 발표된 중화학공업화 계획은 철강, 비철금속,
기계, 조선, 전자, 화학 공업을 6대 전략 업종으로 선정하고, 차후
8년간 총 88억 달러의 자금을 투자하여 1981년까지 전체 공업에서
중화학공업의 비중을 51%로 늘리고, 1인당 국민소득 1,000달러와
수출 100억 달러를 달성하겠다는 청사진을 제시하였다.[1]

위에서 말한 것처럼 이영훈의 이러한 설명은 내가 보기에는 아

---

1 이영훈, 『대한민국 역사』(기파랑, 2013), pp.341~343.

주 강한 설득력을 가지고 있다. 실제로 1960년대 말부터 1972년까지의 기간 동안 한국의 정치·경제·사회·문화가 어떻게 전개되었으며 한국을 둘러싼 국제적 상황은 또 어떻게 전개되었는가를 자세하고 철저하게 살펴보고자 노력하는 사람이라면 자신의 공부가 깊어질수록 이영훈의 위와 같은 설명이 타당하다는 생각을 점점 더 뚜렷이 갖게 되지 않을 수가 없다.

2. 1971년의 대통령 선거전과 경제정책의 문제

나는 박정희가 10월유신을 감행한 동기에 대한 이영훈의 설명이 내가 아는 한 다른 누구의 설명보다 높은 설득력을 갖는다는 점을 전제하면서, 위에서 인용된 그의 설명에 대한 약간의 보충적인 언급을 덧붙여 두고 싶다. 그것은 10월유신이 감행된 바로 그 전 해인 1971년에 치러졌던 대통령 선거에서 야당에 의해 어떤 경제정책이 제시되었던가 하는 점과 관련된 언급이다.

주지하다시피 1971년 4월 27일에 실시된 대통령 선거에서 야당의 후보로는 김대중이 선출되어 박정희와 대결하였다. 김대중이 대통령 선거에 임하면서 자신의 공약으로 내세운 경제정책은 이영훈이 말한 대로 그 전제가 되는 정치철학이나 역사관에서 박정희의 그것과는 180도로 다른 것이었다.

김대중이 경제정책에 관한 자신의 공약을 전면적으로 자세하게 내보인 것은 1971년 3월 7일에 간행된 『김대중 씨의 대중경제 100문

100답』이라는 책자를 통해서였다. 이 책자의 내용을 실제로 집필한 것은 박현채, 정윤형, 임동규, 김경광 등 네 명이었다. 그 네 사람은 온양온천 부근의 제일여관에 10여 일 동안 합숙하면서 이 책자의 원고를 집필했고 최종적으로 김대중의 승인을 받았다. 이러한 과정이 진행되는 동안 중심적인 역할을 담당한 것은 박현채였다. 이당시 경제정책에 관한 김대중의 생각은 대부분 박현채의 머리에서 나온 것이라고 해도 지나친 말이 아니다.

1934년에 태어나 1995년에 별세한 박현채의 이름은 '민족경제론'의 주장(主將)이자 맹장(猛將)으로 오늘날까지 기억되고 있다.[2] 박현채의 입장에서 보면, 1971년의 대통령 선거 당시 그 자신이 김대중의 경제 문제 브레인이라는 역할을 맡게 된 것은, 자신의 신념과 사상으로 대한민국의 경제정책을 좌지우지할 가능성을 내다보게 만든 사건이었다고 말할 수 있을 것이다.

하지만 오늘날 우리는 잘 알고 있다—만약 1971년의 대통령 선거에서 김대중이 승리하여 박현채의 신념과 사상대로 대한민국의 경제정책을 운용하는 방향으로 나아갔더라면 대한민국이라는 나

---

2 박현채와 그가 제창한 민족경제론에 대해 백광엽은 다음과 같이 말하고 있다. "민족경제론은 시장 선도 기업을 키우고 외자를 적극 활용하는 '박정희식 경제개발 모델'에 맞서는 대안으로서의 지위를 누렸다. 박현채 교수의 주장은 '농업 협업화'와 '중소기업 육성론'이었다. 민족경제학을 표방했지만 박현채는 본질적으로 한국을 반(半)식민지로 본 마르크스주의 경제학자이고 사회주의자였다. 그런 탓에 수출주도 공업화보다 자립적 민족경제 성장에 집중해야 한다며 방향 착오를 일으키고 말았다"(백광엽, 『경제 천동설 손절하기』(미래사, 2023), p.96). 백광엽의 위와 같은 설명은 문제의 핵심을 정확하게 포착하고 적절하게 요약한 것으로 받아들일 만하다.

라는 과연 어떻게 되었을까 하는 점을. 경제정책의 문제에 대하여 조금이라도 식견을 가지고 있는 사람이라면, 그리고 모종의 공소 (空疎)한 이데올로기에 중독되어서 사고방식이 찌들지 아니한 사람이라면, 이 문제에 대한 답을 모를 수가 없다. 그 답은 어떤 것인가? 조동근의 다음과 같은 말 속에 진실이 들어 있다.

> 박정희 대통령이 선택한 대외지향적 수출전략은 옳았다. 내수를 넘어 해외시장에 눈을 돌린 것은, 비유하자면 운동장을 넓게 쓴 것이다. 만약 당시 반(反)박정희 지식인들의 주장대로 농업 중심의 산업 생산, 그리고 중소기업과 내수 위주의 경제운용을 도모했다면 '대장간, 철물점, 정미소, 양조장' 등이 여전히 선망의 대상이었을 것이다. 1960년대 필리핀이 한국보다 나았으므로 필리핀을 상정하더라도 크게 무리는 아닐 것이다. 박정희의 경제정책에 대해 비판적 시각을 유지해 온 좌파 지식인들은 한 번도 그들의 편협한 시각에 대해 유감을 표명한 적이 없다.[3]

조동근이 말한 대로, 1971년의 대통령 선거전에서 김대중이 승리하였더라면, 그리하여 박현채의 신념과 사상이 대한민국 경제정책의 근간을 이루게 되었더라면, 그리고 이런 추세가 그 후에도 내내 변함없이 이어졌더라면, 지금 우리는 필리핀이나 그와 비슷한

---

3 조동근, 「'박정희 정신'을 다시 생각한다」, 『펜앤드마이크』, 2018.10.22.

수준의 나라들과 동일한 범주로 묶이는 처지에 놓여 있을 것이다. 이런 진단에 대해 반박할 수 있는 사람이 있을까? 공소한 이데올로기에 중독되어서 사고방식이 찌든 사람을 빼고?

1971년의 대통령 선거전이 벌어지던 당시, 김대중이 들고 나온 경제정책 분야의 공약을 보면서, 박정희는 많은 생각을 했을 것이다. 만약 이번 선거에서 김대중이 승리하여 향후의 대한민국 경제정책을 지휘하게 된다면 '수출입국(輸出立國)'의 기치 아래 이제까지 피땀 흘려 쌓아 온 국가 발전의 모든 성과는 무너진다, 이것은 참을 수 없는 일이다, 라고 그는 생각했을 것이다.

그런데 실제로 나타난 선거 결과는 어떠했던가? 박정희가 승리하기는 했다. 그러나 그와 김대중 사이의 득표차는 94만 7천 표밖에 되지 않았다. 김대중은 상상 이상으로 대단한 득표력을 가진 강적이었던 것이다. 아니, 그보다도, 각도를 달리해서 보면, 박정희 자신 혹은 자신이 속한 공화당 정권의 장기집권에 대해 국민들이 느끼는 거부감 혹은 피로감이 커졌기 때문에 이처럼 그로서는 대단히 실망스러운 결과가 나온 것일 수도 있었다.[4]

---

4 박기성은 다음과 같이 쓰고 있다. "1960년대 서울대 교수들을 비롯하여 경제를 전공한 거의 모든 사람들은 공통적으로 한국은 자원도, 기술도, 돈도 없고 산업화 경험도 없으니 농업이 유일한 살 길이라고 봤다. 그래야 국민들이 밥이라도 먹을 수 있다면서 농업 국가를 지향해야 한다고 했다. 한국의 전문가뿐만 아니라 한국을 연구한 세계의 모든 경제학자, 세계기구 관계자, 발전전략 전문가들도 같은 생각이었다"(박기성, 「박정희 대통령의 경제 기적」, 박정희대통령기념재단 편저, 『박정희, 그리고 사람』(미래사, 2018), p.114). 이런 상황에서 박정희가 거의 어떤 전문가·학자도 생각조차 하지 못했던 수출입국 정책을 1964년부터 국가 전략으로 채택하고 강력하게 밀어붙인 것은 지금 생각해도 얼른 이해가

'이제 4년 후인 1975년에 다음번 대통령 선거가 치러진다면 김대중이 다시 나올 가능성이 높다. 혹시 김대중 대신 다른 사람—예를 들면 김영삼 같은 사람—이 나오게 될지도 모른다. 하지만 그쪽에서 어느 누구가 나오게 되더라도 그쪽에서 내세우게 되는 경제정책의 방향은 이번에 김대중이 내세웠던 노선과 별로 다르지 않을 것이다. 어쨌든 야당으로서는 무조건 '반(反)박정희, 반(反)수출입국' 노선을 내세워야 선명성이 확보될 수 있을 테니까.[5] 그런데 나 자신은 연임 제한 규정에 걸려서 다음번에는 나오지 못하게 된다. 나를 대신해서 누가 나올 수 있을까? 지금도 공화당 정권의 장기집권에 대해 국민들이 느끼는 거부감 혹은 피로감이 상당한 수준에 이르러 있는데, 4년 후에는 오죽할 것인가? 나를 대신해서 나오는 그 누가 그것을

가지 않는 수준의 안목과 결단력의 소산이었다. 주익종의 다음과 같은 말을 여기서 참고할 수 있다. "수출지향 공업화 전략은 당시의 후진국 경제개발론에는 없었다. 제1차 5개년 계획 원안에도, 보완계획에도 없었다. 미국이 가르쳐준 것도 아니었다. 미국은 투자능력도 없는 한국의 무모한 투자계획을 비판했지만, 공산품 수출에 주력하라고 권고한 바 없었다. 이는 박정희 정부가 발견한 전략이었다. 훗날 한국과 대만 등이 성공하자 개발경제학자들이 박정희의 정책에 '수출지향 공업화 전략'이라는 이름을 붙였다. 이것은 당시의 세계 경제 추이와 한국 경제의 추이에 비추어 딱 들어맞는 개발전략이었기에 큰 성과를 냈다. 이것은 세계 경제사상의 일대 창조적 위업이었다"(주익종, 「유연하면서도 끈기 있는 학습자」, 위의 책, pp.176~177). 그런데 이처럼 거의 아무도 생각하지 못했던 방향을 선택하여 밀고 나간 경제정책이었기 때문에 수출입국 정책은 정권이 바뀌면 금방 폐기될 수 있다는 위험성에서 자유로울 수 없었다.

5　사실 강경한 '반(反)수출입국론'은 박정희가 수출입국 정책을 제창하고 실천하기 시작한 최초의 시점에서부터 그 시대의 대다수 야당 정치인들이 일치하여 지속적으로 고수해 온 노선이었다. 1971년의 대통령 선거 당시에 이루어진 김대중과 박현채의 협업(協業)은 그러한 노선을 좀더 체계화하고 심화함으로써 그것 자체를 하나의 '이론'으로까지 끌어올린 것이었다.

극복하고 승리해서 지금까지의 경제정책을 지속·발전시키고 그 성과를 더욱 풍요롭게 만들어 갈 수 있을 것인가? 희망이 별로 없다…….' 이런 생각을 그는 했을 것이다.

대통령 선거가 실시된 지 한 달이 지난 후인 1971년 5월 25일에 시행된 국회의원 선거의 결과는 박정희에게 더욱더 우울한 것이었다. 공화당은 야당인 신민당에게 49만 2천 표밖에 이기지 못했다. 확보한 의석수는 113석 대(對) 89석이었다. 이 정도라면 승리라고 말할 수조차 없는 수준이었다.

이 모든 결과를 종합해서 판단해 보자면, 앞날이 캄캄하다고 생각하지 않을 수 없는 상황이었다. 이영훈이 표현한 대로 "정권이 교체되면 개발정책의 기조가 근본적으로 달라져 새로운 성장 동력의 모색은커녕 지난 10년간에 걸쳐 구축한 고도성장의 체제가 해체"될 것임이 뻔한데, 4년 후에는 바로 그 '정권 교체'가 실제로 이루어질 가능성이 아주 높다고 생각하지 않을 수 없는 상황이었던 것이다. 이런 상황에 대한 박정희의 인식과 그것에서 연유된 절실한 고민을 도외시하고서 그가 10월유신이라는 이름의 친위 쿠데타를 일으키게 된 내면의 동기를 설명할 수 있을까? 없다고 나는 생각한다.[6]

---

6 앞의 각주 4)에서 수출입국 정책의 독창적 성격에 대해 언급하는 가운데 이미 어느 정도 드러난 셈이라고 믿어지거니와, 박정희가 오랫동안 심혈을 기울여 구축한 '고도성장의 체제'는 세계사적으로 보아도 뜻깊은 수준의 탁월성을 갖는 것이었다. 이 점에 대해서는 오늘날 국내외의 수많은 역사가·경제전문가들이 광범한 의견 일치를 보이고 있다. 그렇게 일치된 의견을 잘 요약하여 정리해준

3. 그 당시 나는 '10월유신'을 어떻게 보았던가

이제 여기서, 이 글을 쓰고 있는 나 자신은 '10월유신'을 어떤 마음으로 맞이했으며 유신 체제가 지속된 기간 동안 어떤 마음으로 살아갔던가 하는 점에 관하여 조금 이야기를 해 보고자 한다.

내가 이런 이야기를 해 보고자 하는 생각을 갖게 된 것은 나의 경우가 남다른 중요성을 가진다고 판단한 결과가 아니다. 나의 경우에 어떤 특별한 점이 있다고 판단한 결과도 아니다. 사실은 정확히 그 반대이다. '10월유신'과 관련된 나의 경험은 그 당시 평범한 대학생의 신분으로 살았던 수많은 사람들의 경험과 상당 부분 일치하는 것이라고 생각된다. 세부적인 디테일에 있어서야 사람마다

예로서 복거일이 쓴 「박정희는 올바로 평가되고 있는가」라는 글의 일부를 아래에 인용해 둔다.

"박 전 대통령이 시대정신을 잘 구현했다는 사실은 그의 자유주의 경제정책에서 웅장하게 드러난다. 그는 처음부터 외부 지향적 경제정책을 추구했다. 그것이 시대정신이었다. 그러나 당시엔 그것을 깨달은 사람들이 드물었다. 바로 거기에 박 전 대통령의 위대함이 있다.

20세기 중엽 뒤진 나라들의 경제 성장에 관해서 큰 영향력을 지녔던 이론은 아르헨티나 경제학자 라울 프레비쉬의 주장이었다. 그는 뒤진 나라들은 불리한 조건으로 원자재를 수출하고 공산품을 수입하도록 강요된다고 주장했다. 그래서 무역 대신 수입 대체 산업을 육성하라고 추천했다. 거의 모든 나라들이 그의 처방을 따랐다.

그러나 박 전 대통령은 자유 무역을 통한 경제 성장을 지향했다. 당시로선 파격적이었던 정책을 통해서, 우리는 성공적인 경제 성장과 사회적 발전을 이루었다. 그가 추구한 자유 무역은 협력과 분업이라는 삶의 원리에서 나온 것으로 영원한 시대정신이라 할 수 있다. 세계에서 가장 무역의존도가 높은 우리 사회에서 자유무역협정(FTA)을 반대하는 사람들이 많은 지금, 박 전 대통령의 이념과 정책은 생생히 살아 있다"(복거일, 『시장의 진화』(한국경제연구원, 2012), pp.105~106).

약간씩 남과 다른 점이 있을 수 있겠지만, 근본적인 측면에 있어서는, 나의 경험이나 나와 동일한 세대에 속하는 다른 수많은 대학졸업자들의 경험이나 별로 크게 다르지 않다고 여겨지는 것이다. 대학에 적을 두고 있으면서, 정치나 역사의 문제에 대해 아예 무관심한 자세로 살아가지도 못하고 과감하게 반(反)유신 운동의 앞자리에 나서서 행동하지도 못한 나의 수많은 동세대인들은, 나의 경험과 근본적인 점에 있어서 동일한 유형에 속하는 경험을 하며 살았다고 생각된다. 그런 점에서 나의 경험은 내가 속한 세대의 한 전형을 보여준다고 해도 크게 틀리지 않을 터이다.

내가 속한 세대의 전형적인 '유신 경험'이 어떠했는가를 알아두는 것은 나와 다른 세대에 속하는 사람들이 그 시대를 이해하는데에 얼마쯤이라도 도움이 될 것이다. 특히 유신 시대를 역사책속의 기록으로만 알고 있는 젊은 사람들에게는 분명히 도움이 될것이다. ─대략 이상과 같은 판단을 전제한 자리에서, 이제부터 나는 면구스러움을 무릅쓰고 나 자신의 유신 시대 경험에 대해 약간의 이야기를 해 보고자 하는 것이다.

박정희가 '유신' 쿠데타를 감행했던 1972년 10월 당시, 나는 대학 입시를 3개월 앞둔 고등학교 3학년 학생이었다. 나는 아직 박정희와 김대중의 경제정책이 어떻게 다르고 그런 차이가 대한민국이라는 국가의 미래를 어떻게 서로 다른 방향으로 만들어갈 것인가하는 문제에 대해서 알 수 있는 나이가 아니었다. 솔직히 그런 수준의 문제에 대해서는 관심을 가질 능력조차 없는 나이였다. 그리고당시 이 나라가 직면하고 있었던 또 다른 근본적 문제들에 대해서도 사정은 비슷했다. 나는 닉슨 독트린이니 닉슨 미국 대통령의 중공 방문이니 하는 말은 들어보았지만 그것이 이 나라의 국가 안전보장을 어떻게, 어느 정도로 위협하고 있는가에 대해 제대로 알 수 있는 나이가 아니었다.

경제 문제에 대해서도, 정치·외교·국방 문제에 대해서도 고교 3학년생 일반의 수준을 넘어서는 식견이라고는 하나도 갖추지 못한 내가 10월유신이라는 사건을 접하고서 생각해낼 수 있는 것은 단 하나였다. 박정희 대통령의 끝을 모르는 권력욕이 이 나라의 민주주의를 압살하고 있다는 것, 그것 하나였다. 당연히 나는 분노했고 낙담했다. 박정희 대통령의 권력욕에 분노했고 이 나라의 민주주의가 파괴된 데에 낙담했다.

비상계엄이 선포된 바로 다음날인 10월 18일, 평소처럼 학교에 가서 수업을 듣는 일이 너무나 힘들었다. 간신히 하루의 수업을 끝낸 후 나는 버스를 타고 바로 집으로 가는 대신 근교의 산을 찾아 올라가 어둠이 짙어질 때까지 혼자 앉아 있었다. 지금까지는 자유민주주의 국가의 국민으로 살아 왔지만 이제부터는 그게 아니구나. 이 괴로움을 어찌하나?

이듬해 3월, 나는 대학생이 되었다. 대학에 들어가 보니 캠퍼스는 그냥 조용했다. 나는 학교 생활에 밀착되지 못했다. 혼자 들어앉아서 수많은 소설을 찾아 읽고 간간이 관심이 가는 인문학 분야의 책들도 챙겨보고 하는 것이 나의 주된 일상이었다. 그렇게 지내는 동안에 1학기가 가고 여름방학도 갔다.

그런데 2학기가 시작되고 한 달이 지난 1973년 10월 2일, 최초의 유신 반대 시위가 서울대 문리대에서 일어났다. 이틀 후인 10월 4일에는 내가 다니던 법대에서 시위가 일어났다. 나는 기꺼이 시위에 참가하여 학우들과 어깨동무를 하고 뜨겁게 구호를 외쳤다. 유신 헌법은 폐지되어야만 했다. 유신 정권은 물러가야만 했다. 이 나라는 온전한 자유민주주의의 국가가 되어야만 했다.

그날 이후 대학가에서는 간헐적으로 시위가 일어나곤 했다.[7] 나는 등교한 날 시위가 벌어지는 상황과 맞닥뜨리게 되면 빠지지 않고 참가했다. 그럴 때마다 나는 생각했다. 왜 이런 일들이 계속해서 벌어지는가? 암만 생각해도 답은 하나였다. 박정희의 권력욕.

물론 박정희 정부가 보내오는 메시지를 나도 계속 듣고 있었다. 이 나라가 살아나기 위해서는 중화학공업의 대대적인 건설이 필요하다는 것, 그 과제를 제대로 수행하기 위해서는 행정의 효율성을 고도화하고 정치적 갈등으로 인한 낭비를 줄일 필요가 있다는 것, 김일성은 적화통일의 야망을 달성하기 위하여 오늘도 호시탐탐 대한민국을 노리고 있다는 것, 미국은 언제 우리 곁을 떠날지 모르니 하루바삐 철통같은 자주국방의 태세를 확립해야 한다는 것 등등등. 하지만 그 어떤 이야기를 들을 때에도 나의 마음속에서 일어나는

---

7 대학가에서 줄기차게 일어났던 유신 반대 시위는 1975년 5월에 긴급조치 9호가 공포되면서 일단 잠복기에 들어가게 된다. 대학가의 유신 반대 시위가 잠복기를 끝내고 다시 등장한 것은 1979년 10월의 이른바 '부마사태(釜馬事態)'에서였다. 그런데 부마사태는 대학생들의 시위에 의해 시작되기는 했지만 곧바로 다양한 사회계층이 참가하는 반정부 투쟁으로 확대되었기 때문에 그 전의 시위들과는 성격을 달리한다.

물음은 한결같았다. 왜 그 모든 일을 할 수 있는 사람이 박정희 한 사람뿐인가? 다른 사람이 하면 왜 안 되는데? 결국 박정희 정권이 말하는 모든 내용은 박정희의 권력욕을 정당화하기 위한 핑계에 불과한 것이 아닌가? 그러니 만큼 이 정권은 하루라도 빨리 무너져야만 마땅한 것이 아닌가?

한 번은 시위의 선언문을 쓰게 되는 일이 생기기도 했다. 2학년 가을의 어느 날이었던 것으로 기억한다. 다른 과에 다니던 한 친구와 학교 앞 다방에 앉아 있는데 법학과의 2학년 대표를 맡고 있던 학생이 나에게로 와서 말했다. 오늘 시위를 벌이려고 하는데 그 자리에서 읽을 선언문을 미처 준비하지 못했다. 자신이 쓰면 되지만 자기를 감시하는 형사의 시선이 계속 따라붙고 있어서 쓸 수가 없다. 네가 좀 써줄래? 그동안 내가 학교 신문에 몇 차례 수필을 발표한 일이 있었기 때문에 내가 아주 글을 못 쓰는 엉터리는 아니라는 사실을 그는 알고 있었고 그래서 나에게 그런 부탁을 하게 된 것 같았다. 그의 말을 듣고 나는, 그동안 내가 은근히 일종의 경외심을 품고 대해 오던 학생 대표 그룹의 시위 준비라는 것이 이렇게도 허술하게 이루어지는 건가 하는 생각을 하면서 약간의 실망감을 느끼기도 했지만 나를 믿고 그런 일을 부탁해 온 대표에 대한 고마움과 대의를 일으켜 세우는 일에 동참할 기회를 얻었다는 기쁨이 더 컸기에 주저 없이 승낙을 하고 금방 한 편의 글을 완성해서 그에게 건네주었다. 그리고 그날의 시위 현장에는 가지 않았다. 나중에 들으니, 그것을 받아 들고 학교 캠퍼스로 들어간 대표는 예정대로 시위를 일으키려 했으나 형사대가 재빨리 덮치는 바람에 실패하고 말았다. 내가 써 준 선언문도 물론 빼앗겼다. 하지만 그는 그 선언문을 자기가 썼노라고 끝까지 주장했고 형사들도 그 문제를 더 이상 추궁하지 않았기 때문에 나에게는 아무런 피해가 오지 않았다.

4. 유신 시대 7년 동안 실제로 어떤 일이 일어났던가

박정희 대통령이 서거한 것은 1979년 10월 26일의 일이었다. 그 당시 나는 대학교 4학년 학생이었다. 법학과를 졸업한 후 다시 국문학과로 학사편입하여 두 번째의 4학년 2학기를 맞이한 처지였던 것이다. 대통령이 서거했다는 소식을 접하고 내가 맨 먼저 느낀 것은 '해방감'이었다. 나와 같은 세대에 속하는 수많은 사람들이 느낀 것과 똑같은 감정이었다. 권력욕 하나 때문에 이 나라의 민주주의를 압살해 온 사람이 드디어 갔구나.

그날 이후로 지금까지 반세기 가까운 세월이 흘렀다. 그 세월 동안 나는 학생 신분을 벗고 어른이 되었으며 세상의 일을 좀더 많이, 잘 알게 되었다. 내가 좀더 많이, 잘 알게 된 '세상의 일' 가운데에는 10월유신과 관련된 내용들도 포함된다.

이 글의 첫머리에서 말한 바와 같이, 나는 박정희가 10월유신을 감행한 동기가 무엇이었던가라는 의문을 풀기 위해서 내 나름대로는 무척 오랜 세월 동안 비상한 열성을 기울여 가며 각종 문헌들을 찾아 읽고 생각을 거듭해 왔다. 그렇게 한 결과 나는 이제 어느 정도 확실한 결론에 도달했다고 판단한다. 이영훈이 『대한민국 역사』에서 제시하고 있는 내용 이상으로 설득력 있는 설명을 찾아낼 수 없다는 것이 바로 그 결론이다.

그러나 박정희가 10월유신을 감행한 동기가 무엇인지에 대한 의문이 해소되었다고 해서, 그것만으로 10월유신 자체에 대한 전체적 평가가 결정되는 것은 물론 아니다. 10월유신에 대한 전체적 평가는, 박정희가 10월유신을 감행했던 1972년 10월과 그가 이 세상을 떠난 1979년 10월 사이에 놓여 있는 만 7년이라는 기간 동안 그가 행한 일이 무엇이었고 그것의 결과는 어떠했는가를 자세하게 따져본 다음에 신중하게 내려질 수밖에 없는 것이다. 이러한 전제 아래서, 그 7년 동안 실제로 어떤 일이 일어났던가를 따져 보기로 하자. '따져 본다'고 하니까 복잡한 이야기가 나올 수밖에 없을 것 같지만, 그렇지 않다. 이 자리에서는 일단 두 가지만 짚고 넘어가면 충분한 것이다.

첫째, 그는 10월유신을 감행함으로써, 1975년에 정권이 반대당에게 넘어가는 사태를 막아냈다. 그렇게 함으로써 그는, '농업 중심의 산업 생산, 그리고 중소기업과 내수 위주의 경제운용'이 대한민국 경제정책의 기본 원칙으로 확립되는 것을 저지했다. 그리고 그것은 대한민국이라는 나라가 '대장간, 철물점, 정미소, 양조장 등이 많은 사람들로부터 선망의 대상이 되는 사업체로 군림하는 수준의 국가'라는 처지에서 탈피하지 못하고 계속해서 허덕일 위험성을 훌륭하게 극복하는 성과로 이어졌다.

둘째, 그가 10월유신을 감행한 것은, 위에서 말한 정도의 성과에서 그치지 않고, 대한민국이 전 세계를 놀라게 할 만한 수준의 경제성장을 1960년대에 이어 1970년대에도 계속할 수 있도록 하는 결과를 가져왔다. 1960년대에 경공업 중심의 수출입국 전략을 국가 경제의 대원칙으로 정립함으로써 전 세계를 놀라게 할 만한 수준의 경제성장을 이룩했던 대한민국은, 경공업 중심의 수출입국 전략이 벽에 부딪히는 단계에 이르자 중화학공업 중심 국가로 나라의 성격 자체를 변화시킴으로써 그 시련을 성공적으로 돌파하였는데, 그 돌파를 가능하게 해 준 정치적 결단이 바로 10월유신이었던 것이다.

　물론 나라의 성격 자체를 중화학공업 중심 국가로 변화시킨다고 하는 것은 너무나 엄청난 모험이었고 이처럼 엄청난 모험이 아무런 혼란도, 부작용도 동반하지 않은 채 매끈한 성공의 기록만을 계속해서 만들어가는 것은 불가능했다. 10월유신이 감행된 초기 단계에서부터 그 단초가 마련되었고 그 후로도 잘 보이지 않는 가운데 꾸준히 확대되어 갔던 혼란과 부작용의 측면들은 1978년 무렵부터 드디어 표면으로 부각되기 시작했다. 그리고 그것을 가장 극적으로 드러낸 사건이 1979년 10월 16일부터 20일까지 전개된 이른바 '부마사태'였다. "무리한 수입대체정책을 밀어붙이며 가용자원(可用資源)을 중화학공업에 쓸어넣는 바람에 노동집약적인 중소기업들이 많이 몰려 있는 부산, 마산 같은 데서 그런 일이 터진 것"[8]이

_____

8　이장규, 『경제는 당신이 대통령이야』(중앙일보사, 1991), p.52에서 재인용.

라는 김기환의 분석이 부마사태의 그러한 성격을 잘 설명해 주고 있다.

하지만 부마사태로 대표되는 중화학공업 중심 국가 건설 과정에서의 혼란과 부작용은 장기적으로 보면 결코 극복불가능한 것이 아니었다. 그리고 이러한 혼란과 부작용이 극복가능한 것임을 전제하고 볼 때[9] 박정희가 10월유신을 통하여 엄청난 추진력으로 밀어붙인 중화학공업 육성정책은 대한민국의 역사 전체에 새로운 도약을 가져온 업적이었음을 부정할 수 없다. 김정렴은 1993년에 다음과 같은 견해를 피력한 바 있는데 박정희 시대의 경제정책 입안과 운용의 핵심부에 있었던 사람에게서 나온 발언인 만큼 완전히 객관적인 말이라고 하기는 어려울지 모르나 내가 보기에는 조금도 틀린 주장이 아닌 것으로 생각된다.

중화학공업은 적어도 10년, 20년 앞을 내다보고 건설하기 때문에 준공 후 일정 기간 시설의 일부가 가동되지 않는 것은 당연히 있을 수 있는 것이다. 1950, 60년대에 일본이 중화학공업의 일시적 과중투자가 있을 때마다 중화학공업 제품의 과감한 수출 노력으로 극복한 바와 같이 정부도 수출로써 이에 대처할 방침이었다.

(…) 70년대 후반의 중화학공업 건설이 없었더라면 80년대 후반기

---

[9] 실제로 그것은 후일에 가서 대부분 극복되었다. 다만 그것을 현실적으로 극복한 주역이 박정희 자신이 아니었다는 사실은 여기서 말해 두어야 할 것 같다. 박정희는 1979년 10월 26일에 서거했기 때문에 그 자신이 극복의 주역이 될 기회를 갖지 못했다.

의 국제적 3저 호조건을 맞이하여 고도성장과 경제의 흑자도 실현하지 못했을 것이다. 그리고 90년대 전반기 현재 중화학공업 제품이 수출의 과반수 이상을 차지하게 됨으로써 우리 경제를 지탱할 수 있었던 것이다.[10]

지금까지 이야기한 내용이 정확한 것이라면, '10월유신에 대한 전체적 평가를 어떻게 내려야 적절할 것인가?'라는 질문에 대한 답은, 새삼 구체적으로 다시 서술할 필요도 없이, 이미 다 나온 셈이라고 말해도 좋을 것이다.

이제는 앞에서 조금 적어 보았던 나 자신의 개인적인 '유신 시대' 회상기에로 다시 돌아가서 정면으로 다루고 넘어가야 할 질문이 하나 남아 있다. '유신 체제가 지속되고 있던 그 7년 내내 나의 마음속에서 박정희와 유신 체제를 향한 분노의 마음이 들끓고 있었다는 사실, 그리고 하루빨리 유신 체제가 무너지기를 학수고대하고 있었다는 사실에 대해서는 무슨 말을 할 수 있는 것인가?'라는 질문이 그것이다. 그런데 이 질문에 대한 답을 하기 위해서는 약간의 우회로를 거쳐 가야 할 것 같다.

---

10 김정렴, 「박 대통령의 개발 정책은 실패였는가」, 김성진 편저, 『박정희 시대』(조선일보사, 1994), pp.193~194.

5. 분노의 세월, 무지의 세월

4.19 당시 목숨을 걸고 경무대를 향하여 나아간 학생 시위대의 일원이었던 인보길은 그의 저서 『이승만 현대사 위대한 3년 1952~1954』에서 "4.19는 이승만 최후의 성공작"[11]이라는 말을 한 바 있다. 나는 「이승만을 어떻게 볼 것인가」라는 글에서 그의 이 말을 긍정적으로 인용하고 내가 왜 그의 말을 긍정하지 않을 수 없는가에 대한 설명을 추가했다. 내가 추가한 설명은, (1) 이승만이 세운 나라에서, (2) 이승만이 강력하게 시행한 교육 확대 정책의 혜택을 받고, (3) 이승만이 한국인들에게 가르쳐 준 자유민주주의 이념으로 무장한 학생들이, (4) 이승만에게 그 자유민주주의의 이름으로 저항하자, (5) 이승만이 그 저항을 수용하고 하야한 것이 바로 4.19였다는 것으로 그 내용이 요약될 수 있다.

4.19에 대한 이와 같은 이해를 염두에 두면서 나의 경우를 생각해 보기로 하자. 나는 1961년에 초등학교(당시의 명칭으로는 국민학교)에 입학한 세대이다. 그리고 앞에서도 이미 언급된 바 있듯 10월유신이 감행된 바로 그 해에 나는 고등학교 3학년 학생이었다. 그러니까 나의 초·중·고교 시절의 거의 전부가 10월유신 이전의 박정희 시대에 속한다. 유신 이전 박정희 시대의 교육이념은 무엇이었던가? 대통령은 이승만에서 박정희로 바뀌었지만 교육이념은 변함없이 자유민주주의였다. 나는 초·중·고교 시절 내내 자유민주주

---

11 인보길, 『이승만 현대사 위대한 3년 1952~1954』(기파랑, 2020), p.384.

의가 가장 바람직한 정치이념이라고 배웠다. 자연스럽게 나는 자유민주주의의 신봉자가 되었다. 생각해 보면 자유민주주의는 또 나의 기질에도 더할 나위 없이 잘 맞았다. 소년 시절 교양 독서의 차원에서 찾아 읽은 정치사 분야의 책들 가운데서 앙드레 모루아의 디즈레일리 전기나 『현대미국사』 같은 것들이 특별히 강한 공감을 불러일으키고 오래 기억에 남았던 것이 그 점을 입증한다.

이처럼 학교 안에서의 교육을 통해서나 학교 바깥에서의 자유로운 독서를 통해서나 자유민주주의야말로 최고의 정치이념이라고 믿어 의심하지 않는 사람이 되도록 길러진 내가, 1972년 10월 17일 저녁을 기하여 결행된, '비상계엄령 선포–국회 해산–일체의 정치적 집회 불허–전국 대학 휴교' 따위의 살벌한 조치들로 채워진 10월유신이라는 이름의 친위 쿠데타를 접하고, 어찌 분노하지 않을 수 있었겠는가? 그리고 이런 쿠데타에 근거하여 출범한 체제가 지속된 7년 내내, 그 분노를 유지하지 않을 수 있었겠는가?

그 분노의 마음이 나로 하여금 유신 시대에 대학가에서 유신 반대 시위가 벌어지면 거기에 참가하지 않을 수 없도록 만들었다. 나와 마찬가지로 시위에 참가하곤 했던 학생들 다수의 내면이, 나의 그것과 같거나 비슷했을 것이다. 더욱 적극적으로 시위에 앞장서거나, 시위를 조직하거나, 시위를 지휘한 학생들의 경우에도, 그 용기와 실천적 능력에 있어서는 나보다 아득히 높았을지언정, 그들의 내면에 자리한 분노의 성격은 나의 그것과 같거나 비슷했을 것이다. 나중에 가서는 각자의 성격과 처지, 그리고 각자가 하는 공부의 방향과 정도에 따라 다양한 노선의 분화를 보여주기에 이르지만, 적어도 대학 학부생의 신분으로 유신 반대 시위에 나서던 시절의 마음, 즉 초심(初心)이라고 할 만한 단계의 내면에 있어서는, 개인들간의 차이가 아마도 그리 크지 않았을 것이다. 앞에서 내가 면구스러움을 무릅쓰고 유신 시대와 관련된 나 자신의 경험을 조금 이야기해 보겠다고 하면서 언급했던 나의 경험의 '전형적 성격'이 바로 이 지점에서 가장 선명하게 드러난다.

방금 이야기된 내용을 종합해서 음미해 보면, 4.19의 시위와 1970년대의 10월유신 반대 시위는 중요한 점에서 동일한 성격을 지닌다는 사실을 알 수 있다. 두 가지 시위 모두, 국가를 이끌어가는 정부로부터 자유민주주의가 가장 옳고 바람직한 것이라는 가르침을 지속적으로 받아 온 학생들이, 정작 그 정부가 자유민주주의와 반대 되는 방향으로 나아가는 것을 보고서는, "이래서는 안 된다!"고 외치며 일어난 시위였던 것이다.

그런데 다른 한편으로 보면 양자 사이에는 중요한 차이점도 존재한다. 그 차이점은 정부가 왜 자유민주주의와 반대 되는 방향으로 나아가게 되었는가 하는 문제와 관련된다. 4.19의 경우, 학생 시위의 원인이 된 것은 정부에서 강행한 3.15 부정선거였다. 3.15 부정선거는 순전히 이기붕이라는 사람을 부통령으로 당선시키고자 하는 목적 하나 때문에 저질러진 것이었다. 이기붕은 부통령 선거에서 야당 후보인 장면을 이길 가능성이 없다는 것이 당시 정부와 여당의 눈에도 뻔히 보였고—실제로 이기붕은 그보다 4년 전에 행해졌던 부통령 선거에서 바로 그 장면에게 한 번 패배한 일이 있기도 했다— 그래서 그들은 부정선거를 감행한 것이다. 부통령으로 이기붕이 당선되느냐 장면이 당선되느냐에 따라 이 나라 전체의 미래가 의미 있는 차이를 보이게 될 것이라는 전망이 당시에 유력하게 존재했던 것도 아니었다. 3.15 부정선거는, 오로지 네 편이 이기느냐 내 편이 이기느냐 하는 동물적 투쟁의 논리에만 의거해서 감행되었던 것이다. 그러니 여기에는 1%의 정당성도 인정될 여지가 없었다. 그것은 문자 그대로 순수한 악이었다고 해도 그리 지나친 말이 아니다. 그런데 1972년에 강행된 10월유신은 전혀 그런 것이 아니었다. 정부가 자유민주주의와 반대 되는 방향으로 나아가고자 작정한 것이라는 점에서는 3.15 부정선거의 경우와 동일하지만, 대통령을 정점으로 하는 정부에서 그런 결단을 내리게 된 사정은 내가 이 글의 앞부분에서 길게 언급한 바와 같은 내용을 담고 있었던 것이다. 그렇기 때문에 4.19의 시위는 '순수 악'에 맞서는 '순수 선'에 해당하는 것으로 그 성격이 인정될 수 있는 것이었지만 유신 반대 시위는 그런 성격을 인정받을 수 있는 것이 아니었다.

방금 설명한 바와 같은 4.19와의 공통점 및 차이점을 염두에 두면서, 다시 1970년대 당시 유신 반대 시위에 나섰던 학생들에게로 시선을 집중시켜 보기로 하자. 그들은 누구나 당시의 박정희 정부로부터 왜 정부가 자유민주주의와 반대 되는 방향으로 나아가지 않을 수 없는가에 대한 공식적인 설명을 들은 바가 있었다. 하지만 정부의 공식적인 설명을 들었다 해서 그 당시 상황의 심층적 진실을 제대로 이해했다고 말할 수는 없다. 나만 해도 그랬다.

이 글의 앞부분에서 이미 말했던 것처럼, 10월유신이 감행되었다는 뉴스를 접했을 당시의 나는 박정희와 김대중의 경제정책이 어떻게 다르고 그런 차이가 대한민국이라는 국가의 미래를 어떻게 서로 다른 방향으로 만들어갈 것인가 하는 문제에 대해서 조금도 알지 못했다. 솔직히 그런 수준의 문제에 대해서는 관심을 가질 능력조차 없었다. 닉슨 독트린의 험한 파도를 넘어가는 현명한 방법이 무엇인가 하는 물음과 관련해서도 사정은 마찬가지였다. 이런 것이 그 당시 내가 지녔던 지력(知力)의 한계였다.

그 당시만 그랬던가? 아니다. 그 후로 7년이라는 세월이 흐르도록 이 방면에서 나의 지력은 거의 아무런 발전도 이룩하지 못했다. 그 세월 동안 나는 수많은 소설을 읽고, 수많은 시를 읽고, 수많은 인문학의 명저들을 읽고, 수많은 인문학 분야의 강의를 들었지만, 박정희가 서거하던 날까지도, 박현채의 민족경제론이 얼마나 위험천만한 것인지를 알지 못했다. 박정희가 1960년대부터 추진했던 수출입국 정책과 1973년부터 거세게 밀어붙였던 중화학공업 육성 정책이 얼마나 훌륭한 '신의 한 수', 아니 '신의 두 수'인지를 알지 못했다. 닉슨 다음으로 등장한 카터의 정책 때문에 더욱 가중된 대한민국의 안보 위기를 극복하는 방법은 무엇인지, 그러한 안보 위기를 극복해야 한다는 과제와 중화학공업의 육성이라는 정책적 결단이 어떻게 서로 연결되는 것인지—이런 문제에 대해서도 아무런 이해가 없었다. 다른 사람들의 경우는 잘 모르겠으나 하여튼 나 자신의 수준은 그러하였다.

방금 "다른 사람들의 경우는 잘 모르겠으나"라는 말을 했지만, 그 다른 사람들이라고 해 봐야 크게 두 부류로 구분될 수 있는 정도가 아닐까 싶다. 하나는, 어떤 경제정책을 선택하는가 하는 것이

나라의 미래를 만들어가는 데 결정적으로 중요한 것임을 이해한 바탕 위에서 나름대로 생각을 해 본 결과, '농업 중심의 산업 생산, 그리고 중소기업과 내수 위주의 경제운용'이 대한민국 경제정책의 기본 원칙으로 채택되어야 옳다고 믿게 되었던 사람들이다. 다른 하나는, 어떤 경제정책을 선택하는가 하는 것이 나라의 미래를 만들어가는 데 결정적으로 중요한 것이라는 사실 자체를 이해하지 못하고 있었던 사람들이다. 바로 나와 같은 수준에 머물러 있었던 사람들이다. 이 두 가지 부류의 사람들 중 다수를 차지한 것은 아무래도 두 번째 부류의 사람들이었을 것이다. 이 점에 있어서도 나의 경우는 수많은 사람들의 공통된 면모를 대표하는 '전형적 성격'을 가지고 있다.

어쨌든 나 자신이 이런 수준이었기 때문에, 지금의 나는 나 스스로 유신 시대 내내 들끓는 분노를 가슴에 안고 살았으며 그 체제가 얼른 무너지기를 소망했다는 사실을 돌이켜볼 때 자못 착잡한 마음이 되지 않을 수가 없다. '자못 착잡한 마음이 된다'는 말은 별로 신통치 않은 느낌을 주는 말이지만 이 문제와 관련된 나의 심정을 표현할 말로서 이 이상의 것을 지금의 나는 발견할 수가 없다.

"부끄럽다고까지 생각하지는 않는다. 그렇다고 해서 내가 그 기간 동안 늘 옳았다고 주장하고자 하는 마음은 더욱 없다. 그 당시 내가 어렸었다는 사실을 자꾸 강조하고 싶어 한다. '1979년까지 나는 대학원 석사과정에도 아직 못 들어간 학부 학생이었지 않느냐? 1972년에 나는 고작 17세였고, 1979년이 되어서도 겨우 24세에 불과했지 않느냐?' 이런 식으로 말이다. 그 당시 내가 어쨌든 불순하거나 타락한 사람은 아니었다는 사실에서 위안을 받고 싶어 한다. 그 시대의 가장 예민한 주제 가운데 하나였던 이른바 인권 문제에 대한 나의 '통찰력'은 그렇게 높은 수준이었다고 자평하기 어렵지만 그 문제에 대한 나의 '감수성'만은 일관되게 순수하고 양심적이었다는 사실을 계속 기억하고 싶어 한다. 내 나름대로 인문학 분야의 공부는 열심히 하면서 살았었노라는 말을 하고 싶어 한다." —대략 이상과 같은 것이, '자못 착잡한 마음이 된다'라는 표현 속에 담겨 있는 구체적인 심정의 세목들이다.

1960년대 중반 폭풍처럼 대한민국을 휩쓴 한일국교 정상화 반대 시위에 앞장섰던 세대에 속하는 라종일의 다음과 같은 회고담이 생각난다.

반대 투쟁에 앞장섰던 학생들도 사회인으로 자리를 잡으면서 당시를 기억하는 '6.3 동지회'를 만들어 매월 한 번씩 만났다. 주로 인사동 한식집이었다. 한일관계에 관한 이야기는 별로 없었고 막걸리만 많이 마셨다.[12]

그들은 왜 한일관계에 대한 이야기를 별로 하지 않았을까. 할수가 없었을 것이다. 그들이 청춘을 바쳐 가며 죽기살기로 반대했던 한일국교 정상화가 그들의 반대를 무릅쓰고 기어이 실현된 후

---

12 라종일, 「정치인에겐 '현재 이 상황에서' 결단이 중요」, 『중앙일보』, 2023.3.26.

대한민국 역사 속에서 실제로 얼마나 많은 성과를 이룩하였는지 곰곰 생각해볼 때, 할 수 있는 말이 아무것도 없었을 것이다. 왜 술만 많이 마셨을까. '자못 착잡한 마음'이 된 것을 자신에게, 그리고 서로에게 숨기고 싶어서였을 것이다.

유신 시대에 내가 박정희에게 분노하며 살았던 것을 지금에 와서 돌이켜볼 때 자못 착잡한 마음이 되는 이유가 한 가지 더 있다. 위에서 누누이 말해왔다시피 박정희를 향한 나의 분노는 자유민주주의에 대한 믿음 혹은 애정에 바탕을 둔 것이었는데, 이제 와서 생각해볼 때, 박정희야말로 대한민국에서 자유민주주의가 제대로 자리 잡고 발전할 수 있도록 만들어준 최고 유공자(有功者)들의 명단에 두 번째로 올라야 할 사람이라는 사실을 부정할 수 없다는 점이 그것이다. 그 명단에 첫 번째로 올라야 할 사람은 말할 나위도 없이 이승만이고, 두 번째가 박정희인 것이다.

한 나라의 경제력이 중진국 혹은 그 이상의 수준에 오르고 튼튼한 중산층이 그 나라 사회의 중추세력으로 자리 잡아야만 비로소 자유민주주의의 안정된 정착과 발전이 가능해진다는 것은 누구도 이의를 제기할 수 없는 진실이다. 바로 그 기본적 조건이 대한민국에서 충족될 수 있는 토대를 만들어낸 사람이 누구였는가? 박정희였다. 그렇기 때문에 우리는 대한민국이라는 이름의 자유민주주의 국가를 처음으로 세운 이승만에 이어서 두 번째의 '자유민주주의 국가 건설 유공자'로 박정희를 거명하지 않을 수가 없는 것이다. 이것은 자유민주주의를 발전시킨다는 목표 자체가 박정희의 마음속에서 앞자리를 차지하고 있었는가 그렇지 않은가 하는 문제와는 별도로 마땅히 존중받아야 할 역사적 사실이다.

6. 「파괴와 거짓 희망, 모멸의 시대」에서 조세희가 한 말들

지금에 와서 그 시절의 나 자신을 돌이켜볼 때 자부심을 갖게 되는 점이 한 가지는 있다. 내가 리영희의 선동에 단 한 순간도 현혹되지 않았다는 사실이 바로 그것이다.

리영희의 첫 저서인 『전환시대의 논리』가 출간된 것은 1974년의 일이었고 두 번째 저서인 『우상과 이성』이 출간된 것은 1977년의 일이었다. 1977년은 그가 엮은 『8억인과의 대화』라는 책이 출간된 해이기도 했다. 이들 세 권의 책이 1970년대의 독서층에, 그리고 대학가에 미친 파장은 작지 않았다. 수많은 사람들이 그 책들을 읽고 대단한 감명을 받았으며, '사상의 결정적 전환'을 경험하기도 했다. 그러나 나는 리영희가 그의 책들 속에서 때로는 은근하게, 때로는 노골적으로 펼쳐내는 마오쩌둥 찬양론이나 문화혁명 예찬론이 '약을 준다고 하면서 독을 주는 것'이라는 사실을 처음부터 거의 본능적으로 알아보았다. 박정희의 유신 정권이 혐오스럽다고 해서 리영희의 선동 따위에 귀를 기울이는 것은 프라이팬이 뜨겁다고 해서 아예 당장 숯불 속으로 뛰어드는 꼴이 된다는 사실을 바로 알아보았다.[13]

『전환시대의 논리』라든가 『8억인과의 대화』 같은 책이 나에게 처음부터 강한 거부감을 불러일으켰던 반면, 1978년에 출간된 조세희의 연작소설집 『난장이가 쏘아올린 작은 공』은 상당한 공감을 주었다. 물론 이 소설도 반드시 좋지만은 않았다. 어린아이들이 즐겨 읽는 동화책이나 만화책을 연상시킬 정도로 뚜렷하게 드러나 있는 유아적인 선/악 대비 구도가 나에게는 다소 거북스럽게 느껴졌던 것이다. 하지만 그 시절 나의 마음을 가득 채우고 있던 당대 지배 체제에 대한 격렬한 분노의 정서는 나로 하여금 이 소설이 그와 같은 약점에도 불구하고 명작의 반열에 들 수 있는 것으로 간주하게 만드는 데 모자람이 없었다.

---

13 이응준의 칼럼 「우상과 망령」(『한국경제신문』, 2023.6.16.)을 보면 다음과 같은 대목이 나온다. "『슬픈 중국』의 저자 송재윤 캐나다 맥매스터대 교수의 어느 인터뷰 동영상을 되풀이해 보았다. 내가 천착하던 질문 하나가 거기에 숨어 있었기 때문이다. 주목한 부분만 요약하면 이렇다. '내가 영어가 아니라 한국어로 『슬픈 중국』을 집필한 이유는 한국인, 한국 지식계의 중국에 대한 잘못된 인식을 교정하고 싶어서였다. 리영희 선생의 『전환시대의 논리』, 『우상과 이성』은 문화대혁명과 마오쩌둥에 대한 찬사 등 너무 많은 오류를 지닌 채 그런 악영향의 주된 원인이었다. (…) 연구 중 내가 놀랐던 건 1960~70년대 한국 신문들의 중국 현실 보도들이 매우 객관적이고 정확했으며 이미 그 시절 국내외에 문화대혁명에 관한 세계적인 한국인 역사학자가 여럿 있었다는 점이다. 그럼에도 불구하고 한국 지식계는 리영희라는 아마추어 역사학자가 쓴 엉터리 이론에 완전히 지배당했고 끝없이 좌편향해 갔다. 1980년대가 그랬고, 아직도 그런 거 같다.'" 이응준이 인용하고 있는 송재윤의 위와 같은 지적은 정확한 것이다. 그렇다면 왜 이런 기막힌 현상이 벌어져 왔는가? 이 물음과 관련하여 이응준은 다음과 같은 말을 하고 있는데 깊이 음미해 볼 만하다. "훗날 리영희는 자신의 오류들에 대해 그건 시대적 한계였다는 식으로 얼버무렸지만, 천만에. 그건 사실이 아니다. 저 두 권이 아직도 이 사회를 지배하고 있다는 사실이 진짜 시대적 한계일 뿐. 내 관심사는 바로 이 지점에 있다. 한국인들은 진실과 거짓이 다 드러난 상황에서 멀쩡하게 거짓을 선택했다. 그렇지 않았다고, 우리의 기억이 스스로 조작할 뿐이다. 대체 '홀린다'는 것은 무엇일까? 나는 거짓은 믿지 않지만, 거짓의 힘은 믿지 않을 수가 없다. 지식인이 바라는 것은 진실이 아니라 '날 좀 알아 달라'는 것이고, 대중이 바라는 것은 진실은커녕 그 시대의 자극제(stimulant)다."

그 후, 20년 가까운 세월이 흐르고 난 다음인 1996년에, 조세희가 새로 써서 발표한 한 편의 산문을 나는 읽었다. 계간지『문학과 사회』1996년 가을호에 실린「파괴와 거짓 희망, 모멸의 시대」가 그것이었다. 그로부터 4년 후에 조세희는 그때까지 문학과지성사에서 간행되어 오던『난장이가 쏘아올린 작은 공』을 '이성과힘'이라는 신생 출판사로 옮겨 내기로 하면서, 그 새 판『난장이가 쏘아올린 작은 공』의 서두에 이 글을 다시 실었다. 이 글 속에서 조세희는 '10월유신'의 시대에 대해 다음과 같은 표현을 하고 있었다.

그때 우리나라는 인류가 귀중한 가치로 치는 것들이 모조리 부정되는 세상, 예를 들면 소모사가 유린한 니카라과나 이디 아민이 통치한 우간다, 엥게마가 지배한 적도 기니와 다를 것이 없었다.[14]

과연 그런가. 박정희 시대의 대한민국은 소모사의 니카라과, 이디 아민의 우간다, 엥게마의 적도 기니와 같은 종류의 나라였던가. 달리 말해, 박정희는 소모사, 이디 아민, 엥게마 등과 동렬에 놓이는 것으로 취급되어 마땅한 인물이었던가. 니카라과의 소모사는 그가 권력을 휘두르고 있던 당시 니카라과 전체 경작지의 50%를 자신이 보유했다고 알려졌을 만큼 부패의 극을 달린 독재자였다. 우간다의 이디 아민은 그가 집권했던 8년 동안 30만 명 내지 50만

---

14 조세희,『난장이가 쏘아올린 작은 공』(이성과힘, 2000), p.9.

명의 인명을 학살했으며 그 살해 방법도 엽기적인 것으로 악명이 높았던 인물이었다. 적도 기니의 엥게마는 11년 동안 독재자로 군림했는데 그가 집권한 기간 동안 최소 5만 명이 살해당하고 10만 명이 해외로 탈출하는 사태가 벌어졌다. 박정희를 이런 인간들과 동렬에 놓고 논한단 말인가.

조세희는 「파괴와 거짓 희망, 모멸의 시대」의 말미 부분에 다음과 같은 구절을 적어 놓고 있다.

혁명이 필요할 때 우리는 혁명을 겪지 못했다. 그래서 우리는 자라지 못하고 있다.[15]

"혁명이 필요할 때 우리는 혁명을 겪지 못했다"라는 조세희의 말에 나는 전혀 동의할 수 없다. 하지만 여기서 그 문제는 잠시 논외로 돌리기로 하자. 이 자리에서는 오직 한 가지 사실만을 언급해 두고 싶다. 「파괴와 거짓 희망, 모멸의 시대」라는 글을 쓴 조세희 그 자신이야말로 유아기를 지난 후 세월이 한참 더 흘렀는데도 도무지 자라지를 못하고 유아기에 그냥 고착되어 있는 사람과 같은 모습을 보여주고 있다는 사실이 그것이다.

『난장이가 쏘아올린 작은 공』이 나왔던 1978년에 누군가가 '대한민국은 소모사의 니카라과, 이디 아민의 우간다, 엥게마의 적도

---

15 위의 책, p.11.

기니 등과 다를 바 없다'는 생각을 했다고 치자. 그때였다면 그런 생각은 '상당히 과장된 것이기는 하지만 그래도 일단 한 번 얘기는 해볼 수 있는 것' 정도로 치부되었을 것이다. 하지만 그로부터 20년 가까운 세월이 지난 시점에서, 이른바 '유신 시대'에 관한 온갖 자료와 문헌이 쏟아져 나오고, 넓게 확보된 시간적 거리를 활용하여 그 시대에 관한 심층적·입체적 조명을 충분히 시도해 볼 수 있게 된 시점에서 여전히 "그때 우리는 소모사 시대의 니카라과, 이디 아민 시대의 우간다, 엥게마 시대의 적도 기니와 다를 바 없는 나라에서 살았지"라는 따위의 말을 하고 앉아 있을 줄밖에 모르는 지적 수준이라면, 더 이상 무슨 논의를 함께 해 보는 것이 불가능하다.

7. 『난장이가 쏘아올린 작은 공』을 어떻게 볼 것인가

조세희가 1996년에 발표한 글 「파괴와 거짓 희망, 모멸의 시대」에 대해 거론하게 된 김에, 이 작가의 소설 『난장이가 쏘아올린 작은 공』에 대해서도 몇 마디 간단한 언급을 보태 두기로 한다.

앞에서 이미 말했듯 1978년에 처음 이 소설을 읽었을 때 나는 이 소설이 다분히 유아적인 선/악 대비 구도의 문제점을 가지고 있음을 간과하지 않았지만 그런 면모가 존재함에도 불구하고 전체적으로 보면 이 소설은 내 마음을 진한 공감의 색깔로 물들이기에 모자람이 없는 작품이라고 생각했다. 하지만 지금은 그렇게 생각하지 않는다. 이미 오래전부터 그렇게 생각하지 않게 되었다.

새삼스레 말할 필요조차 없는 일이겠지만, 『난장이가 쏘아올린 작은 공』에 대한 나의 견해가 달라지게 된 것은 조세희가 「파괴와 거짓 희망, 모멸의 시대」를 발표한 일과는 아무 관계가 없다. 그것은 1978년 이후 오랜 세월에 걸쳐 점차적으로 이루어진 나 자신의 내적 성장이, 젊었던 시절에는 나에게 보이지 않았던 『난장이가 쏘아올린 작은 공』의 심각한 한계를 언젠가부터 내가 자못 선명하게 볼 수 있도록 만들어 준 결과일 뿐이다. 그리고 이러한 나의 변화는 조세희가 「파괴와 거짓 희망, 모멸의 시대」를 발표한 1996년보다 훨씬 이전의 시점에 이미 완성되었었다.

그러나 내가 이와 같은 자신의 변화를 보여주는 글을 실제로 쓰게 된 것은 1997년에 이르러서였다. 그런 글로는 두 편이 있다. 하나는 「『난장이가 쏘아올린 작은 공』에 나오는 '사랑'의 논리에 나는 반대한다」라는 글[16]이고, 다른 하나는 「한국문학의 도시문제 인식에 대한 비판적 고찰」이라는 글[17]이다. 전자는 제목 자체가 나의 입장을 선명하게 드러내 주고 있으니 더 이상의 설명이 필요 없을 것이다. 후자의 경우 전체가 7절로 이루어져 있는 그 글의 제2절에서 나는 루트비히 폰 미제스의 『자본주의 정신과 반자본주의 심리』 가운데 한 대목―영국의 산업혁명에 대한 다수 낭만주의 문학자들의 왜곡된 시각을 지적하고 바로잡은 대목―을 긍정적으

16 이 글은 나의 책 『한 문학평론가의 역사 읽기』(문이당, 1997)에 수록되어 있다.
17 이 글을 나는 『한국문학 속의 도시와 이데올로기』(태학사, 1999)에 수록했고, 『현대소설과 도시사회』(보고사, 2020)에 재수록했다.

로 인용하는 가운데 그때까지 도시문제를 다루어 온 한국소설 전반의 지배적 경향을 비판하였는데, 그 글에서 내가 『난장이가 쏘아올린 작은 공』을 직접 언급하지는 않았지만, 거기서 내가 비판한 한국소설 전반의 지배적 경향을 극단적인 자리에서 구현하고 있는 대표적인 작품이 사실은 『난장이가 쏘아올린 작은 공』이라고 할 수 있는 것이었다.

그 두 편의 글에서 피력했던 관점을 나는 지금도 변함없이 그대로 가지고 있다. 그러나 이미 오래전에 썼던 글의 내용을 여기 다시 반복하여 기록하는 것은 그다지 신명이 나지 않는 일이다. 그렇게 하는 대신 나는 얼마 전에 읽었던 이병태의 「대학시절 내가 놓쳤던 『난쏘공』의 오류」라는 글 중 일부를 발췌하여 아래에 인용해 보이고자 한다. 이렇게 하는 이유는 내가 미제스의 영국 낭만주의 비판론에 마음 깊이 동의했던 것과 똑같은 이유에서 이병태의 글에도 마음 깊이 동의할 수 있었기 때문이다.

인간은 급격한 변화를 두려워하고 불편해한다. 어제까지의 익숙한 것들과 이별은 힘들다. 그래서 이런 면을 강조해서 사회 변혁기에 문학인들은 상처 받은 인간의 모습을 그린다. 그 상처 받은 인간에 대한 조명이 때로는 우리가 반드시 지나야 하는 사회적 전환에 대해 부정적 인식을 심는다.

우리의 산업화를 어둠으로 표시한 『난쏘공』은 역사의 관점에서 보면 크게 잘못된 진단이다. 그것은 우리나라의 문인들만 그런 것은 아니다.

서구의 산업혁명 과정에서도 문학인들은 사회를 암울하게 그리고, 산업혁명을 악마화하고 그것을 악마화하여 대비하려면 떠나온 농촌 사회를 낭만화하는 문학작품을 양산해 내었다. 많은 지식인들도 변혁의 과정에서 오는 사회적 충격으로부터 잘못된 추론을 한다.

(…)『난쏘공』은 이들 산업혁명 초기의 문인과 철학자들처럼 사회의 변혁의 모습에 충격을 받은 나머지 그 변혁의 끝에 탄생하는 위대한 인류의 새로운 역사의 장을 보지 못했던 것이다.

그런 의미에서『난쏘공』은, 우리에게 약자에 대한 관심을 불러일으키고 사회의 어두운 구석에 시선을 옮기게 한 문제의식을 제기한 것이 아니라 산업혁명의 본질을 왜곡하고 적대시하게 만들었던 역사의 우매함이자 가난하고 더러운 농촌의 삶에 대한 낭만주의적 각색이다. 그리고 그것은 찰스 디킨스의 오류를 200년 후에 모방한 것으로 창의성도 별반 없는 것이었다.

변화를 배척하는 것이 아니라 적극적으로 수용하는 민첩한 사회가 더 밝고 평화롭고 번영된 길로 간다는 것을 우리는 잊지 말아야 한다. 나는 젊어서는 이것을 알지 못했다. 나는 지금의 청년들이 또 다시 이런 낭만주의에 속지 않기를 기도한다.

『난쏘공』의 대박 성공은 그만큼 우리나라에 산업혁명과 자유시장 경제를 옹호할 지적 토대가 빈곤했음을 말해줄 뿐이다.[18]

그리고 한 가지 더 추가해 두고 싶은 말이 있다. 앞으로 『난장이가 쏘아올린 작은 공』을 읽으면서 그 소설과 관련하여 1970년대의 현실을 생각해 보고자 하는 사람들이라면 반드시 류석춘의 『박정희는 노동자를 착취했는가』도 함께 읽어볼 것을 부탁한다는 말이 그것이다. 류석춘은 풍부한 자료 제시와 치밀한 논증으로 가득 차 있는 이 책의 본문을 다음과 같은 결론으로 끝내고 있다.

오늘날 등장한 귀족노조의 '배후'에는 노동자를 착취하기는커녕 중산층으로 키워낸 박정희가 존재한다. 그마저도 박정희는 이를 세계에서 가장 짧은 시간에 가장 효율적으로 만들어냈다.

그렇다. 박정희는 노동자를 결코 '착취'하지 않았다. 박정희는 이들을 '마이홈', '마이카', 그리고 휴가철에 해외여행을 누리는 중산층으로 끌어올리는 데 결정적 역할을 했다. 공산주의 북한은 꿈도 꾸지 못할 일이다. 박정희 백 년이 공산주의 백 년을 압도하는 대목의 비밀이 바로 여기에 있다.[19]

이런 결론으로 끝나는 책을 읽으면서 무슨 생각을 하고 어떤

---

18 이병태, 「대학시절 내가 놓쳤던 『난쏘공』의 오류」, 『최보식의 언론』, 2022.12.28.
19 류석춘, 『박정희는 노동자를 착취했는가』(기파랑, 2018), pp.216~217.

판단을 내리는가 하는 것은 그 책을 읽는 독자들 각자에게 맡겨진 일이다. 그러나 『난장이가 쏘아올린 작은 공』을 읽으며 그 소설과 관련하여 1970년대의 현실을 생각해 보고자 하는 사람이라면 어쨌든 류석춘의 이 책도 반드시 읽기는 해야 한다고 나는 말하고 싶은 것이다.

8. 김대중이 걸어간 변모의 도정을 평가한다

이제, 1971년의 대통령 선거에서 박정희와 맞서 겨루었던 김대중에 대한 이야기를 조금 더 하고 이 글을 마치기로 하자.

이 글의 앞부분에서 나는 1971년의 대통령 선거에서 만약 김대중이 승리하여 집권했더라면 대한민국의 경제는 심각하게 손상되고 말았을 것이라는 이야기를 한 바 있다. 그런데 바로 이 사람, 김대중이, 1987년, 1992년, 그리고 1997년, 이렇게 세 번에 걸쳐서 또다시 대통령 선거에 나섰고, 1997년에는 승리를 거두어, 정말로 대통령이 되었다. 그가 정말로 대통령이 되고 난 이후, 대한민국의 경제는 어떻게 되었던가? 심각하게 손상되었던가? 아니다. 정반대에 가까운 사태가 전개되었다. 김대중이 대통령에 당선된 시점은 대한민국의 경제가 외환 위기로 인해 만신창이가 된 시점이었는데 이런 상황에서 대통령이 된 그는 대한민국 경제의 건강성을 빠른 시간 안에 상당한 수준으로 회복시켜 놓았다. 그렇게 하는 과정에서 여러 가지 문제점이 노정되지 않았던 바는 아니지만, 어쨌든 전체적으로 보면 그는, 최소한 경제 분야에서만큼은, 합격 판정을 받을 만한 성과를 달성했다.[20] 어떻게 해서 이런 일이 가능했던가? 그동안에 그가 변했던가?

그렇다. 1971년에서 1997년에 이르는 기간 동안 경제 문제 혹은 경제정책의 문제에 대한 그의 시각과 입장은 바람직한 방향으로 크게 변화해 있었고 그랬기에 정작 대한민국 경제의 조타수라는 자리가 그에게 맡겨졌을 때 그는 자신의 임무를 상당히 잘 수행할 수 있었던 것이다.

이러한 그의 변화는 그의 내면에서는 아마도 점진적으로, 꾸준히 진행되어 왔을 테지만, 그것이 외부적으로 뚜렷하게 처음 표출된 것은 그가 1980년대 초 미국에서 일종의 망명 생활을 하고 있을 때의 일이었다. 당시 그는 하버드대 국제문제연구소의 초청연구원이라는 신분으로 미국에 체류하면서 경제 문제에 대한 자신의 사유를 새롭게 다듬었고 그 결과물을 책으로 출판하기도 했다. 그

---

20 로렌스 B. 크라우스는 "김대중 정부는 금융체제, 기업의 지배구조, 노동시장, 그리고 정부 부문의 4대 개혁을 단행했다"고 말하면서 그 성과에 대해 각각 다음과 같은 평가를 내리고 있다. 첫째, 금융개혁의 분야에서 김대중 정부는 아시아 국가들 가운데 가장 탁월한 성공을 이루어냈다. 둘째, 기업의 지배구조를 개선하는 일과 정부 부문의 자체 개혁을 시도하는 일에서 김대중 정부는 절반의 성공을 거두었다. 셋째, 노동시장이 전보다 유연해지기는 했지만 이것은 정부의 노력 덕분이 아니라 경기 침체의 결과였을 따름이다. 아무튼 김대중 정부가 "최단 시간 내에 IMF 차관을 상환했고, 아시아 금융위기에 타격을 입은 국가들 중 가장 성공적인 경제 회복을 이뤄"낸 것은 누구도 부정할 수 없는, 분명한 사실이다. 로렌스 B. 크라우스, 「기술 진보를 향하여」, 남덕우 외, 『80년대 경제개혁과 김재익 수석』(삼성경제연구소, 2003), pp.75~77.

가 이렇게 새로운 길을 찾아 나서면서 박현채와는 자연히 거리가 생기게 된다. 그가 1992년의 대통령 선거에 다시 나섰을 당시 자신의 경제정책으로 제시한 내용은 박현채의 입장에서는 용납할 수가 없는 것이었다. 그래서 박현채는 자신이 김대중과 결별했음을 주변에 두루 알리게 된다. 한편 김대중은 1992년의 대통령 선거에서 다시 낙선을 하고 난 후, 이번에는 영국의 케임브리지 대학으로 가서 재충전의 시간을 갖는데, 이 시기에 그의 경제관(觀)·경제정책관은 박현채류의 노선으로부터 더욱더 멀어지면서 내실을 보강하게 된다. 이와 같은 양상으로 꾸준하게 이루어져 온 변화의 결실이 1997년에 그가 드디어 대통령으로 당선된 이후의 경제리더십 발휘라는 성과로 나타나게 되는 것이다. 이 모든 과정의 의미를 긍정적으로 평가하는 데 우리는 인색할 이유가 없다.

김재익과 관련된 세 가지 단상

1.『80년대 경제개혁과 김재익 수석』, 그리고『김재익 평전』

1983년 10월 9일, 미얀마(당시의 국명은 버마)의 아웅산 장군 묘소에서 북한이 저지른 잔혹한 테러로 인해 17명의 한국인이 목숨을 잃었다. 당시 청와대 경제수석비서관으로 재직하고 있던 김재익도 그중의 한 사람이었다. 향년 45세.

그로부터 20년이 지난 후인 2003년,『80년대 경제개혁과 김재익 수석』이라는 책이 삼성경제연구소에서 나왔다. 김재익의 부인인 이순자 숙명여대 교수, 남덕우 전 국무총리, 강경식 전 경제부총리 등 아홉 명의 필자가 쓴 글을 모은 책이었다. 이 책이 나왔을 때 나는, 이런 책이야말로 정말 많은 사람들이 읽어야 할 책이다, 그런데 과연 몇 사람이나 이런 소중한 책을 실제로 읽어 보겠는가, 라는 생각을 하며 탄식을 금할 수가 없었다. 울적한 마음으로, 이 책을 소개하는 한 편의 글을 써 보기도 했다. 나중에 나의 책『한국 소설과 예수 그리고 유다』에 실은「한국 경제를 위기에서 구출한 사람」이 그 글이다. 그 글을 마무리하는 자리에 나는 다음과 같은 말을 적었다.

지난 수십 년 동안 좌파 선동가들은 우리 사회의 지적(知的) 헤게모니를 장악하기 위해 비상한 노력을 기울여 왔다. 그들은 특히 한국 현대사 분야를 자신들의 점령지로 만드는 일에 막대한 에너지를 쏟아 부었다. 그들의 주장에 의하면, 대한민국을 파괴하기 위해 집요하게 공작해 온 자들은 대다수가 정의의 투사였고, 대한민국을 건설해 온 사람들은 대부분이 악의 무리였다. 그들은 이런 논리로 세상을 현혹하는 데 큰 성공을 거두었다. 일반 대중 가운데 상당수의 현대사 인식이 좌파의 영향권 안에 들게 된 것이다. 이런 사태가 얼마나 많은 혼란과 거짓을 창출해 내고 얼마나 많은 사람들의 삶을 피폐하게 만들었는지 모른다.

　그러나 우리는 이와 같은 사태 앞에서 체념만 할 수 없다. 한국 현대사의 실상을 있는 그대로, 투명하게, 편견 없이 보려는 노력을 계속해야 한다. 그리고 가능한 한 많은 사람들이 이러한 노력의 현장에 동참하도록 권유하고 호소해야 한다. 그렇게 해 나가는 과정에서 우리는, 한국 현대사는 좌파 선동가들이 말하는 그런 역사가 아니라는 사실을 끊임없이 재확인하게 된다.

　지금 우리가 『80년대 경제개혁과 김재익 수석』을 읽는 것은, 그리고 이 책을 주위 사람들에게 읽어 보라고 권유하는 것은, 바로 이러한 맥락에서 의미를 갖는다. 이 책을 읽다 보면, 좌파 선동가들이 말하는 한국 현대사라는 것과 그 현대사의 진정한 실상이 얼마나 다른가를 선명하게 보여주는 좋은 예 하나를 발견했다는 느낌을 받게 된다. 그런 느낌을 받게 된다는 점 한 가지만으로도 이 책을 읽는 보람으로는 충분한 것이다.[1]

내가 「한국 경제를 위기에서 구출한 사람」이라는 글 속에다 위와 같은 이야기를 적어 둔 후 지금까지, 다시 10년이 넘는 세월이 흐른 셈이다. 그만한 세월이 흐르는 동안에도 한국 현대사의 인식이라는 문제와 관련된 전반적인 사정은 별반 나아진 바가 없는 듯하다.

그런 가운데서도 위안이 되는 일이 간혹 가다가는 생기기도 한다. 2013년에 고승철과 이완배 두 사람의 공저로 『김재익 평전』이 출간된 것을 그런 일의 하나로 들 만하다. 그 두 사람은 경제 분야를 주로 다루는 언론인으로서 평소 꾸준히 연마해 온 전문가적 식견과 탁월한 취재 능력을 십분 활용하면서 비상한 열정으로 김재익이라는 뛰어난 인물의 일생을 추적했고 그 결과를 400페이지 분량의 책 한 권 속에 담아 내었다. 이 책을 읽어 보면 그 두 사람의 필력 또한 대단하다는 것을 느낄 수 있다. 이런 책은 『80년대 경제개혁과 김재익 수석』 같은 책보다는 대중적인 일반 독자들 곁에 다가갈 수 있는 힘이 더 강하고 실제로 그러한 면에서 얼마쯤의 성과를 얻기도 한 것으로 보인다.

하지만 솔직히 말하면 그런 '얼마쯤의 성과' 정도로는 아직 어림도 없이 부족하다고 말하지 않을 수 없다. 그 정도에서 마음을 놓기에는, 그동안 한국 현대사 인식의 영역에서 좌파 선동가들이 끼쳐온 해악이 너무나 크고, 그 영향력이 아직도 너무나 세다.

---

1 이동하, 『한국소설과 예수 그리고 유다』(역락, 2011), pp.309~310.

2. 대학 수학능력시험의 한국사 과목

2023년 9월 21일자의 『중앙일보』에서 나는 주목할 만한 칼럼 한 편을 읽었다. 안혜리 논설위원이 쓴 「기막힌 문재인 발언, 수능 한국사에 답 있다」라는 칼럼이다. 이 칼럼에서 필자 안혜리는 '보수가 지난 수십 년간 실패해 온 역사 전쟁'에 대해 언급하면서, 한국사 과목이 필수로 지정된 2017년도부터 수학능력시험의 한국사 과목에서 실제로 어떤 문제가 출제되었는가를 확인해 본 결과를 독자들에게 알려주고 있다. 그 일부를 인용한다.

더 큰 문제는 일제 탄압과 관련한 문항이 매년 5~8개(총 34%)로 지나치게 많다는 점이다. 이쯤 되면 한국사가 아니라 대일 적개심 유발을 위한 일제 수난사로 과목 이름을 바꿔 달아야 할 판이다. 특히 진보가 추앙하는 북한군 창설 주역 김원봉이나 함께 활동한 김익상, 사회주의 단체 정우회 등 유독 사회주의 계열 인사와 독립운동을 연결한 문항이 많다.

일제와 해방공간을 제외한 나머지 문항은 더 기가 막히다. 긍정적 측면만 부각한 남북화해가 총 6번이나 등장한다. 일제와 남북화해를 빼면 7년을 전부 합해도 겨우 10문제가 남는데 그중 이승만 정부를 비판하는 3.15 부정선거가 4번, 첫 진보정부인 김대중 전 대통령과 광주 민주화운동에 대한 긍정적 평가가 3번, 전두환 정부 비판이 1번, 6.25 관련 내용이 1번 나온다. 마지막 한 문항은 유일한 경제 관련인 박정희 정부의 경제개발 5개년 계획인데, "전태일 분신 사건으로 노동자의 열악한 노동 환경을 보여줬다"고 부정적 측면을 더 강조한다. 문 전 대통령이 자랑스럽게 얘기한 글로벌 10대 국가로 도약할 수 있었던 과거 보수정부의 전향적 경제정책이나 기업인의 과감한 도전은 어디에도 없다. 수능 문제만 보면 한국은 좌파와 남북화해 덕에 번영한 나라다.

이런 말도 안 되는 양상이 7년 내내 일관되게 나타나고 있음을 지적하면서 안혜리는 다음과 같은 말로 자신의 칼럼을 끝맺는다: "정말 제대로 역사 전쟁을 하려면 대한민국의 자랑스러운 오늘을 만든 기업가나 경제정책을 가르쳐야 한다." 정말 그렇다. 백 퍼센트 공감할 수 있는 주장이다. 하지만 언제, 어떻게 그것이 실제로 이루어질 수 있을 것인가?

3. 김재익과 김학렬

김재익에 대해 생각을 하다 보면 자연스럽게 떠오르는 또 한 명의 인물이 있다. 김학렬이다. 박정희 정부 시절 경제기획원 차관, 재무부 장관, 청와대 경제수석비서관, 부총리 겸 경제기획원 장관을 역임하고 1972년 3월에 세상을 떠난, '쓰루'라는 별명으로 더 널리 알려졌던 김학렬 말이다. 김재익과 김학렬 사이에 여러 가지 중요한 공통점이 있기 때문에 그렇다.

두 사람 모두 자타(自他)가 공인(共認)하는 천재였다. 두 사람 모두 대한민국의 경제를 살리는 일에 멸사봉공의 정신으로 전력투구했다. 두 사람 모두 정치적 야심이 전혀 없었고 물욕도 없었다. 두 사람 모두 당대 최고권력자의 절대적인 신뢰를 받았고 그 신뢰에 힘입어 자신의 뜻을 대부분 제대로 펴볼 수 있었다는 점에서 행운아들이었다. 그리고 두 사람 모두 40대를 넘기지 못하고 요절했다(김재익은 45세에, 김학렬은 49세에 세상을 떠났다).

물론 두 사람 사이에는 공통점 못지않게 차이점도 뚜렷하게 존재했다. 두 사람이 추구한 경제정책의 궁극적인 목표가 상이했다는 것은 두 사람이 주역을 맡아 활동한 시대가 달랐고 각자 그 시대의 요청에 적극적으로 응답한 결과였던 만큼 일단 제쳐놓을 수 있다고 치더라도, 두 사람의 성격은 거의 정반대라고 보아도 지나치지 않을 정도였던 것이 사실이다.

김재익은 천재이면서도 지극히 겸손하고 온화한 사람이었다. 그는 그의 묘비에 새겨져 있는 다음과 같은 구절 그대로의 인물이었다고, 그를 아는 모든 사람들이 이구동성으로 증언하고 있다.

> 살아서는 향기를 멀리멀리 풍기고
> 맑음을 날로날로 더해가던 그대
> 이제 하늘나라에서도 그 씨를 뿌려 가리라
> 아, 그러나
> 그대는 너무나 총명했기에 그대가 아쉽고
> 그대는 너무나 다정했기에 그대가 그립고
> 그대는 너무나 인자했기에 그대를 잊을 수 없노라[2]

반면에 김학렬은 자기 자랑을 늘어놓는 데 주저함이 없었고, 걸핏하면 부하 직원들에게 불벼락을 내리며, 심지어는 대통령도 참석한 공식적인 회의석상에서 "국민들이 까불면 경제성장이 될 수 없다"는 명언을 토해 내어 소란을 일으키기도 했던 사람이다.[3] 그가 남긴 에피소드 가운데에는 다음과 같은 것도 있다.

쓰루가 경제기획원 관리들에게 승진 시험을 자주 보게 하자, 대통령은 "임자도 시험 한 번 보지 그래"라고 했고 쓰루는 "다른 건 몰라도 시험이라면 대통령도 자신 있습니다"며 받아넘겼다는 일화도 있다.[4]

이런 장면은 김재익에게서는 도무지 상상할 수도 없는 것이 아니겠는가?

하지만 이런 성격상의 특징을 이유로 하여 김학렬에 대한 평가

---

2 『김재익 평전』의 저자들은 이 비문을 인용하면서 다음과 같은 주석을 붙이고 있다: "이 비문은 송복 연세대 명예교수가 김재익을 추모하며 쓴 추모시 「목놓아 우노라」의 일부분이다"(고승철·이완배, 『김재익 평전』(미래를 소유한 사람들, 2013), p.30).

3 당시의 야당은 김학렬의 망언을 그냥 둘 수 없다고 보고 그를 국회 본회의에 출석시켜 따졌다. 여기서 김학렬은 평소의 오만을 접고 사과를 할 수밖에 없었다. 재미있는 것은 그다음이다. 김정수는 그 장면을 다음과 같이 전하고 있다. "이어진 그의 발언이 걸작이다. '이 사건을 계기로 다시는 까분다는 단어는 안 쓰기로 결심했다'며 사과인지 농담인지 모를 말로 답변을 마쳤다. 여야 할 것 없이 국회 본회의장은 한바탕 폭소가 터져 나왔다. 아무리 국회에서의 해명과 사과의 자리라고 해도, 그의 유머는 억제될 수 없었던 거다"(김정수, 『내 아버지의 꿈』(알피스페이스, 2020), p.337).

4 위의 책, p.320.

에서 실제로 점수를 깎는다면 그것은 별로 적절한 일이라고 할 수 없을 것이다. 그는 자부심이 강한 그만큼 스스로의 진정한 역량을 키우기 위하여 끊임없는 연구와 자기단련을 거듭했다. 부하 직원들에게 매서웠다고 하지만 실제로 그는 "아랫사람을 대할 때에도 분명한 가치판단의 기준이 있었고, 내심 따뜻한 배려가 있었다"[5]는 것이 그를 잘 아는 관찰자의 평가이다. 위와 같은 평가를 우리에게 전하고 있는 관찰자는 "결재 때 심하게 야단을 맞고는 출입구인 줄 알고 캐비닛 문을 열었다는 송 모 과장도 그의 배려로 외청의 국장으로 영전했다"[6]는 사실도 아울러 전해 주고 있다.

나는 김재익을 생각할 때는 물론이거니와 김학렬을 생각할 때에도 무언가 맑고 신성한 기운에 감싸여지는 듯한 느낌을 갖지 않을 수가 없다. 그러한 인물들이 자신의 천재성을 총동원하여 전력 투구한 결과의 혜택을 얼마나 많은 사람들이 그들을 알지도 못하면서 누리고 있는가를 생각해 보면 그렇게 되지 않을 수가 없는 것이다. 앞에서도 말했듯 그 두 사람이 모두 50 고개도 넘지 못하고 세상을 떠났다는 사실을 생각하면 더욱 그렇다.

5   주태산, 『경제 못 살리면 감방 간대이』(중앙M&B, 1998), p.81.
6   위의 책, 같은 페이지.

이동하(李東夏)

1955년생
서울대 법학과 졸업
서울대 국문과 및 동 대학원 졸업(문학박사)
현재 서울시립대 국문과 명예교수
『아웃사이더의 역설』, 『홀로 가는 사람은 자유롭다』, 『한 자유주의자의 세상 읽기』, 『한국소설과 기독교』, 『한국 현대소설과 종교의 관련 양상』, 『한국문학 속의 사회주의와 자본주의』, 『한국소설과 예수 그리고 유다』, 『현대소설과 불교의 세계』, 『현대소설과 기독교의 만남』, 『현대소설과 도시사회』 등 저서 다수
현대문학상, 김환태평론문학상, 시장경제대상(문화예술 부문) 등 수상

통념에 반反하다

2023년 12월 28일 초판 1쇄 펴냄

지은이 이동하
펴낸이 김흥국
펴낸곳 보고사

책임편집 이경민
표지디자인 김규범

등록 1990년 12월 13일 제6-0429호
주소 경기도 파주시 회동길 337-15 보고사
전화 031-955-9797
팩스 02-922-6990
메일 bogosabooks@naver.com
http://www.bogosabooks.co.kr

ISBN 979-11-6587-624-1 03810
ⓒ 이동하, 2023

정가 17,000원